dtv

Über der schönen, verkommenen Stadt liegt ein Dunst von Rausch und Lähmung, von dunklen Geschäften und Gewalt: Marseille 1942. Im Baalbek, einem drittklassigen Hotel, jagen Gerüchte durch die Flure: Werden die Deutschen auch in den nichtbesetzten Teil Frankreichs einmarschieren? Die jüdischen Emigranten sinnen auf Möglichkeiten zur Flucht aus Europa. Im Foyer wird gestritten, wild gestikuliert, feurige Entschlüsse werden gefaßt. »Alle lebten wenigstens stundenweise in der Fiktion, es gäbe noch menschliches Glück … alle lebten in Rage, heißblütig lebten sie.«
Der von diesem Leben am Rand des Abgrunds erzählt, die Geschichten von Jablonsky, Sascha, Jossip, dem Feuerschlucker, und David Stern, dem Musikprofessor mit seiner blonden Frau, erzählt Jahrzehnte später aus der Erinnerung – mit den Erfahrungen eines Menschen, der gesehen hat, »was Menschenaugen niemals sehen durften«.

Fred Wander, geboren 1917 als Fritz Rosenblatt in Wien, verließ mit 14 Jahren die Schule und hielt sich als Gelegenheitsarbeiter über Wasser. 1938 emigrierte er nach Frankreich, wo er interniert und schließlich über Drancy nach Auschwitz und später nach Buchenwald deportiert wurde. Nach der Befreiung des KZs Buchenwald ging Wander nach Wien, wo er zehn Jahre als Journalist arbeitete. 1958 übersiedelte er mit seiner Frau Maxie in die DDR. Nach ihrem frühen Tod kehrte er Anfang der Achtzigerjahre nach Wien zurück, er starb dort im Jahr 2006. Er schrieb Erzählungen, Reisebücher und Theaterstücke, die mit verschiedenen Literaturpreisen ausgezeichnet wurden. ›Hôtel Baalbek‹, sein einziger Roman, gilt neben der berühmten, 1971 erstmals erschienenen und 2005 wiederaufgelegten Erzählung ›Der siebente Brunnen‹ (dtv 13488) als sein wichtigstes Werk und zählt zu den bedeutendsten literarischen Zeugnissen über die Schoah.

Fred Wander

Hôtel Baalbek

Roman

Mit einem Nachwort von Erich Hackl

Deutscher Taschenbuch Verlag

Von Fred Wander
sind im Deutschen Taschenbuch Verlag erschienen:
Der siebente Brunnen (13488)
Das gute Leben (13749)

**Ausführliche Informationen über
unsere Autoren und Bücher
finden Sie auf unserer Website
www.dtv.de**

2010
Deutscher Taschenbuch Verlag GmbH & Co. KG,
München
Lizenzausgabe mit Genehmigung des Wallstein Verlags

Umschlagkonzept: Balk & Brumshagen
Umschlagfoto: ullstein bild/
Roger Viollet
Satz: Wallstein Verlag, Göttingen
Druck und Bindung: Druckerei C.H. Beck, Nördlingen
Gedruckt auf säurefreiem, chlorfrei gebleichtem Papier
Printed in Germany • ISBN 978-3-423-13899-4

I

Jablonsky kam gegen zehn ins Hotel zurück, wo einige von uns bereits im Foyer hockten, vor einer Tasse Ersatzkaffee oder einem Marc, dem billigsten Getränk, das wach macht. Er war auffallend blaß, und wir konnten uns noch viel später an den geisterhaft abwesenden Ausdruck seiner Augen erinnern. Auch diese hellen, windigen Augustmorgen von Marseille sind mir deutlich in Erinnerung geblieben, die rasch über den Himmel fegenden lila und rosaroten Wolkenfetzen, die wie fieberkrank und verschämt, als wär es März, landeinwärts zogen. Jablonsky stand in der Tür, unschlüssig und bleich, wie ich schon sagte. Hanna, seine herrschsüchtige Frau, rannte eben die Treppe von den stickigen Zimmern herunter und keifte: Wieso bist du schon wieder hier, Jablonsky, wo kommst du her, hast dich herumgetrieben, warum warst du nicht beim Konsulat? – Wenn sie ihn Jablonsky nannte, bedeutete es, daß sie ihn vor allen Leuten heruntermachen wollte, aber sie nannte ihn fast immer Jablonsky!

Es stehen zweihundert Leute vor der Tür, erklärte er und wandte sich angewidert ab.

Es stehen immer zweihundert Leute vor der Tür, meinte Hanna, starrte ihn giftig an, dann stutzte sie. – Was hast du, ist dir schlecht? – Aber er stieg bereits die knarrende Treppe hinauf, und Hanna folgte ihm. Wir waren neugierig geworden, irgend etwas ließ uns aufhorchen, flüstern, erregt debattieren und wilde Spekulationen anstellen. Hatte Jablonsky vielleicht eine schlimme Nachricht mitgebracht?

Und darum saßen wir Tag für Tag in dem nach Essig und Zigarettenasche stinkenden Frühstücksraum unseres Hotels oder rannten durch die glühendheißen Straßen zum alten Hafen hinunter und zum Bahnhof Saint-Charles hinauf und wieder zurück, hin und her, durch die Canebière und das ganze Viertel um den Hafen herum, steckten unsere Nasen in Bistros und schäbige Hotels, die von Flüchtlingen überfüllt waren, um Nachrichten zu erhaschen, Gerüchte, Blitzlichter, irgendein Zeichen, eine Formel für jenen Bannstrahl, Vaterunser, Allmächtiger, Erlöser hilf, der den Vernichter, den Abdecker, so nannten wir ihn, aufhalten konnte. Die Deutschen hatten Frankreich bis an die Loire besetzt, konnten jeden Tag in Marseille einmarschieren, wer würde sie noch hindern, Gottes Fluch, die Viehpest vielleicht, Frösche, die Finsternis, die Tötung der Erstgeborenen, die Verwandlung der Gewässer in Blut?

Und dann kam Hanna wieder herunter und berichtete, wirr und wortreich wie immer und ein wenig verächtlich: Er sieht Gespenster, er sagt, er habe Katja auf der Straße gesehen, sagt er, auf der Canebière. Er ist mit der Straßenbahn gefahren, und unsere Tochter, so sagt er, ist gerade über die Kreuzung gelaufen, mit einem fremden Mann, er hat gerufen, ist abgesprungen und hat sie gesucht, er ist verrückt geworden!

Er konnte Katja natürlich nicht gesehen haben, sie war vor drei Tagen mit dem Schiff abgefahren. Mit der Deventer war sie abgefahren, nach Martinique. Gewiß nicht, um in Martinique zu bleiben, wer blieb schon in Martinique oder Honduras oder in Costa Rica, man kaufte Visa und Schiffskarten nach Martinique oder nach Panama, um von dort nach New York zu gelangen.

Hanna ging dann hinaus auf die Straße, wahrscheinlich, um ein wenig Fett und Gemüse für eine Suppe zu besorgen, was in diesen Tagen nicht leicht war. Alles wurde nur im Schleich gehandelt, gehamstert, versteckt, getauscht, man fürchtete, es würde noch schlimmer kommen. Wenn erst die Deutschen da waren, wenn sie ganz Frankreich besetzten, dann würden wir nichts mehr abbekommen, was würde mit uns geschehen? Was würde geschehen, wenn wir nicht rechtzeitig auf ein Schiff kamen?

Man durfte in den Zimmern nicht kochen, aber alle kochten in den Zimmern, das muß man sich einmal vorstellen! In diesen kleinen, von abgewetzten, schlecht riechenden Hotelmöbeln und Koffern verrammelten Zimmern, bei dieser Hitze und womöglich bei geschlossenen Fenstern, damit es niemand merkte oder gar roch. Aber es war ganz egal, ob es jemand bemerkte, die Hotelbesitzer, eine alteingesessene Familie aus dem Libanon, gute Christen, drückten beide Augen zu, ließen es schweigend geschehen, amen.

Als dann Hanna vom Einkauf zurückkam, wurde uns die Neuigkeit noch einmal vorgesetzt, Jablonsky, offenbar von Alter und Sorgen schon etwas getrübt, habe seine geliebte Tochter auf der Canebière gesehen, mitten im Trubel der Stadt, und sei von der fahrenden Straßenbahn gesprungen. So was Dummes, ein Mann von fünfzig Jahren! Hin und her sei er gelaufen, aber Katja habe sich in Nichts aufgelöst. Wir erinnerten uns später, wie Hanna, diese dürre Person mit der durchdringenden Stimme, sich bemüht hatte, ihren gewohnten Spott hervorzukehren, ihre Verachtung, besonders dann, wenn sie von ihrem Mann redete. Jablonsky hat das versäumt und jenes, Jablonsky komm her, tu etwas, steh nicht herum! Aber es war uns aufgefallen, und darüber hatten einige Besserwisser noch nach Jahren Grund, scharfsinnige Überlegungen anzustellen, warum denn auch Hanna damals ziemlich verwirrt war, etwas unsicher und in eine ungewöhnliche Aufregung versetzt. Verständlich, sagten die einen, Katja ist ihr einziges Kind, zwar schon erwachsen und den Eltern durch ihren ungewöhnlichen Charakter entfremdet, aber ängstlich geliebt. Kunststück, sagten die anderen, in jenen Tagen hielten die Familien eisern zusammen, jeder zitterte um jeden, und die jüdischen Mütter vor allem, die jungen wie die alten, sie waren uns schier unerträglich in ihrer hysterischen Angst.

Wir alle waren von Katjas Abreise betroffen, sie hatte

einen merkwürdigen Glanz in dieses Haus gebracht. Das Haus Baalbek, das quirlige Hotel, dieses Sammelbecken mir völlig fremder Menschen, unglaublicher Typen und Charaktere, Juden die meisten, aber auch einige völlig undurchsichtige Figuren. Und wer waren eigentlich die Juden? Ich wußte von ihnen so gut wie nichts. Das Haus kochte, glühte, träumte, es bekam seinen Geschmack, den fremdartigen, mir heimeligen Geruch, diesen Schimmer wie von Altsilber und Gold in meiner Erinnerung, von einem schönen jüdischen Mädchen, einem mir unbegreiflichen Wesen. Aber ich übertreibe wahrscheinlich, die Zeit hat eine Patina, eine glitzernde Folie über das Baalbek gelegt.

Und diese Botschaft, Jablonsky habe Katja auf der Straße gesehen, in Marseille, am hellen Tag, machte alle Hotelbewohner neugierig und bestürzt, mich hatte es wie ein Hitzekoller gepackt, ein Glückstaumel, den ich nur mühsam zu verbergen suchte, sie war also hiergeblieben! Und es wird sehr schwer sein, heute, nach so langer Zeit, jenen jugendlichen Aufwall der widersprüchlichsten Gefühle, jenen Zwiespalt zu schildern, in dem ich mich befand: Ich liebte sie, liebte aber auch eine andere, sie hieß Lily und war mit meinem Freund Franz verheiratet. Auch Katja liebte einen anderen Mann, und ihre Abreise war mir willkommen gewesen, es war ein Schnitt, eine notwendige Operation, um einen völlig absurden Zustand zu beenden. Aber jetzt jubelte ich innerlich und hätte weiß Gott was dafür gegeben, wenn Jablonsky recht hatte. Ich wollte sie sofort wiedersehen. Aber nein, Katja war auf dem Schiff, und Jablonsky hatte geträumt und erzählte Bonkes, eine von den vielen irren Geschichten, die man im Baalbek täglich hören konnte, von denen dieses Haus überschwappte wie von gärendem Schaum.

Und das ist es, warum ich nun sorgfältig und geduldig die Details jener wüsten, undurchschaubaren Ereignisse des Sommers 1942 aufzeichnen will. Katja war abgereist. Nein, sie war hiergeblieben, hatte ihre Schiffskarte vielleicht einer anderen Frau überlassen. Jeder, der eine Schiffskarte besaß, wurde heftig beneidet und von anderen Leuten bekniet: Laß mich fahren, du bist jung, hast noch alle Chancen, und ich ertrage es nicht mehr zu warten, werde mich umbringen, ich gebe dir, was du willst, ich gebe dir alles, was ich habe! – Nein, es war besser zu denken, sie wäre fort. Und Jablonsky konnte Katja nicht gesehen haben. Oder doch? Ich begann damals an seinem Verstand zu zweifeln und übrigens auch an meinem, denn mitten in diese erregte Debatte hinein platzte die Nachricht von der Katastrophe – das Schiff war gesunken!

Die Deventer, ein altes holländisches Passagierschiff unter kolumbianischer Flagge, sank in den ersten Augusttagen, auf der Fahrt nach Martinique, angeblich, nachdem sie auf eine Mine gelaufen war. Andere Informationen sagten, sie sei von einem deutschen U-Boot torpediert worden, weil sie außer Passagieren auch Waffen geladen hatte. Die Hiobsbotschaft erreichte uns erst Tage nach dem Unglück, und unser Hotel erglühte in Wahnsinn. Es hätten nur dreißig Menschen von vierhundert überlebt, hieß es, sie seien den Deutschen in die Hände gefallen, nein, den Engländern, und man habe sie in ein Internierungslager nach Marokko, am Rande der Wüste gebracht. Nein, es habe niemand die Versenkung überlebt. Das Schiff sei von einer Bande obskurer Geschäftemacher und Waffenhändler gechartert worden. Nein, die Deventer sei von Strohmännern im Auftrag des deutschen Geheimdienstes angeheuert worden, um Beweise zu liefern, die wiederum das Torpedieren von Passagierschiffen vor den Augen der Welt ins rechte Licht setzen sollte. Kurz, eine Inflation von Nachrichten und Latrinengerüchten, die einander jagten, steigerten und wieder entwerteten. Eine irre Aufregung in den von Emigranten vollgestopften drittklassigen Hotels von Marseille, die viele von ihnen in Verzweiflung und einige in den Selbstmord trieb.

Aber nicht über die Verzweiflung möchte ich reden, sondern über einen merkwürdigen Aufruhr der Sinne, einen fast mystischen Taumel, der einige von uns ergriffen hatte. Und nicht nur jener verhaltene Triumph, den vielleicht Aron Schapiro und seine Leute verspüren mochten. Vielleicht, sage ich, denn sie hatten Schiffskarten für die Deventer und alle erforderlichen Papiere, Visa, Transitvisa und die Ausreisegenehmigung, Bescheinigungen, die nur ein Glückspilz alle beisammenhaben konnte, und nur ein verdammter Zufall, der heftige Fieberanfall eines der drei Kinder nebst einem verdächtigen Hautausschlag, hatte bewirkt, daß sie die Abreise verschoben. Maseltov, sagten einige Hotelbewohner kopfschüttelnd. Die Juden sagen Maseltov genauso, wie sich Christen angesichts eines großen Glücksfalls manchmal bekreuzigen. Doch auf die Schapiros traf diese Vermutung offenbar nicht zu, daß sie etwa Freude empfanden und Glück. Wer sie beobachtete, konnte eine Art Lähmung an ihnen bemerken, gefolgt von Anfällen wirrer, religiöser Ekstase. Verständlich, denn an ihrer Stelle waren fünf andere Flüchtlinge mit dem Unglücksschiff gefahren. Und darf man sich auserwählt fühlen durch ein Wunder auf Kosten anderer Menschenleben? Darf man solcher Art Gnade annehmen ohne Zweifel, Demut und Angst? Schapiro, ein kleiner Textilienhändler aus Koblenz, ein ruhiger, etwas einfältiger Bürger, schloß sich im Zimmer ein, in den rituellen Tales gehüllt, und betete, dankte Gott, beugte sich vor dem unbegreiflichen Ratschluß des Herrn. Den Gebetsmantel, den lange vergessenen Tales, holten nun auch andere aus dem Koffer hervor. Der Untergang der Deventer hatte tiefe Löcher in den Bestand der Familien gerissen, wie in ihr Selbstvertrauen, hatte manchen Abtrünnigen wieder gläubig gemacht.

Wodurch wird der Mensch gerettet, fragte ich Sascha, unseren Prediger – ich werde von ihm berichten –, was für ein Gott wäre das, der dich retten würde, indem er einen anderen ertränkt?

Sascha paffte gemütlich seine Zigarre und kratzte sich nachdenklich im Gesicht. Es gibt keine Rettung, meinte er, und wenn du vom physischen Tod errettet bist, mußt du dich abplagen, um nicht von innen abzusterben! – Der wahre Tod sei doch jener, fügte er dann hinzu, der die Menschen in der Zeit ihres Daseins ereilt, weil sie von sich selbst nichts wissen, ihre potentiellen Fähigkeiten nicht erkennen!

Am Abend, als uns die Schreckensnachricht vom Untergang der Deventer erreicht hatte, kam ein Mann herein – das Hotelfoyer war von erregt debattierenden Leuten erfüllt – und sagte, bleich im Gesicht: Die Deutschen sind da, man sagt, sie stehen zehn Kilometer vor Marseille! – Ein paar Sekunden lang waren alle verstummt, niemand schrie, niemand redete, eine merkwürdige Stille breitete sich aus. Einige rannten hinauf zu den Zimmern, wo sie sofort zu packen begannen. Aber wohin konnte man gehen? Wir saßen in der Falle. Und der Schock über den Untergang der Deventer hatte bereits jede Hoffnung gelöscht.

Und nie werde ich diesen Hauch wie von Schwefelgeruch in der Luft vergessen, dieses Nervengift von Haß und Vernichtung, das den deutschen Truppen vorauseilte und die Menschen zu ersticken drohte. Ein Schrecken wie von einer ersten Glutwelle der Hölle, welche die Seele versengt und verstummen macht. Die verfrühte Nachricht – die Deutschen sind da! – sollte noch öfter verbreitet werden. Aber dieses völlig Verstummen im Entsetzen habe ich erst auf dem Transport nach Auschwitz wieder erlebt. Ich werde später davon erzählen.

2

Ach, das Hôtel Baalbek; es bleibt in der Erinnerung als ein aufgescheuchtes Wespennest zurück, ein Gespensterhaus, ein Getto, eine versunkene Welt. Manchmal, wenn ich in unsere Bodenkammer hinaufwollte, blieb ich für eine Weile stehen, wo unten an der Treppe, hinter Zimmerpalmen versteckt, stets sechs oder sieben Männer hockten, meist Ostjuden, und du konntest ihre Berichte hören, ihre heiseren Stimmen, Flüche, Seufzer, Beschwörungen. Ein ehemaliger Viehhändler aus Odessa, ein Kürschner aus Krakau, der Eierhändler aus Kolomea und ein Schneider aus Lodz, sie hatten viele Jahre in Berlin gelebt, vielleicht in Wien oder Prag, und erzählten einander von ihrem fast vergessenen Schtetl, dem kleinen jüdischen Städtchen in Galizien oder der Ukraine, wo sie Kinder waren. Von ihrem Vaterhaus erzählen sie, von der Sippe und all dem, was sie schon vor langer Zeit verloren haben. Sind wir denn noch Juden, was ist aus uns geworden, schaut euch an, schau mir in die Augen! Der das sagt, löst allgemeine Empörung aus, und doch hat er recht, was sich aber keiner eingestehen möchte. Sie haben sich hundertmal gebeugt und verleugnet, angepaßt haben sie sich, assimiliert, jawohl, gedemütigt, aber sie reden jiddisch, immerhin reden sie noch ihre Muttersprache. Sie reden von den Dortgebliebenen und von den Davongelaufenen. Die dort geblieben waren, sind jetzt tot, erschlagen, ausgeraubt und verbrannt. Das Dorf Ljubja bei Kischinjow, erzählt einer, er ist eben angekommen, aus Lyon ist er gekommen, vorher aus Dresden, wo er dreißig Jahre gelebt hatte, sein Dorf ist in den Jahren nach 1881, da der Zar ermordet wurde, Alexander II., der gute Zar, nach seinem schrecklichen Tod also, ist das Dorf von Kosaken viermal ausgemordet worden und niedergebrannt.

Ausgemordet, sagst du, und wieso hast du überlebt?

Weil sein Großvater selig hat die Pferde verkauft, erzählt nun der Neue, zwei Stuten und einen Hengst hat er verkauft, alles, was sie noch besaßen. Und die sind nach Kischinjow gegangen, zum Viehmarkt, Großvater hat ihn auf den Rücken einer der Stuten gesetzt, er war damals sechs Jahre alt, sein Vater war dabei und Vaters jüngster Bruder, drei Männer und ein Kind. Und weil Großvater wollte nicht mit dem Preis runtergehn für die beiden Stuten, sie waren tragend, hatten große, glänzende Bäuche, gesegnete Bäuche hatten sie, wunderbar anzusehen, und sie haben also zwei Tage lang auf dem Markt gestanden und mit den Bauern verhandelt, Stunde um Stunde, und waren von Menschen umringt, denn es schien den Zuschauern zu gefallen, wie die Bauern und Aufkäufer der Gutsherren mit den Juden feilschten, gestikulierten, schrien. Warum so lange, warum zwei Tage lang? Weil doch die Bauern wußten, spürten, rochen das Unglück, das den Juden drohte, sie waren in schrecklicher Gefahr, waren in der Klemme, und sie brauchten das Geld, brauchten es, um sich zu retten, um weit weg zu fahren, nach Amerika wollten sie fahren. Denn sie hatten gehört, alle hatten es gehört, alle wußten es, die Kosaken würden kommen!

Und so handelten sie und rechteten gegeneinander, sparten auch nicht mit Spott und mit Andeutungen, welche die Angst noch schüren mochten. Aber Großvater zeigte keine Angst, ruhig und stolz beharrte er auf seinem Preis und den eingeschworenen Regeln über den Verkauf von Stuten. Und waren es vielleicht schlechte Stuten? Die besten Stuten auf dem ganzen Markt, goldig braun wie Honig die eine und von reinem Weiß die andere, und Großvater hob die Hände zum Himmel, Gott zum Zeugen rufend, wenn er die Tugenden und die Kraft seiner Pferde mit einem Wortschwall beschrieb. – Und als sie zurückkamen ins Dorf, am dritten Tag, waren die Kosaken dagewesen. Die Kosaken waren dagewesen, und alle Juden waren tot. Die

Hütten und der Cheder waren geplündert und niedergebrannt. Und die Menschen – der Erzähler erinnert sich genau –, Männer, Frauen und Kinder, lagen wie Drahtpuppen auf der Erde, mit seltsam verdrehten Gliedern. Sie hatten sie gejagt, durch die Gassen des Dorfes gejagt, und hatten sie mit Dreschflegeln erschlagen und mit ihren Säbeln zerhackt.

Ein längeres Schweigen und dann geht der Streit wieder los. Viermal, sagst du, haben sie das Dorf ausgemordet und verbrannt, und warum hat man es wieder aufgebaut, welcher Narr kommt zurück an einen solchen Ort? – Was redest du, selber ein Narr, wer stellt solche überflüssigen Fragen, es kommen immer wieder Menschen zurück an den Ort, wo sie geboren sind, wo Mutter und Vater haben gelebt. Du versündigst dich, wenn du so redest, das jüdische Volk hätte nicht überlebt, wären nicht immer welche zurückgekommen und hätten ihre Häuser und die Synagoge wieder aufgebaut und die Kinder das Wort der Propheten gelehrt. – Ja, du hast recht, sagt darauf ein anderer, räuspert sich, dehnt die Pause in die Länge. Aber dieses Volk hätte auch nicht überlebt, sagt er dann, wenn nicht viele von ihnen weggelaufen wären und sich verstreut hätten in der Welt!

In Białystok, erzählt nun wiederum ein neu Angekommener, in Białystok, sagt er leise, haben die Deutschen vor nicht langer Zeit, da haben sie dreitausend Männer, Frauen und Kinder abtransportiert …

Woher willst du das wissen?

In Lyon hat es ihm einer erzählt, ein Eisenbahner, am Bahnhof hat er es ihm erzählt, als sie miteinander ins Gespräch kamen. Sie haben die Menschen in Viehwagen gepreßt, jeder durfte nur einen Koffer mitnehmen, zur Umsiedlung, wie es hieß. Aber dann hat man sie gefunden, sie haben ihre Leichen gefunden. In einer Sandgrube hinter den Wäldern von Białystok hat man sie gefunden, mit Kalk zugedeckt wie mit Schnee.

Was sagst du da, was redest du, immer diese Übertreibungen, dreitausend sollen es gewesen sein, hat sie jemand gezählt?

Und wieder ein anderer sagt: Die Deutschen sollen das gemacht haben? Sie werden so etwas nicht tun, die Deutschen sind feine und gebildete Menschen!

Und einer, der bisher geschwiegen hat: Und selbst wenn sie es hätten tun wollen oder vielleicht Mörder dingen konnten, sie würden es nicht wagen, würden es nicht wagen …

O ja, man findet Mörder in Polen und in der Ukraine, genügend Mörder. Wer Mörder sucht, der findet sie auch!

Sie würden es nicht wagen, nicht vor den Augen der Welt!

Die Augen der Welt! Wer sagt das, wer redet von den Augen der Welt, hab ich richtig gehört?

Das war er, das war dieser Typ, den ich schon erwähnt habe, der Prediger, der Schwarzseher, wie sie ihn nannten, er hieß Sascha, ein studierter Mann, ein Spötter, ein Zyniker, er kam gerade von oben und blieb vor den Männern stehen, sichtlich wütend, seine Stimme klang kalt: Die Augen der Welt? Daß ich nicht lache, die Augen der Welt sind blind!

Die Männer starrten ihn an, schienen aber nicht zu hören, wollten ihn vielleicht nicht hören. Und ich möchte an dieser Stelle einflechten, wie man ständig auf der Treppe und vor den Türen Stimmen hörte, Gespräche, halbe Sätze, verbohrte Meinungen, Gerüchte, Hirngespinste und immer wieder die schreckliche Vision: Die Deutschen werden kommen! Sie können morgen schon kommen. Sie sind vielleicht schon da, und wir wissen es nicht!

Du kannst von Glück sagen, hörte ich einmal eine Frau, im Vorbeigehen, durch den offenen Türspalt eines Hotelzimmers, von Glück kannst du sagen, daß du mich hast! –

Aber der Angesprochene antwortete nicht, und es mußte wohl noch ein Dritter im Zimmer sein, denn nun wendete sich die Frau an diesen: Er kann von Glück sagen, daß er mich hat, er wollte dort bleiben, wollte nicht weg. In Lukkenwalde wollte er bleiben, wir haben sechsundzwanzig Jahre dort gelebt, hatten ein kleines Haus, eine Werkstätte mit sieben Nähmaschinen, Kleider und Schürzen haben wir genäht, und eines Nachts, eines Nachts hab ich gesagt, Schluß, hab ich gesagt, jetzt gehen wir, wir lassen alles zurück und gehen! Und hab eine Tasche gepackt, mit dem Nötigsten für unterwegs, ich hatte eine Adresse, in Emmerich, an der holländischen Grenze, ein guter Mensch, ein Christ, er führt nachts Juden hinüber, durch den Fluß und über die Felder führt er sie. Und nun sind wir hier. Mit nichts in den Händen, haben alles zurückgelassen, aber wir leben und sind frei. Mein Mann kann von Glück sagen, daß er mich hat!

Ich hab die beiden Alten wenige Wochen später im Zug gesehen, in dem langen Zug nach Auschwitz. Sie sind nicht angekommen, sind auf dem Transport gestorben. Man konnte von Glück sagen, wenn man dort nicht ankam, wenn es einem erspart blieb, was wir gesehen haben. Wir haben gesehen, was Menschenaugen niemals sehen durften.

Aber unten im Foyer des Baalbek sitzen sie immer noch und reden emphatisch, streiten, schreien, gestikulieren; Spott und Verzweiflung, Augenblicke der Ermutigung und phantastischer Pläne, feurige Entschlüsse und wiederum Resignation. Sie reden in einem kraftvollen, harten Jiddisch, manchmal auch deutsch oder französisch, die Worte fallen aus ihren bärtigen Mündern wie poröses Gestein, wie ausgeglühte Lava, wie Verputz von der Wand, wenn der Herbstwind mit den Türen schlägt. Gott hat uns gestraft, sagt einer von den Männern, er hat uns den Abaddon geschickt, hat uns davongejagt …

Und ein anderer zitiert die Bibel: Zieh aus deinem Land, aus deiner Heimat und aus deinem Vaterhaus in das Land, das ich dir zeigen werde, sagte Gott zu Abraham.

Ich bin nicht gläubig, wie ihr wißt, sagt ein dritter, aber wenn es einen Allmächtigen gibt, tut er gut daran, uns von Zeit zu Zeit aufzuscheuchen. Wer zu lange an einem Ort sitzt, setzt Schimmel an!

Sie trinken Tee, und manchmal steckt einer auf russische Art ein Stück Zucker in den Mund, um mit Tee nachzuspülen und ihn zu süßen. Woher haben sie Zuckerstücke, frag ich mich. Und von Zeit zu Zeit steht einer auf, macht einem anderen Platz und tappt in die Mittagshitze hinaus, ins grelle Licht der Straße, hinkend und ein wenig gebeugt, wie mir scheint, krumm geworden von einem Leben in Blindheit und Angst. – Was wissen wir von den Menschen, frage ich mich, fast nichts. Und was wissen wir von den Juden? Oft sind mir ihre verschlungenen Gedankengänge fremd, ich beobachte sie, wie alle anderen Menschen, denen ich begegne, kann aber solch großen Unterschied nicht entdecken, es gibt alle Arten von Käuzen unter ihnen, genau wie bei den Christen oder den Moslems, vor allem aber sehr viele kleine, ungeschickte und unwissende Leute. Und da kommt eben Mendele die Treppe herunter, Mendele Trachtenberg, unser Poet, es ist hier manchmal wie auf dem Theater, und Mendele bewegt sich etwas gehemmt, verschämt lächelnd und vertracht, wie sie sagen, in Träume versunken und nicht von dieser Welt. Als wäre er unsichtbar, geht er durch das Haus, die Leute heben den Kopf, machen den Weg frei und sehen ihm nach, neugierig lachend und voll Spott. Er ist ein Narr, sagt jemand, ein Schlemihl, ein armer Dichter, ein gutmütiger Tropf. Er ist vielleicht ein Zaddik, ein Weiser, meint ein anderer lachend. Nein, ein Nebbochant ist er, ein Habenichts, ein unnützer Mensch. Nur der alte Schauspieler schüttelt den Kopf: Ihr glaubt an nichts mehr, habt jeden Glauben an das Gute verloren!

Der Alte war Schauspieler am Theater von Brody, wie er sagt, achtzig Jahre ist er alt, winzig klein und vertrocknet.

Nein, Mendele ist zwar meschugge, sagt wieder ein anderer, aber er schreibt schöne Gedichte!

Gedichte? Wer braucht sie, wer schreibt Gedichte in dieser Zeit, kann man Gedichte essen, hat jemand Geduld, sie zu hören? Die Menschen vergehen vor Sorge und Kummer um die Zurückgebliebenen. – Und Sascha, der Schwarzseher, der oben auf der Treppe sitzt, zwischen den Kindern, die mit kaputten Puppen spielen und den Erörterungen der alten Männer lauschen, Sascha lacht auf einmal. Warum lacht er? Er lacht so laut, wie ich ihn nie wieder lachen hörte. Dann aber, in die plötzliche Stille hinein, deklamiert der alte Schauspieler, pathetisch übertrieben und mit zitternder Stimme:

> Die ganze Nacht hab ich Reime geschmiedet
> von Silber und Gold,
> und all meine tiefen Herzensleiden
> klingen mir hold.
>
> Danach kam die helle strahlende Sonne
> bei Tagbeginn,
> hat mein gelbwächsern Gesicht angesehen
> und weiß nun, wie elend ich bin.

Eine Weile herrscht wieder Schweigen, als hätten sie sich an etwas erinnert, wüßten aber nicht, woran. Dann fragt ein Junge, verwirrt: Ist das von ihm, hat das Mendele gemacht? – Gelächter, Achselzucken, schon reden die Männer wieder von wichtigeren Dingen. Aber sie wissen, von wem es ist, von Jizchok Lejb Perez, dem Geliebten, dem Vergessenen. Und wer ist Mendele? Niemand weiß etwas über ihn.

Der Prophet ist er nicht, hört man sagen. Und ein anderer überlegt: Aber der Prophet gibt sich nicht zu erkennen! Man muß Mendele respektieren. – Gewiß, du mußt jeden

Menschen respektieren, in jedem mag Heiligkeit sein! Und dann schütteln sie sich wieder vor Lachen.

Mendele ist also unser Dichter, aber was heißt unser Dichter, inzwischen habe ich zwei weitere Poeten im Baalbek entdeckt, auch einen Musiker, einen Maler, den Rabbi und zwei Ärzte, niemand beachtet sie, sie leben zurückgezogen in den oberen Etagen unseres Hotels, zwischen den jüdischen Schneidern, Schustern und anderen Genies, oft ist der Schuster oder der Schneider mit dem Dichter identisch, wer weiß das schon. Die Welt kennt immer nur den jüdischen Händler, der Butter zu verkaufen hat, auch wenn es ringsum in der ganzen Stadt keine Butter mehr gibt!

Vielleicht kennt man noch die Schnorrer und Luftmenschen, die nie aufhören werden, den Raum mit ihrem Geschrei zu erfüllen. Und wenn sie das Baalbek einst finden werden, versunken auf dem Meeresgrund, dann hocken diese kleinen Leute immer noch beisammen und reden, schreien, debattieren. Nach Brody, sagt gerade der Schauspieler, kommt keiner mehr zurück, dorthin kommt keiner mehr. Sie reden Asche und Sand, von den Dortgebliebenen reden sie und von den Weggelaufenen, das ewige jüdische Thema. Und von jenen, die man unterwegs gegriffen hat, erschlagen hat man sie und ausgeraubt, an den Grenzpfählen aufgehängt oder erschossen im Wald.

3

Joschko und ich waren die jüngsten unter den Männern, wir bewohnten gemeinsam eine billige Dachkammer in der sechsten Etage des Hotels, hockten verstört von all den Ereignissen und von Entzückungen starker Worte glühend beisammen, obschon wir uns erst kurze Zeit kannten, und redeten von den Menschen im Baalbek, die wir entdeckten und zu entziffern suchten, wie man eine Folge von unbegreiflichen Zeichen an den Wänden einer Grabkammer entdeckt. Und von Katja redeten wir, von ihrer Schönheit, ihren braunen, von Lebenslust blitzenden Augen, von ihrem Witz und ihrem Spott erzählten wir einander, niemand blieb davon verschont.

Du hast es also gehört, sie lebt!

Natürlich lebt sie. Dachtest du wirklich, sie sei auf dem Schiff?

Das war alles verrückt, daß sie nicht auf der Deventer, aber doch verschwunden war, dann die Nachricht von der Katastrophe, und wie Jablonsky plötzlich behauptete, er habe Katja auf der Canebière gesehen!

Was wirst du tun, wenn sie plötzlich wieder vor dir steht, he?

Du Narr, was glaubst du wohl, werde ich tun ...

Wir sagten uns alles, wie wir meinten, schwelgten in Wachträumen, verhandelten dann wiederum, wenn die Stimmung umschlug, mit der Anmaßung der Jugend über den Weltuntergang, dessen Zeugen wir waren. Und wir sahen mit jener Blindheit, die von Leuchtfeuern begleitet wird, nur zwei Arten von Leuten um uns herum, die kleinen Händler und Luftmenschen, die so lebten, als würde die Welt ewig weiter bestehen, die durch die Straßen rannten, herumhorchten und schnüffelten, emsig in allerlei Geschäfte verstrickt; die scheinbar unbekümmert aßen und tranken, über phantastische Transaktionen verhandelten oder Tarock spielten im Foyer des Hotels. Die anderen aber, die hinter verschlossenen Türen abergläubisch beteten und sich heiser schrien, im Schmerz und der Anrufung Gottes, erschienen uns ebenso verloren. Nur Sascha, der Berliner Jecke, der Prediger, unser Savonarola, fing an, uns eine neue Sicht zu lehren, dieser kleine rothaarige Jude, Sascha Cohn-Jannowitz hieß er, ein Bürgersöhnchen, ein Doktor gar und ein Wortjongleur, der ein schönes Zimmer zwei Etagen tiefer bewohnte, mit eigenem Teppich, auf dem man hocken konnte bei unseren langen Gesprächen, und mit einem Schrank voll von Büchern.

Was wollen diese Figuren, sagte er mit seinem verschwommenen Lächeln, das zu deuten ich viele Jahre brauchen sollte, was wird geschehen, wie stellt ihr euch das vor in euren mit Spinnweben verhängten Köpfen. Ihr fürchtet euch vor den Deutschen? Vor eurer Blindheit solltet ihr euch fürchten. Man wird die Schafe scheren, das Urteil ist gesprochen, und viele von uns werden im großen Fischteich ertrinken oder in den Ziegelofen geworfen werden …

Er redete in Gleichnissen und Rätseln, erst viel später glaubte ich zu verstehen. Er redete oft vom Auszug der Juden aus Ägypten, wie es in der Bibel steht, von ihrer vierzig Jahre währenden Wanderung durch die Wüste. Immer wieder werden sie weggehen, werden ihre Häuser verlassen, die goldenen Trinkbecher und die vergötzten Truhen voll Waren werden sie zurücklassen, nur du und die Wüste und sonst nichts!

Er war ein Phantast, ein Dichter vielleicht, wie Mendele Trachtenberg, der neben ihm wohnte. Aber Sascha war ein schwarzer Dichter, ein Verkünder des Gehennem, was soviel wie Hölle bedeutet. Oder war er ein Komödiant? Er knautschte ständig an einer Zigarre. Woher hatte er Zigarren? Für Geld waren sie nicht zu bekommen. Und die Baalbekbewohner spotteten über den kleinen Mann mit der tiefen Stimme und der dicken Zigarre im Mund, die Zigarre war der Schmock, wie sie sich ausdrückten, der Schwanz oder der Ersatz dafür. Und Sascha lachte, wenn er es hörte, blinzelte unsicher mit seinen kleinen nackten Augen, er grinste böse und undurchsichtig, wir wußten nie, ob er witzelte oder seine wilden Prophezeiungen und die ständigen düsteren Andeutungen ernst meinte. Ich seh uns noch vor ihm auf seinem Teppich sitzen und wie eingeäschert lauschen diesen ätzenden Wortergüssen – er redete fließend Französisch oder Deutsch im Berliner Jargon ebenso wie Jiddisch, präzise und in Bildern wie mit Mennige bestrichen. Gelähmt von der Kälte darin horchten wir, staunend und manchmal angewidert, aber doch auch von fieberhafter Neugier geplagt, etwa, wenn er unvermittelt aus dem Buch Mose zitierte:

> Und Israel lagerte in Schittim. Da fing das Volk an zu huren mit den Töchtern der Moabiter; die luden das Volk zu den Opfern ihrer Götzen. Und das Volk aß und betete ihre Götzen an. Da entbrannte des Herrn Zorn über Israel, und er sprach zu Mose: Nimm alle Oberen des Volkes und hänge sie vor dem Herrn auf, im Angesicht der Sonne. Und Mose zu den Richtern: Töte ein jeder seine Leute, die sich an den Baal-Peor gehängt haben!

Danach pflegte er uns zu belehren, die wir ihn mit offenem Mund anstarrten: Was glaubt ihr wohl, sagte er, diese Götzen waren einfach die schönen Häuser und Paläste der Moabiter, die Frauen und ihre Gewänder, die Kriegswagen, die Waffen, das war es, was sie anbeteten. Und das ist es, was sie heute noch anbeten!

Alles kann man vergötzen, das Geld – und selbst das Wort! Für ihn waren die jüdischen wie auch die christlichen Rituale versteinert. Man kann Gott töten damit. Man kann ihn mit dem tausendmal wiederholten und leer gedroschenen Wort ersticken. Und darum ist Götzendienst, wie Sascha sagte, die wahre Todsünde. Götzen sind tote Dinge, und indem du sie anbetest und deine lebendigen Kräfte auf Dinge außerhalb deiner selbst überträgst, tötest du dich ab, verleugnest du das wahre Leben in dir!

Die meisten Hotelbewohner hielten ihn für verrückt und nannten ihn Schwarzseher, von dem es jedoch in jeder jüdischen Gemeinde, in jedem Schtetl und in jedem Haus ein Exemplar geben müsse, als wärs ein Gesetz. Auch hatten wir bald alle, ohne es zu merken, einige seiner Redewendungen und grob verzinkten Ausdrücke angenommen. Zum Beispiel hörten wir ihn sagen: Der Abdecker ist bereits hier, er sortiert die Kadaver. Und ihr seid bereits tot. In einen lautlosen Tod seid ihr übergewechselt! Und das hieß den Teufel an die Wand malen, ein Menetekel ohne Erbarmen.

Einige Leute lachten, andere wurden blaß, wenn er so redete, aber keiner konnte sich der Wirkung seiner Worte entziehen. Und zwanzig Jahre später werde ich Sascha wiederfinden, in Paris, in unserem kleinen Hotel in der Rue Saint-André-des-Arts, als einen der wenigen Überlebenden des Baalbek, und er wird, zu seiner verfluchten Predigerrolle befragt, den Kopf senken und schweigen. Denn keine seiner düsteren Prophezeiungen deckte sich mit der Wirklichkeit, und auch die krankhaft gereizte Phantasie des Schwarzsehers von damals war nicht imstande gewesen, alle Schrecken und Torturen auszumalen, welche der Abdecker und seine Gehilfen uns zugedacht hatten.

Aber die Wände in unserem Hotel, sie redeten, Marseille glühte unter der Sonne, in den Nächten steckten wir unsere Köpfe zum Fenster hinaus, um frische Luft zu schnappen, ehe wir in die dampfenden Betten zurückkrochen. Manchmal kletterten wir durchs Fenster aufs Dach, das noch heiß war, wo man sich beinahe die Pfoten verbrannte auf dem Blech, und von wo man in die gegenüberliegenden Zimmer äugen konnte, falls sie nicht völlig verhängt waren im Hurenviertel, einem der Hurenviertel von Marseille, oder über die Dächer hinwegblicken, um ein Stück vom Hafen zu sehen, die hundert Schiffsrahen und Kräne, die Mole dahinter und das nachtschwarze Meer. Oft auch mochten wir die vorgelagerten Felseninseln im Dunst erkennen, kupferner Bildhintergrund des legendären Grafen von Monte Cristo, wo die uralten Gefängniswälle und die Türme des Château d'If im letzten Abendrot verglühten.

Dann wieder das heisere Stöhnen im Zimmer nebenan, dort hatte sich seit einigen Tagen ein junges Paar eingenistet, fremdartige junge Leute aus Korsika, mit bronzefarbener Haut und dunklen, uns mißtrauisch musternden Augen. Ein Finkenpärchen auf Hochzeitsreise, wie sich die Bewohner des Baalbek grinsend zuflüsterten, und sie liebten einander ohne Rücksicht auf Bruchholz und Nachbarschaft, das Bett war schon in der ersten Nacht zusammengekracht, sie feierten ihre Hochzeitsnächte mit kräftigen Schlägen auf pralle Schenkel, mit kehligem Gelächter und aufmunternden Rufen, wie ich sie vom Pflügen kannte, in den Weinbergen des Departement Hérault, wo wir, als ich mich dort verdingte, prächtige Pferde hatten. Wenn das Seufzen und das Knarren der Bettstelle uns die letzte Geduld raubte, nahmen wir unsere Jacken von der Wand und liefen hinunter, die Nächte waren manchmal überraschend kühl. Und das bedeutete, daß ich bald allein durch die Gassen des Alten Hafens pirschen sollte, weil Joschko, unser Riese, unser Adonis, an der nächsten Ecke eine Geliebte fand, Deborah, eine in unserem Viertel bekannte Erscheinung, eine üppige Mulattin von Martinique, falls sie nicht gerade emsig im Geschäft war. Er brauchte auch nie zu bezahlen, wie mir Joschko jedesmal feierlich berichtete. Von allen anderen Details, die ich anzuhören oft gezwungen war, möchte ich nachsichtig schweigen.

4

An einem solchen Abend, es muß der 5. August gewesen sein, als ich die Treppe hinuntertappte, öffnete sich eine Tür, und Hanna Jablonsky schaute heraus, sie bewachte wohl argwöhnisch das Treppenhaus und den Aufgang zu Katjas Zimmer, wie sie es immer machte, und obschon Katja seit einigen Tagen fort war. Sie rief mich herein, wo

Jablonsky auf dem Tisch saß und nähte, er arbeitete manchmal bis spät in die Nacht, sie habe noch einen Teller Suppe anzubieten, eröffnete sie mir, bis morgen früh würde das Zeug sauer werden. Und dann hatte ich Gelegenheit, wie schon öfter, stiller Zeuge ihrer immerwährenden Zwistigkeiten zu sein.

In den Untergrund ist sie gegangen, sagst du, was für ein Untergrund soll das sein, krähte Hanna mit ihrer schrillen Stimme, kannst du mir das vielleicht erklären?

Schrei nicht so laut, die Menschen schlafen schon, versuchte der Mann sie zu beschwichtigen.

Katja im Untergrund? Was soll bitteschön meine Tochter im Untergrund, großer Gott, bohrte Hanna weiter, hat sie dir etwas gesagt?

Er wisse nichts, log Jablonsky. Er wußte natürlich einiges. Auch Hanna hatte ihre Beobachtungen gemacht, wollte aber nichts wissen. Und ich hockte also bei ihnen in der Stube, nachts, während sie Pappschablonen auf Leinen auflegten, Jackenteile zuschnitten und Erdnüsse knackten dabei, Schmuggelware aus dem Hafen. Fast unbemerkt hockte ich da, sie waren an meine schweigende Gegenwart gewöhnt, und löffelte meine Suppe, köstliche Nudelsuppe oder vielleicht eine Kohlsuppe, nach polnischer Art, mit kleinen Fleischkugeln darin. Woher hatten sie Fleisch?

Ich rede jetzt von der Zeit vor der Nachricht über die Katastrophe, noch stampfte das Schiff auf hoher See, einer fernen, strahlenden Küste entgegen, noch war die Welt heil. Und ich machte Botendienste für die wohlhabenden Familien, ebenso wie Joschko oder mancher andere Nebbochant; es gibt eine große Zahl von ärmlichen Leuten unter den Juden, ich erwähnte es schon, nebbich ein armer Mann, heißt es spöttisch, Mitleid und Gelächter wohnen hinter einer Tür. Und viele Lieder aus dem Getto handeln von bettelarmen Leuten und ihren Illusionen:

O wehe denen, die der Traum
nur einmal mit dem Finger angerührt.
Sie werden irren ein Leben lang,
als hätten sie Sterne geführt,
und wissen nicht wohin.

Und ich schleppte also Koffer zum Hafen oder zur Bahn, beförderte Kisten und schwere Säcke treppauf und treppab, hütete kleine Kinder und hamsterte Spiritus für die Kocher, schwer zu bekommen. Auch rote Rüben für Borschtsch wußte ich aufzutreiben und grüne Gurken, bei den Bauern von La Pomme und Saint-Loup, im Norden der Stadt, wo ich früher schon, ehe ich nach Bordeaux wechselte, im Pferdestall gearbeitet hatte und meine Verbindungen besaß. Jeder hatte seine Verbindungen, einer zu Dollars und Schmuck, der andere zu Alkohol, Kaffee und Tabak oder zu gewissen Konsulaten, wo man für Geld ein Visum oder sogar einen Paß bekommen konnte. Und ich hatte Verbindungen zu Gurken. Katja jedoch, sie hatte ganz andere Verbindungen.

Ich muß an dieser Stelle eingestehen, ich habe Jahre gebraucht, um zu durchschauen, was damals im Untergrund vor sich ging, noch sehr wenig jedenfalls, es waren die ersten Schritte einer vorerst noch spontanen Résistance. Und ich war politisch nicht organisiert, das waren nur sehr wenige Emigranten. Die sogenannten unpolitischen Menschen waren gewissermaßen Einzelkämpfer, jeder für sich und auf verlorenem Posten. Es lag offenbar in der Natur der Sache, daß die Flüchtlinge in ihrer verzweifelten Lage dazu neigten, sich an irreale Hoffnungen zu klammern, sich selbst zu belügen und die tödliche Bedrohung zu leugnen. Die Welt würde bald aufhorchen und uns helfen … Was für ein tragischer Irrtum!

Die ganze Stadt lebte in einem Wahn, die Leute schauten

weg, suchten Beruhigung in allem. Bei gewissen Schichten der Bevölkerung nahm die Verleugnung geradezu euphorische Formen an, alle Angst und Beklemmung konnte sich sofort in Champagner verwandeln. Überall in Europa Zusammenbrüche und Kapitulation vor den Nazis, überall Morde und blutiger Terror, aber viele taten so, als ginge es sie nichts an. Die Täuschungsmanöver von Rundfunk und Zeitungen taten ihr übriges, jede Nachricht war verfälscht, jede Tatsache in ihr Gegenteil verkehrt, wenn auch oft mit einem Tropfen Realität versehen, so daß die blinden, eingeschüchterten Massen es glaubten. Nur wenige Menschen besaßen die Fähigkeit, die Lage zu begreifen. Und wie ich allmählich erkennen sollte, gehörten Katja und ihre Copains offenbar zu jenen Leuten, die verstanden hatten, es gab nur einen Weg, seine Selbstachtung nicht zu verlieren – den Widerstand!

In dieser Situation erfuhr ich von den Gewehren. Siebzehn Gewehre, so ein Quatsch, dachte ich. Das passierte wenige Tage vor Katjas Abreise, damals war sie jedenfalls noch entschlossen abzufahren, wie ich glaubte. Und vielleicht war das Auftauchen dieser Gewehre mit ein Grund, ihre Entscheidung zu ändern? Sie schien keine Gelegenheit verpassen zu wollen, dabeizusein, wenn eine Aktion im Gange war. Und ich deutete es schon an, wie wenig wir Unbeteiligten über diese Vorgänge wußten und wie schwierig und gefährlich es war, damals, im Sommer 1942, schon erste konspirative Verbindungen zu schaffen. Die ersten Versuche der Résistance waren dilettantisch, die Leute waren nicht für den Kampf ausgebildet und standen meist unbewaffnet der Übermacht der Vichy-Polizei und der von den Deutschen auch im unbesetzten Teil Frankreichs bereits installierten Gestapo und ihren Geheimagenten gegenüber. – Katja jedenfalls hatte eine fieberhafte Tätigkeit entfaltet, die sie mit gewohntem Spott zu verdecken suchte: Du hast nichts gesehen und nichts gehört, verstanden, das ist auch besser für dich, sagte sie zu mir. Sie beobachtete mich, prüfte jeden Menschen in ihrer Umgebung, und ich begleitete sie auf ihren Wegen durch die obskuren Viertel von Marseille.

Siebzehn Gewehre, es machte mich verrückt, damals dachte ich noch, es handle sich um ein Luftgeschäft, eines von den zahllosen im leeren Raum schwirrenden Geschäften, mit denen sich verschiedene Typen im Baalbek beschäftigten. Und wie ich aus Andeutungen erfuhr, hatte Franz Dolezal den Griechen mitgebracht, der manchmal, wenn sein Schiff in Marseille anlegte, die Hotelbewohner mit Oliven belieferte, mit Früchten und Fisch. Dolezal war ein Österreicher, auf den ich später noch komme, ein Vagabund und vor kurzem abgerüsteter Fremdenlegionär, der bei uns im Hotel wohnte, gelegentlich im Hafen arbeitete und die Leute mit allerlei Waren versorgte. Diesmal hieß es hinter vorgehaltener Hand, der Grieche habe Gewehre mitgebracht, unter Ziegenhäuten versteckt. Die Händler hatten gelacht und abgewinkt, viel zu gefährlich, die Ziegenhäute hätten sie vielleicht interessiert, aber auf Waffen ließen sich unsere Experten nicht ein.

Katja aber und ihre Copains stürzten sich in eine für mich undurchsichtige Tätigkeit. Nur zufällig wurde ich Zeuge einiger Gespräche, einmal hörte ich Alain sagen: Mit zwei Pistolen kannst du in Peru fünf Männer für den Kampf gewinnen, mit siebzehn Gewehren schaffst du eine Armee!

Wie aber kam man an die Waffen heran? Zu viele Leute wußten davon, und jemand hatte Katja gewarnt, es gab Spitzel im Haus, überall lauerten Denunzianten. Dolezal arbeitete für einige Tage bei einem Fischgroßhändler, und Katja und ihre Freunde machten sich an den Fischhändler heran, um seine Mithilfe zu gewinnen. Ich sollte Katja begleiten, als Liebespaar getarnt konnte man sich ungestört im Hafen herumdrücken. Ich war von der Idee entzückt, ich sehe uns noch eingehängt und halb umschlungen wie verliebte Halbwüchsige mit wippenden Schritten die Canebière hinunterstelzen am Becken des Vieux-Port vorbei zur Joliette, jenem Quai im Hafen, wo die Frachter ihre Ladung löschten. Ich war betrunken von Katjas Nähe und verwirrt, ich durfte sie sogar küssen! Einmal blieb ich stehen und rief laut: Das ist doch Scheiße, diese Gewehre gibt es nicht!

Es gab diese Gewehre. Die Leute, mit denen sie sich dann im Hafen trafen, bekam ich nur von weitem zu sehen, ich sollte in einiger Entfernung warten und Schmiere stehen.

Da waren die vier oder fünf Copains von ihrer Truppe, da war Gustl Kranz, von dem ich noch erzählen werde, und vor allem Alain, der Büffelkopf, wie ich ihn bei mir nannte, ein Bourgeois, ein verkappter Künstler und Abenteurer, von dem man hörte, er habe zehn Jahre in Südamerika gelebt.

Wir Emigranten wußten noch sehr wenig über die Kämpfe im Norden Frankreichs und in Paris. Von dem Griechen hatten wir gehört, es gäbe unvorstellbar grausame Kämpfe und Gemetzel zwischen den deutschen Okkupanten und den Partisanen im besetzten Griechenland, in Slowenien und Kroatien, das Volk wehrte sich, und die Nazis schreckten nicht davor zurück, ganze Dörfer zu umzingeln, niederzubrennen und Zivilisten, auch Frauen und Kinder, zu töten. Die Welt mußte erst aufwachen aus einem tiefen Schlaf und von Mordtaten erfahren, die alles bisherige Geschehen in den Schatten stellten. Auch aus dem besetzten Teil Frankreichs hörten wir erste Signale von Aktionen des Untergrunds, von Überfällen auf Besatzungssoldaten, zunächst nur, um Waffen zu ergattern. Eisenbahnzüge der Besatzer wurden zum Entgleisen gebracht, in geheimen Druckereien gefertigte Handzettel und Aufrufe in den Fabriken verteilt, und in den Cevennen sammelten sich versprengte Spanienkämpfer und deutsche Antifaschisten, die auf ihre Stunde warteten, um loszuschlagen. Auch sie brauchten Waffen. In Marseille aber fragten sich manche Leute, passiert denn hier nichts?

Und während ich die Suppe löffelte, rang Hanna die Hände über soviel Verstocktheit in Jablonskys Kopf. Innerlich aber war auch sie bereits schwankend geworden, wie wir an ihrer überreizten Stimme zu hören glaubten. O ja, sie wußten, was Katja dachte, approximativ wußten sie das. Approximativ war ein Lieblingswort von Sascha, das damals, wie einige seiner schrägen Ausdrücke, die Runde machte. Sie wußten ungefähr, was sich in dem hübschen Köpfchen ihrer geliebten Tochter zusammenbraute, in letzter Zeit hatten sie sich öfter über ihre aufwieglerischen Reden empört. Dieses Kind – Katja war eben sechsundzwanzig geworden – besaß einen Koffer voll politischer Schriften, Lenin, Marx und Engels, Bakunin und Trotzki. Der Koffer war jetzt beseitigt, Katja hatte ihn zwei Tage vor ihrer Abreise verschwinden lassen, wahrscheinlich auf dem Dachboden des Hotels. Dort, in der Abstellkammer, sammelten sich verschiedene Gepäckstücke von längst abgereisten Hotelgästen, unter dicken Schichten von Staub. Joschko und ich hatten uns in der Kammer umgesehen und mancherlei bizarre Dinge entdeckt, viele Koffer und fest verschnürte Pakete, Kinderwagen, Spielzeug, Fahrräder, ein Cello und sogar ein Klavier.

Diesen Tick ihrer Tochter, nämlich die Sache mit den politischen Schriften, konnten die Eltern nicht billigen, die Roten, die Anarchisten und alle anderen Hitzköpfe sollten sich doch, bitteschön, wie in Spanien gegenseitig die Schädel einschlagen, aber was ging das alles ein vernünftiges, guterzogenes jüdisches Mädchen an? Katja hatte über die Vorhaltungen der Eltern immer nur gelacht, in letzter Zeit aber hatte sie sich öfter mit ziemlich verdächtigen Leuten getroffen, mit Eisenbahnern und Arbeitern aus dem Hafen, auch einige Geschäftsleute und ein Pfarrer waren dabei, vor allem aber Alain, der sie mit seinem Auto herumfuhr, den Katja duzte und anhimmelte, ein verwegener Typ und vor allem viel zu alt für das Kind!

Gewiß hatte auch Jablonsky seine Beobachtungen gemacht, bemühte sich aber wie ich, darüber zu schweigen. Und er hatte begonnen, heimlich Bücher aus Katjas Koffer zu nehmen und darin zu lesen. Das kostete Hanna nur einen Lacher, was würde Jablonsky davon verstehen, ein kleiner jüdischer Schneider, der sein Leben lang nur Hosen und Jacken genäht hatte, nichts würde er verstehen, approximativ nichts! Nein, Katja gondelte auf der Deventer nach Martinique und nach Panama, um über Mexiko nach New York zu gelangen, wenn Gott wollte, wo Tante Elsie sehr besorgt wartete. Tante Elsie hatte ein Affidavit geschickt, das zu schwach war und dem Konsul nicht gefiel, dem Konsul gefielen nur starke Affidavits, von wohlhabenden Bürgern ausgestellt; man hätte es sich richten können, man kann immer einen Beamten bestechen, aber dazu war Tante Elsie nicht gescheit genug. Also mußte man sozusagen auf Schleichwegen versuchen, nach Amerika zu gelangen. Katja befand sich jedenfalls auf dem Schiff, dessen war Hanna sicher, ihr Kind war doch nicht verrückt! Und Jablonsky hatte mit offenen Augen geträumt oder eine andere junge Frau auf der Straße für Katja gehalten, er war nicht ganz bei Verstand. Und um das zu beweisen und ihm eine Falle zu stellen, hatte Hanna gefragt: Wie hat sie ausgesehen, deine Tochter, hat sie vielleicht den blauen Regenmantel getragen oder die rotgestreifte Bluse? – Jawohl, sie habe die Bluse angehabt, die mit den verwaschenen roten Streifen, erklärte Jablonsky ganz ruhig, und Hanna hatte laut gelacht: Da siehst du, wie du lügst oder dir selber etwas vormachst!

Diese Bluse könne sie nämlich nicht getragen haben, ereiferte sich nun die Frau, sie selbst habe mit Katja den

Koffer gepackt und die rotgestreifte Bluse habe sie dagelassen, mit all dem anderen Tinnef, den sie nicht mitschleppen wollte auf der langen Fahrt und in die Neue Welt hinüber, das alles läge jetzt unberührt in der Kommode. Und dann gingen sie hinauf, sie wollte es ihm schon zeigen, sie hatten Katjas Zimmer behalten, man brauchte Platz für die Ware, man konnte sich das nun leisten. Und da waren die Sachen, wie Hanna erklärt hatte, alte Kleider, Wäsche und Schuhe, die Kommode war voll davon. Doch die rotgestreifte Bluse konnte sie nicht finden, sie durchwühlte aufgeregt alle Laden und das ganze Zimmer, aber die rotgestreifte Bluse war weg. Und von der Stunde an, als wir von der Katastrophe erfuhren, ging Hanna widerspruchslos zu Jablonskys These über. – Jawohl, das Schiff war gesunken, alle waren umgekommen, aber Katja lebte, Jablonsky hatte sie gesehen, auf der Canebière hatte er sie gesehen, am hellen Tag, keine Frage, Katja war in den Untergrund gegangen!

5

Diese Abreise, dieser Bruch, die plötzliche Leere, die Ungewißheit quälten mich, aber auch ein Zwiespalt, den ich mir selbst lange nicht eingestehen wollte. Ich liebte Katja, liebte aber auch Lily. Sie war die Frau eines meiner Freunde, Franz, ich hatte die beiden im Hotel in Paris kennengelernt, kurz vor Ausbruch des Krieges. Und ich hätte nie gewagt, auch nur daran zu denken, daß ich sie liebte, wären wir uns nicht zufällig begegnet. Im Mai 1940, auf der Durchreise in Paris, hatten wir uns getroffen, als ich mich von einem Lager zum andern begab. Wir waren interniert, und ich hatte mich in ein Arbeitslager gemeldet, Franz blieb in Meslay zurück. Zwei Tage hatten Lily und ich miteinander verbracht, zwei Tage und Nächte, es war verrückt, es war wie ein Blitz in meinem Leben. Später war ich Franz wieder begegnet, in Avignon war ich ihm vor einigen Wochen über den Weg gelaufen, als er gerade Post von Lily bekommen hatte, sie wartete auf ihn in Bordeaux.

Dieser verdammte Krieg hatte alles durcheinandergebracht, in dem Trubel der deutschen Besetzung waren Tausende Familien zerrissen, Hunderttausende waren aus dem Norden geflüchtet und trieben sich oft ziellos und verzweifelt im noch unbesetzten Teil des Landes herum, brauchten lange, um einander wiederzufinden. Eine total verrückte Geschichte. Meine Liebe zu Lily schien völlig aussichtslos. Und hatte ich denn bei Katja mehr Erfolg? Eine Zwangslage, ein Dilemma. Katja hatte mich behext, hatte mich auch benützt, das wurde mir schmerzhaft bewußt, hatte sich meiner sklavischen Anhänglichkeit bedient, ich war zwei Wochen lang ihr Diener gewesen, ihr ständiger Begleiter, ihr Leibwächter, ihr Alibi, und liebte ich sie denn wirklich? Und was würde es ihr schon bedeuten, sie liebte diesen Alain, einen Mann über vierzig, ein Schönling, ein Abenteurer, ein Poilu. Und auch er hatte mich benützt, alle Leute konnten die Ergebenheit eines kräftigen, aber harmlosen Burschen gut gebrauchen!

Katja hatte mich in einen Taumel versetzt, vielleicht auch gespielt mit mir und meiner Verzückung, und Sascha, dieser Teufel, hatte gelacht und gespottet und mir damit geholfen, die Dinge in einem anderen Licht zu sehen. Warum leidest du, sagte er, was glaubst du wohl, wie gern andere deine Stelle einnehmen würden, wie sie dich beneiden, genieße die Situation, was für eine Frau! Du bist ein Glücksvogel, wenn du es genau wissen willst, man muß die Dinge nehmen, wie sie sind, und nicht sofort nach den Sternen greifen!

Alles im Leben ist Imagination, sagte der Prediger, wenn du glücklich bist, ist es fiktiv, und wenn du leidest genauso. Die Natur schweigt, Gott lacht und kratzt sich hinterm Ohr und läßt jeden Morgen die Sonne wieder aufgehen!

Ich machte verzweifelte Anstrengungen, irgend etwas über Katja zu erfahren, wo war sie geblieben? Und wenn sie tatsächlich in den Untergrund gegangen war, was hinderte sie, für ein paar Minuten ins Baalbek zu kommen und wenigstens ihre Eltern ans Herz zu drücken, sie aus einer schrecklichen Ungewißheit zu erlösen? Aber vielleicht hatte sie es getan, und die Jablonskys schwiegen darüber. Die Zweifel zermürbten mich, eine miese Stimmung hatte mich gepackt, auch jenes innere Bleigewicht, eine Art Lähmung, eine Ahnung noch schlimmerer Ereignisse, die auf uns zukamen ... Ich versuchte Alain zu finden, aber auch er war verschwunden, alle Copains waren fort. Diese merkwürdigen Gestalten, die ich durch Katja kennengelernt hatte, die ich fasziniert beobachtet und beschnüffelt hatte, sie waren unauffindbar. Und falls Jablonsky Katja tatsächlich auf der Straße gesehen hatte – was ich in manchen Augenblicken immer noch bezweifelte –, dann wäre sie also in der letzten Stunde vor Abfahrt des Schiffes von Bord gegangen, ohne eine Nachricht zu geben. Das war unbegreiflich.

Ich lief durch die Straßen der Stadt, schaute unzählige Male in sämtliche Cafés und Hafenkneipen, wo ich Katja oder einen ihrer Copains zu finden hoffte, ich fand keinen mehr. Die Luft war dick, und alle, die bereit waren, sich im Widerstand zu organisieren, verließen Marseille, um in die besetzte Zone zu gehen oder sich in den Bergen zu treffen. Ein Geruch von Tod und Vernichtung lag in der Luft, und gelegentliche Euphorien konnten die Grundstimmung nicht löschen. Alle Menschen bewegten sich sozusagen am Rande des Abgrunds, die Kriegsmaschine der Nazis rollte direkt auf uns zu, und mich hatte eine brennende, jungenhafte Neugier erfaßt, die Gesichter der Menschen zu betrachten, zu beobachten, wie sie sich angesichts der schrecklichen Bedrohung verhielten.

Ich fuhr an einem jener Tage an das Ende der Avenue du

Prado, eines der Viertel der Reichen, wo Alain, wie ich wußte, ein altes, halbverfallenes Haus besaß, von seinen Großeltern geerbt, das er in letzter Zeit bewohnt hatte, dort hatten sich diese Leute offenbar heimlich getroffen, und auch Katja – ich wußte es nicht, ahnte es nur – hatte wohl dort manche Nacht verbracht. Das Haus war dunkel und verschlossen, der Garten völlig verwildert, ich blieb nicht lange stehen, hatte das unbehagliche Gefühl, aus den komfortablen Nachbarhäusern beobachtet zu werden.

Als ich dann wieder ins Hotel kam, atmete ich auf und freute mich, ein paar aufgeregte, warmherzige Menschen um mich herum zu haben. Das Baalbek war sehr beliebt in Emigrantenkreisen, noch am Tag nach Abfahrt der Deventer waren neue Gäste gekommen, das brachte einige Bewegung ins Haus, heftige Begrüßungen, Erinnerungen, Wortergüsse, Tränen. Jakob Lederer von Zimmer 58, Bäcker von Beruf, ist verblüfft, als er hört, im zweiten Stock auf 25 sind auch Lederers angekommen. Er geht hinunter, klopft an die Tür, ein Mann öffnet, ein langer, dürrer Typ mit krausem Haar und lustigen, zusammengekniffenen Augen. Hinter ihm Geschrei, Lachen, Weinen, die Kinder richten sich ein, streiten um den Fensterplatz, um die Betten balgen sie sich, die Frau kocht bereits auf Spiritus eine kräftige Suppe, es riecht betörend nach Fleisch, Petersilie und Zwiebel, die beiden Männer betrachten einander abschätzend, freundlich und verlegen.

Lederer heißt du – ich auch!

Moritz Lederer heiße ich, und du?

Jakob Lederer, wo kommt ihr her, etwa aus Lemberg?

Dem Bäcker kommen die verkniffenen, ewig grinsenden Augen bekannt vor, einer seiner Onkel hatte so ausgesehen. Nein, berichtet nun Moritz Lederer, sie haben bereits drei Jahre in Paris gewohnt, vorher in Frankfurt, davor in Prag und noch früher in Krakau, nur die Eltern stammen aus Lemberg.

Voilà, meine Eltern auch!

Sie lachen wie Kinder, freuen sich über die Verwandtschaft, trinken ein Glas Rotwein und fangen sofort an, Geschichten von ihren Familien zu erzählen, allerlei Klatsch über die Reichen und die Versager aus dem Clan der Lederers, Anekdoten, Bonkes, übersprudelnd und voll Witz. Auch ich, der ich gerade die Treppe herunterkomme, trinke mit ihnen, um sie herum haben sich auf dem Gang vielleicht ein Dutzend Zuhörer versammelt, jedes Zusammentreffen ist ein kleines Fest, die Flasche wird herumgereicht, sie füllen ihre mitgebrachten Gläser, die Kinder johlen, stürmen die Treppe hinunter und wieder herauf, die Mütter schreien, Türen werden zugeschlagen. Und die Alten staunen, was wollt ihr noch mehr, eine Sippe, ein Stamm, und obschon sie sich nie zuvor gesehen haben, erkennen sie einander sofort. Und es gibt schließlich überall Lederers, in London, in Paris, in Wien und in New York, einer von ihnen ist dort gewesen und weiß es.

Du bist in Amerika gewesen?

Ich war drei Jahre in New York!

Und du bist zurückgekommen, welcher Narr kommt zurück?

Aber auch sie waren verblendet, haben zu lange gewartet, haben in Hamburg gelebt, in Berlin oder Wien, haben geglaubt, bessere Menschen als in Deutschland gäbe es nicht, haben nichts begriffen, haben die Zeichen an der Wand nicht gesehen …

Und auch jetzt wissen sie nichts, schon sterben Tausende von den dort Zurückgebliebenen einen unwürdigen Tod, und wenn sie davon hören, glauben sie es nicht. Und auch sie werden sterben. Die beiden Lederers werden im Widerstand sterben, ich werde es viele Jahre später erfahren.

Und alle diese Leute sind durch Paris gekommen, Paris hat sie geformt, es ist die wahre Hauptstadt der Welt, denn nur dort schmeckst du auf der Zunge, wie Freiheit schmeckt, aber auch jene tiefe Erkenntnis: Ich bin nur ich – und eine Mischung aus all diesen Menschen!

Auch das Hotel ist ein Ort der Verwandlung, ein siedender Kessel voll von seltsamen Charakteren, deren Gedanken und Gefühle in dich eindringen werden, ein Amalgam der widersprüchlichsten Kräfte.

Auf der Treppe des Baalbek treffe ich Lily, die ich zuletzt in Paris gesehen habe, und es ist wie ein Donnerschlag, der alles verändern wird, ich werde später darüber berichten. – Auf der Treppe des Baalbek werden Nachrichten ausgetauscht: Die Schlacht von Charkow siegreich zu Ende, posaunen die Gazetten, die Wehrmacht hat 240 000 Gefangene gemacht, ist es denn möglich? Schwere Angriffe der Briten an der Westküste, na bitte. Aber bei Köln wurden sechsunddreißig englische Flugzeuge abgeschossen, faseln sie, und noch eine siegreiche Schlacht bei El Alamein …

Nur Vormarsch, nur Siege?

6

Auch ich habe unter den Neuen einen Bekannten entdeckt, erst höre ich unten, im Treppenhaus des Hotels, nur seine tiefe, melodische Stimme, ich hocke oben in der offenen Tür unserer Bude und versuche zu lesen, habe Mérimée entdeckt und bin wie trunken von dem Glanz seiner Sprache, der Farbe und Kraft seiner Gestalten, aber ich kann mich nicht konzentrieren, es ist zu heiß. Du erstickst unter diesem Dach, das Blech vor unserem Fenster glüht beinahe, und die Luft flimmert über den Dächern. Der Blick über das Hafengebiet zeigt eine phantastische Landschaft von roten Ziegeldächern und schwarzen, windschiefen Schloten, von verdeckten, winzigen Terrassengärten im sechsten Stock und den Hunderten Schiffsrahen und bunten Flaggen dahinter, und alles bewegt sich, alles zerfließt in dem brodelnden Licht. Von unten dringt der Hotelgeruch, leicht faulig, mit Schimmel und Staub durchsetzt, Menschengeruch, gestockter Schweiß und Trübsinn. Und plötzlich der aromatische Duft einer starken Zigarre, offenbar hockt auch Sascha in seiner offenen Tür und horcht, denn alle haben ihre Türen zum Gang geöffnet, um atmen zu können. Und ich habe Sascha oft gesehen, in einem Winkel lauernd wie die Spinne in ihrem Netz. Jeder beobachtet jeden, sie forschen in den Gesichtern der anderen, was wollen sie sehen, ob du durchhalten wirst? Dann sah ich Sascha manchmal den Kopf schütteln und murmeln: Diese Narren, haben nichts begriffen, flattern wie Schmetterlinge über der Welt, himmelweit vom Boden der Tatsachen entfernt, Fiddler auf dem Dach!

Und nun höre ich die Stimme wieder, diese warme, wie von einer geheimen Energie geladene Stimme, und ich hab ihn erkannt, hab sofort sein Bild vor Augen, das Bild eines Menschen, der schon durch seine Erscheinung, sein offenes Gesicht und den hellen, lebhaften Blick die Aufmerksamkeit erregt. Ich kenne ihn aus Meslay, unserem zweiten Internierungslager, kurz nach Ausbruch des Krieges. Und nun begrüßen ihn gerade die beiden Sterns, laut und überschwenglich:

Aber ... das ist doch ... das ist doch Friedländer. Ist es denn möglich, wo kommen Sie her, warum sind Sie nicht längst in Amerika?

David und Ursula Stern sind verwirrt und gerührt, die beiden Alten aus Berlin, die Friedländer wiederum aus einem Pariser Hotel kennen. David Stern, fünfundsiebzig Jahre alt, Musikprofessor und Philosoph, zwar ein Jude, aber eigentlich kein richtiger Jude, kein Marktjude, wie Sascha manchmal lachend bemerkt, ein Jude von bürgerlicher Herkunft und ein wenig weltfremd, ein nobler Typ, bei Gott, beide hochgebildete Leute, Persönlichkeiten mit vornehmer Gesinnung, wie einige Baalbekmenschen bewundernd anmerken, jedoch nicht ohne Spott. Weil die Frau tatsächlich keine richtige Jüdin ist, eine Christin von Geburt, eine blonde Deutsche, und er ein deutscher Jude, wie er sagt, ein jüdischer Deutscher, aber ein Jecke, wie die anderen sagen. Ein Assimilant, der sich was darauf einbildet, es zwar nicht ständig betont, aber doch öfter zu verstehen gibt, er sei in Deutschland geboren, deutsch erzogen und kaum vom Judentum berührt. Nun ja, ein Westjude, zwar ein gütiger Mensch, aber eben noch nicht ganz auf dem Boden der Tatsachen angelangt!

Sie sind also hier in Marseille, lieber Paul, höre ich den alten Stern mit zitternder Stimme rufen, und wo ist Ihre liebe Frau geblieben? Wir glaubten nämlich, wir dachten, Sie wären längst ... Meine Ursel hat gestern erst zu mir gesagt, die sind längst in Südamerika!

Und ob er denn nicht nach Argentinien habe auswandern wollen, und wann er in Marseille angekommen sei, und wo sie ihn hätten suchen können. Alles wollen sie wissen, ja, antwortet Friedländer gedämpft, allerdings, nach Argentinien wollte er fahren. Doch seine Frau sei bereits dort, in Buenos Aires, jawohl, seit einem Jahr sei sie dort, aber er ..., er zögert, räuspert sich verlegen, und seine Augen bekommen jenen Ausdruck von kindlicher Verschlagenheit, wenn man eine Notlüge sucht. Er habe nach Stockholm fahren müssen!

Nach Stockholm ..., aber warum?

Um falsche Papiere zu besorgen für seinen Bruder.

Falsche Papiere kann man überall bekommen, in Aix, in Bordeaux, in Marseille!

Ach, der Boden der Tatsachen, wie Sascha immer sagte, ihr habt alle keinen Instinkt für Realität!

Und es tat gut, Friedländer zu sehen, ich stieg die Treppe hinunter, um ihn besser betrachten zu können.

In diesem Augenblick begann ein Mann in seinem Zimmer zu schreien: Hilfe, ich ersticke! Ich sterbe, wir krepieren, wir werden alle elendig umkommen … Die hysterische Stimme versickerte allmählich in dem Lärm, der darauf auf dem Gang entstand, einige waren erschreckt aus ihren Zimmern gelaufen, Kinder begannen zu schreien, die Mütter schrien dazwischen, nur Sascha sagte ganz ruhig: Es wird schon stimmen, wir werden umkommen, wir krepieren schon jetzt! – Und paffte Rauchkringel in die Luft. Einer wollte mit dem Stock auf ihn losgehen, ein anderer hinderte ihn daran, und nun schrie eine Frau und weinte krampfhaft, was war eigentlich geschehen?

Ja, hörte ich Friedländer nach einer Weile sagen, er habe versuchen wollen, mit falschen Papieren nach München zu fahren, um seinen Bruder herauszuholen.

Die Sterns sind fassungslos, das ist ja Wahnsinn, wie kann man denn … Wer würde denn … Wenn nicht der Teufel …

Ja doch, sagt Friedländer. Er wollte alles versuchen. Man mußte einfach den Versuch wagen, aber es mißlang …

Und was sie weiter reden, kann ich nicht hören, aber Sascha hat alles gehört, und von ihm erfahre ich später sämtliche Details: Friedländer hat also schon seit einigen Jahren in Paris gelebt – und hier mische ich, was ich bereits wußte, mit den Zutaten aus Saschas Nachrichtenküche –, mit seiner jungen Frau hat er in Paris gelebt, um zu studieren. Er hat mit fünfunddreißig ein neues Studium begonnen, an der Sorbonne, Kunstgeschichte und Philosophie, nachdem er bereits Mathematik und Physik gemacht hatte, in München, Berlin und Wien, und den Doktortitel besaß.

Ph, ergänzt Sascha an dieser Stelle, ein Mann kann sein Leben lang studieren und doch nie ankommen auf dem Boden der Realität!

Friedländers Vater ist aus dem Fenster gesprungen, erfahre ich dann. Sein Vater also, Besitzer einer Textilfabrik in Augsburg, die er sein Leben lang aufgebaut hatte, als ein ehemals kleiner Schneider aus Lodz, der Vater ist aus dem Fenster gesprungen, aus dem vierten Stock hat er sich hinuntergestürzt, als unten die Gestapoleute an das Tor pochten. Der ältere Bruder Max, der den Betrieb leitete, hatte den Versuch gemacht, einen Teil des Vermögens ins Ausland zu retten, was aber von einem seiner engsten Mitarbeiter denunziert wurde. Der Denunziant wurde wie üblich belohnt und übernahm als kommissarischer Leiter die Fabrik.

Und Sascha kommentiert: Gutgläubige, gescheite, fleißige Menschen, aber Fiddler auf dem Dach, zehn Jahre früher hätte man daran denken sollen, etwas zu retten!

Max ist also verhaftet worden, verhört, gefoltert und nach Dachau geschickt. Er wurde im Lager krank, dann zurückgeholt ins Untersuchungsgefängnis in München, weil ein schwedischer Diplomat intervenierte. Das Tauschgeschäft mit den Nazis, durch Vermittlung des Schweden, kam zustande. Max wurde freigekauft, für eine ungeheure Summe. Er starb aber kurz vor der Ausreise nach Paris, angeblich an Herzversagen.

An dieser Stelle des Gesprächs schienen sie eine Weile zu schweigen, dann begann eine neuerliche Debatte. Was er nun tun würde, drangen die beiden Alten in den jungen Freund. Er beruhigte sie, er werde natürlich alles tun, um zu seiner Frau nach Argentinien zu gelangen. Und er werde sofort beginnen, alle nötigen Papiere für die Ausreise zu beschaffen.

Die Sterns meldeten Zweifel an, wieso habe er es denn nicht längst getan. Bald sei es zu spät, vielleicht sei es jetzt schon zu spät. Er sei doch noch jung genug, um ein neues Leben zu beginnen, und gewiß nicht ganz mittellos?

Und wenn er wirklich wollte, wenn er das wirklich wollte, hätte er längst dort sein können, bei seiner lieben Frau!

Jawohl, das hätte er tun können, bestätigt Paul trocken. Ziemlich trocken sogar. Falls er das wirklich wollte ... Darauf sei eine neue Pause entstanden, berichtet Sascha. Eine lange und verdächtige Pause. Und dann ein großes Gelächter.

Dieses Lachen habe ich übrigens auch gehört. Ich hockte im Halbdunkel in einer Ecke, noch immer den aufgeschlagenen Band Mérimée auf den Knien, und hörte das Lachen. Ich erinnere mich deutlich an das unbehagliche Gefühl, das ich dabei spürte, ich war gerade am Ende der Carmen-Erzählung angelangt, dort, wo Don José seine Geliebte tötet:

Du willst mich töten, ich sehe es, sagte sie, so ist es bestimmt; aber du wirst mich nicht zum Nachgeben zwingen! – Ich bitte dich, sprach er zu ihr, sei doch vernünftig, höre mich! Alles Vergangene ist vergessen, dennoch, du weißt es ja –, du bist es, die mich zugrunde gerichtet hat. Deinetwegen bin ich ein Dieb und ein Mörder geworden. Carmen, meine Carmen, laß mich dich retten und mich mit dir! – José, antwortete sie, du bittest um Unmögliches. Ich liebe dich nicht mehr; du dagegen liebst mich noch, und deshalb willst du mich töten ... Alles ist aus zwischen uns. Als mein Rom hast du das Recht, deine Romi zu töten. Aber Carmen wird immer frei sein; sie ist als Calli geboren, und als Calli wird sie auch sterben.

Und dann hat er es getan. Hat ihr das Messer in den Leib gerannt. Und ich habe noch lange danach immer wieder an jenen Tag im Baalbek denken müssen, an die Hitze und die mit Wahnsinn geladene Atmosphäre, das Gewitter und das bösartige Rauschen des Regens und die gleichgültige Stille danach. An die Gerüche erinnerte ich mich, jene Mischung aus Fäulnis, Schimmel und Chlor, und an den erlösenden Duft von Saschas Zigarre. An das smaragdgrüne Licht dachte ich, alle Fenster waren mit durchbrochenen Holzläden verschlossen. Und an das starke, unbeschwerte Lachen mußte ich denken. Ein Lachen wie von ganz jungen Leuten in den Bergen, am Rande des Abgrunds, ein leichtsinniges, helles, irres Lachen. Denn einige Tage später waren die beiden Alten tot!

7

David und Ursula Stern wurden Freitag, den 7. August, in ihren Betten tot aufgefunden. Aber es gab noch einen Toten in dieser Nacht, Franz Dolezal lag angeblich erwürgt in seinem Bett, der Fremdenlegionär, dieser versoffene Typ, den die Baalbekmenschen eigentlich gut leiden mochten, ein Verrückter, ein Clochard, ein verläßlicher Kumpel, der, wenn er gelegentlich im Hafen arbeitete, die Freunde mit Schmuggelware versorgte.

Er war tot, er war offenbar ermordet worden, mit einem Seidentuch erwürgt. So ein Quatsch. Niemand glaubte das. Wir hatten schon so viele Greuelmärchen gehört, daß wir es zunächst nicht wahrhaben wollten. Dennoch schlichen jene, die es gehört hatten, wie betäubt die Treppe hinauf und verschwanden in ihren Zimmern. Die Sterns jedoch hatten sich mit einer Überdosis Veronal umgebracht, das war ein reeller Tod. Eine Nachricht, mit der man etwas anfangen konnte. Sie hatten ihn vorbereitet, hatten offenbar lange vorher gewußt, was sie tun würden. Den Tag der Ankunft der Deutschen hatten sie nicht mehr abgewartet, die Nachricht vom Untergang der Deventer aber mochte ihren Entschluß gefestigt haben. Und wir verstanden plötzlich viele Zeichen, die uns hätten warnen können, dieser Tod war sorgfältig geplant, und niemand hatte es gemerkt. Man hätte es spüren, erraten, riechen müssen, was sie vorhatten. Sie lachten übrigens oft, wir kannten sie nicht anders, diese Leute hatten Kraft, jammerten nie, nörgelten nicht herum, wie viele andere, heuchelten nicht falsche

Hoffnungen. Und sie teilten alles mit allen, teilten Essen und Trinken, Lachen und Weinen.

Und wie kann man lachen, das Ende vor Augen? Wie kannst du lachen, wenn du morgen stirbst, haben wir uns später oft gefragt. Sie konnten es, diese Menschen konnten lachen, nur Leute, die voll Leben waren, konnten das!

Und ich deutete an, ich sei wie trunken gewesen in jenen Tagen, von den Erzählungen Mérimées, von der Farbe seiner Sprache, der genialen Zeichnung der Gestalten, aber das stimmt nur teilweise, und vergeblich ist jedes Bemühen, irgend etwas zu erklären und warum uns diese Geschichten den Atem beklemmen oder auch in eine Art Rauschzustand versetzen – man kann nichts erklären, weil das, was darüber zu sagen wäre, jenseits der Worte liegt. Es ist das Geheimnis wahrer Kunst, der Musik, der Poesie, daß sie imstande ist, uns wie in einem erhellenden Blitz die Quellen eigener Lebenskraft zu erschließen. Und diese Kraft ist schöpferisch. Poesie ist der Atem des Lebens, hörte ich Mendele sagen, er hatte eben Cocteau zitiert, er las manchmal Verse von Rilke, Trakl oder Saint-John Perse, den er eben entdeckt hatte. Auch eigene kleine, starke Gedichte las er vor, sie hatten die Leuchtkraft des echten Jiddisch, das nur noch wenige beherrschen. Judith, die Mendele anbetete, holte manchmal ein paar Zuhörer zusammen, dann saßen sie versteckt hinter der Treppe, und der alte Schauspieler erzählte chassidische Geschichten, und Mendele kommentierte diese auf witzige Weise. Dieser Mensch mit dem großen Kinderkopf auf einem Hals wie ein Blumenstengel, seinen traurigen Augen und den unvergeßlich ausdrucksstarken Händen, mit denen er die Worte in den Raum zeichnete.

Doch ich wollte über meinen Freund Friedländer berichten, ich habe auch seinen Tod miterlebt, ein halbes Jahr später, hab ihn in den letzten Minuten anschauen können, auf einer Baustelle des Lagers Groß-Rosen, unter alten, schönen Bäumen, in einem polnischen Wald. Er lag unter heruntergestürzten Eisenbahnschienen begraben, wir hatten zu schnell gearbeitet, hatten den Waggon ungleichmäßig beladen unter dem brutalen Geschrei eines neuen Postens, einem unerfahrenen und sich wütend gebärdenden Stiefelträger: Schneller, ihr Drecksäcke, wir werden euch Arbeiten beibringen! – Die neuen Posten waren gefährlich, wurden leicht zu Mördern, aus Unsicherheit und aus dem Widerspruch zwischen dem Machtanspruch der SS-Uniform und dem Kleinbürger, der darin steckte. Die Schienen kamen ins Rutschen, wie wir es befürchtet hatten, und Friedländer, schon sehr geschwächt, konnte nicht mehr zur Seite springen, und die Schienen hatten sich kreuz und quer verschoben, hatten sich beim Auffallen auf ihn gelegt. Ich sah ihn ganz unten liegen, das Gesicht war frei, aber es hatte ihm die Glieder und den Brustkorb zerquetscht. Er lebte noch, er gab keinen Laut von sich, hatte die Augen weit geöffnet und schaute mit seinem klaren Blick, mit diesem unvergeßlich klaren Blick und dem Ausdruck von kindlichem Staunen schaute er auf die großen, alten Bäume und den leicht bewölkten Himmel; er lebte noch wenige Minuten, in einer Ekstase des Schauens, gerade so lange, wie wir brauchten, um die Schienen beiseite zu heben, unter dem immerwährenden Geschrei des SS-Postens. Friedländer schien zu lächeln, eine Art Lächeln, die man nicht beschreiben kann … Und wo hab ich ihn zum erstenmal gesehen? Ich erinnere mich jetzt genau und werde diesen Bogen spannen, von einem vagen Anfang im Lager zu einem leuchtenden Ende, werde es jedenfalls versuchen. In einem Gefangenenlager in der Bretagne hatte ich ihn gesehen, er war mir sofort aufgefallen, ich sagte es schon.

Sie hatten uns auf eine große Wiese getrieben, wie das Vieh, tatsächlich, der Krieg traf sie unvorbereitet, die französischen Militärs waren nicht fähig gewesen, brauchbare Gefangenenlager zu errichten. Aus dem berüchtigten Sammellager im Stade de Colombes, dem Fußballstadion im Westen von Paris, wo einige zehntausend Männer bald nach Beginn des Krieges interniert wurden, brachten sie uns etwa drei Wochen später in die Bretagne. Das Stade de Colombes, unser erstes Lager also, war für sogenannte feindliche Ausländer errichtet, für Deutsche und Österreicher, aber waren wir denn Feinde? Die meisten waren politische Flüchtlinge, Emigranten und Antifaschisten, auch einige Auslandsdeutsche, die seit vielen Jahren in Frankreich lebten, Reisende und Künstler, die der Krieg in Paris überrascht hatte und die nun einfach hinter Stacheldraht gesperrt wurden.

Schlafen unter freiem Himmel oder auf den Tribünen, keine Decken, kein Stroh und als Verpflegung nur Leberpastete in großen runden Konservendosen, sonst nichts, eine Dose für je fünf Mann pro Tag, ohne Brot, was eine mittlere Katastrophe bewirkte, Dünnschiß auf allen Wegen und auf den Stufen der Tribünen, wo wir schliefen, aber auch viel Zeit sitzend verbrachten. Die Stimmung unter den Internierten war dementsprechend, Wut und Haß, das alles stank nach Korruption, na klar, die ersten, die sich am Krieg bereicherten, waren die Generale, die mit ihrer Unterschrift Riesenaufträge lenken konnten, die einige Konservenfabrikanten und Erzeuger von Uniformen zu Millionären machten. Die Waffenlieferanten und alle jene Beamte und Militärs, die mit der Versorgung der Truppen betraut waren, konnten viel Geld in die eigenen Taschen scheffeln. Alle redeten von nichts anderem, der Krieg war das Ziel, der Gipfel und die Glorie aller Korruptheit der Welt! Verdreckt, verlaust und heruntergekommen, wie sie es in wenigen Tagen waren, rotteten sich die Gefangenen zusammen, dann zündete manchmal ein einziges Wort – Hitler! Die Waffenschmiede hüben und drüben, die Kriegsgewinnler aller Länder hatten sich auf den Tapezierer verschworen, sie haben Hitler und seine Kriegsmaschine erst möglich gemacht! Es gab manchmal auch anderes zu hören, selbst hier fanden sich einige verspätete Vaterlandstreue und Deutschnationale, die tatsächlich zurück ins Reich wollten. Gebrüll, Schimpfkanonaden, auch Geschrei um den Sinn der Maßnahmen, wozu sperren sie uns ein, sollen sie uns doch Gewehre geben, dann werden sie schon sehen, auf welcher Seite wir stehen!

Und dann das tägliche, stündliche Rätselraten um den Verlauf und die Dauer des Krieges. Eine Woche höchstens, meinten einige, zwei Wochen vielleicht, dann stehen die Deutschen vor Paris, wenn es nämlich an der Front so beschissen zugeht wie hier im Lager. Sie konnten nicht wissen, daß ihre Witzeleien die pure Wahrheit waren. Nein, drei Monate mindestens, sagten andere. Nur einen hörte ich sagen, und es war Friedländer, ihr habt keine Ahnung, sagte er, der Krieg wird vier Jahre dauern, wie der erste Weltkrieg. Und glaubt ihr denn, wenn die Nazis Frankreich genommen haben, sie werden stehenbleiben?

Aus dieser ersten Hölle im Stadion verfrachteten sie uns in die nächste Abteilung, nämlich auf jene Kuhweide, das Lager bei Meslay-du-Maine. Ringsum nur verkümmerte Apfelbäume, Ruinen von verlassenen Bauernhöfen und Stacheldraht! Wir schliefen auf der nackten Erde, die sich nach den ersten Oktobergüssen in einen stinkenden Morast verwandelte. Erst nach Wochen brachten die Franzosen zwei beschlagnahmte Zirkuszelte ins Lager, die wir aufzustellen versuchten, aber es fehlten wichtige Teile. Und nichts funktionierte, weder der Bau von Latrinen noch die Versorgung der Gefangenen mit Wasser, alles war improvisiert und dem Zufall überlassen, als wäre der Krieg wirklich nur eine Episode für wenige Wochen, was diesem Volk vielleicht zur Ehre gereichen mochte, denn auf der anderen Seite der Front waren Könner am Werk, absolute Meister im Einsperren von Millionen.

Viele Internierte wurden krank, einige wurden wahnsinnig, andere gingen bald frei, prominente Schauspieler, Schriftsteller und Maler, die über Beziehungen verfügten oder mit Französinnen verheiratet waren. Es gab wohlhabende Geschäftsleute, die täglich Freßpakete bekamen, sie gruppierten sich in einem Kuhstall, der bewohnbar gemacht wurde, und verteilten unter ihren Günstlingen Bonbons und Delikatessen. Wer aber keine Pakete bekam und keine Gönner hatte, nämlich die überwiegende Mehrheit der Internierten, verkam im Dreck. Und dort hab ich Friedländer gesehen. Er ging aufrecht, geschmeidig und mit einem strahlenden Lächeln herum, was viele andere, die verzweifelt waren, verblüffte. Während des Tages wanderte er unermüdlich, wie übrigens viele Intellektuelle und Künstler, auf der Lagerpromenade hin und her, den Stacheldraht entlang, umringt von seinen Adepten, alles Doktoren, Bücherschreiber und Studenten der Sorbonne, furchtbar gescheite Leute, die während des Laufens den alten Nietzsche zerpflückten, Heidegger, Hegel und Marx, um auf jene Kopfkrankheit zu stoßen, von der sie das deutsche Volk befallen sahen.

Und das war die Botschaft Friedländers, von der man abends beim Lagerfeuer manchmal hören konnte – die Welt sei aus den Fugen, die Menschheit gehe unerforschbare Wege, man müsse das Gleichgewicht wiederherstellen. Und er selbst verspüre eine fundamentale Wandlung, verkündete er lachend, er habe sein bisheriges Leben im Überfluß verbracht, an Herzflattern gelitten und nervösem Magen. Essen nur nach ärztlicher Anleitung, die feinste und teuerste Diät. Nun aber schlucke er zweimal täglich einen Liter Stacheldraht und sei zum erstenmal in seinem Leben völlig gesund!

Stacheldraht nannten wir damals die Lagersuppe aus

Pferderüben und Brennesselkraut, die man uns verpaßte. Er habe seit seiner Geburt in den Netzen dreier Frauen gehangen, der Großmutter, der Mutter und schließlich seiner Frau, die alle ihren Lebenszweck darin sahen, mit ihm in teure Kurbäder zu fahren, nach Karlsbad, Gastein und Vichy, ihn zu lieben, zu verwöhnen und zum Krüppel zu pflegen! Nun aber sei er frei ... Sein Gesicht leuchtete im Feuerschein bei diesen Eröffnungen, es hatte etwas von der Emphase des Moses in der Wüste, der das Volk aus der ägyptischen Gefangenschaft herausgeführt hat. Und seine Worte erzeugten, während die andern gebratene Äpfel schmausten, eine Stimmung von Lebenslust.

Sascha lachte schallend, als ich ihm von meinen ersten Lagererfahrungen berichtete und von Friedländers wundersamer Heilung. Dann aber wurde er nachdenklich und still, ich erinnere mich, wir hockten wie Derwische auf seinem Teppich, Joschko und ich, während der Prediger uns zur Einstimmung zwei Hände voll Datteln spendierte und eine halbe Flasche Rosé. Er war manchmal verdammt großzügig und war ebenso bekannt als Geizkragen, aber wir beide konnten jederzeit einen kleinen Geldschein oder ein Stück Brot bei ihm abstauben. Er paffte genüßlich seine Zigarre, dann weihte er uns ein:

Dies sei nun ein exemplarischer Fall, und die Juden seien zwar größtenteils langweilige Schwätzer, wie die meisten anderen Erdbewohner, aber doch auch ein exemplarisches Volk, von biblischer Unrast erfüllt und von der Begierde zu wandern, sich zu verwandeln, zu vermischen und gleichzeitig das zu bleiben, was sie sind. Ein absoluter Widerspruch in sich, aber genau das sei die Quelle ihrer schöpferischen Energie. Denn in der Tat, wie alles Lebendige nur im Kampf der Gegensätze lebendig bleibt und sofort erstarrt, wenn es Ruhe und Sicherheit findet, so sei auch die Wiedergeburt Friedländers zu verstehen. Er wäre nun wieder unterwegs.

Die Diaspora der Juden? Eine paradoxe Situation, eine immerwährende Zerreißprobe, oft eine Herausforderung an die Menschheit und eine brennende Zündschnur unter Europa! Sascha lachte, während er redete, sein Gesicht verzog sich zu einer Grimasse voll beißendem Spott, gleich darauf betrachtete er uns mit einem unschuldig-hinterhältigen Blick: Wißt ihr eigentlich, was ein Jude ist, was Jüdischsein bedeutet?

Niemand weiß es. Es hat zu viele Geschichten und Lügen darüber gegeben. Und wenn wir noch nie einen wahren Juden gesehen hätten, Friedländer sei zurückgekehrt in die Gnade und den Glanz der Propheten.

Joschko und ich tauschten einen unsicheren Blick, was sollte das alles bedeuten, wir hielten nichts von großen Worten, und was gingen uns die Propheten an. Wir fanden es beschissen, wie uns dieser Typ manchmal behandelte, ein wenig wie Halbidioten. Er sei aber kein richtiger Jude, dieser Friedländer, entgegnete ich, eher ein Anarchist oder Marxist und glaube nicht an Gott!

Er braucht nicht an Gott zu glauben, wer glaubt schon an Gott, sagte Sascha. Niemand braucht das, auch nicht ein richtiger Jude. Denn wenn es einen Gott gibt, ich setze den Fall, dann ist es ein Gott der Vernunft. Und wahrscheinlich hat er Humor, denn Lachen ist das Göttliche am Menschen! – Gott hat keinen Namen, bitte, steht in der Bibel. Er heißt Herr oder der Ewige oder sonstwie. Und er besitzt gewiß nicht jene Eigenschaften, die wir Menschen ihm unter die Weste jubeln möchten. Folglich will er auch nicht, daß du ständig vor ihm kriechst und Dankeschön sagst oder ihm den ganzen Tag schmeichelst, wie groß er doch ist. Wenn er ein echter Gott ist und unsere Rechnung stimmt, dann pfeift er drauf, könnt ihr mir glauben, hab mein ganzes Leben lang darüber nachgedacht, so ein eitler Tropf, wie die Leute aus ihm machen wollen, kann er nicht sein. Ist es aber ein künstlicher Gott etwa aus Holz, von

Menschen gemacht, dann hat er eben menschliche Eigenschaften. Dann ist er rachsüchtig und will ständig angebetet werden. Das ist doch Scheiße. Dann will er ständig Geschenke haben, und natürlich will er, daß du ihm Opfer bringst!

Das sei aber bereits der große Manitu oder Baal, und man müsse sich rechtzeitig entscheiden, ob man einfach ein Götzenanbeter sein wolle oder ein richtiger Jude, ein anständiger Christ oder ein guter Moslem, was gewiß viel anstrengender sei, denn es erfordere Mut und Klugheit. Du sollst so handeln, daß du Gott ähnlich wirst, das ist okay, ob es ihn gibt oder nicht, ist in meiner Rechnung ganz egal. Was das heißt? Du sollst nicht töten, voilà, c'est tout!

Du sollst dir kein Bildnis machen von ihm, steht auch in der Bibel und ist ziemlich gescheit, denn sonst machst du nämlich ein Goldenes Kalb aus ihm. Und ruf ihn nicht, er kommt nicht, seine Kraft wirkt nicht von außen, sondern innen. Und geh nicht Gold suchen in die Berge, das einzige Stück Gold, das dir vielleicht nützen kann, findest du in dir selbst, falls du überhaupt noch imstande bist, irgend etwas in dir zu finden.

Sascha hat mir tatsächlich mit diesen Sätzen geholfen, meine Lage zu verstehen. Und was ein richtiger Jude ist oder nicht ist, dazu braucht man viele Jahre, um es zu begreifen, zu viele Geschichten über die Juden und zu viele Lügen verwirren die Welt. Die Juden sind keineswegs das auserwählte Volk, wie verschiedene Eiferer behaupten, und wenn, dann vielleicht nur in dem Sinn, daß sie ein lebendiges Beispiel abgeben für das Anderssein in der Welt, das Fremde, das wir aber achten sollen, wie es in der Bibel steht. Nur die schöpferische Auseinandersetzung mit dem Fremden und Andersgearteten – und nicht, indem wir es hassen und vernichten – macht uns sehend für das, was wir selbst wirklich sind. Und es befähigt uns, die eigenen

Kräfte zu entwickeln, nämlich alles, was den Menschen ausmacht, Liebe und Vernunft. Nur wer sich wandelt, lebt.

8

Und dann die Angst, diese bleifarbene, verzückte, lächerliche Angst, in der ich Joschko erblicken sollte, er zitterte wie ein nasses Kalb nach der Geburt, und das war an dem Tag, als sie uns aus den Betten holten, nämlich Sonntag, den 9. August. Ich hatte die Nacht bei Lily verbracht und war erst im Morgengrauen in unser Zimmer im sechsten Stock gekommen. Und um sechs Uhr früh holten sie uns aus den Betten, zwei Uniformierte und ein ziviler Polizist. Wir kannten bereits einige von diesen Typen, braungebrannte, meist gutaussehende Männer, deren Jagdrevier offenbar die Canebière war, der Cours Belsunce und das Gebiet rings um das von Jachten und Fischkuttern besetzte Becken des Vieux-Port. Es gab hier riesige Speicher und Handelshäuser, den Quai säumend, und viele hübsche Cafés, vor den markigen Silhouetten der beiden Festungen, welche die Einfahrt zum Hafen bewachten. Nicht zu vergessen das schwarze Ungetüm des Pont Transbordeur, eine über das Hafenbecken gespannte gigantische Hängefähre aus Eisen, die es heute längst nicht mehr gibt. Diese Leute, die geheimen Flics nämlich, lümmelten in weißen Korbstühlen unter den bunten Sonnenschirmen der Cafés, tranken einen Rosé und beobachteten lässig die Passanten, vor allem den hübschen Frauen blickten sie nach, auf ihre Beine und Hintern stierten sie, mit der Begehrlichkeit und Langeweile wenig beschäftigter Männer. Ob sie vielleicht bei anderen Einsätzen, in den Abendstunden und in den Vierteln der Hurenhäuser emsiger beschäftigt waren, darüber konnten wir nur spekulieren. Doch ihre trübsinnigen Gesichter kannten wir, sie hatten sich uns tief eingeprägt, die leeren Augen, ihre kalten, glatten Schnauzen unter der kühn geschwungenen Krempe des Hutes von billiger Eleganz, sie trugen immer Hüte, wie die Bullen im Film. Damals, glaube ich, lernten wir das Verhaltensmuster der französischen Polizisten gründlich kennen, denn jeder von uns Flüchtlingen hatte meist schon beim Grenzübertritt mit ihnen Bekanntschaft gemacht, in Strasbourg, Metz oder Dijon, auch in Paris oder hier im Midi bekamen wir es gelegentlich mit ihnen zu tun, die wir ja selbst die Straßen hin und her tippelten, ruhelos herumschnüffelnd, unter der zermürbenden Last geringer Beschäftigung. Einer von diesen also zerrte Joschko aus dem Bett, nun ja, weil sie keine Zeit hatten. Beamte kaschieren ihre innere Unsicherheit oft mit übertriebener Eile und Wichtigkeit, und weil Joschko so schwer wach wurde und eine geschlagene Stunde brauchte, ehe man ihn anreden konnte. Etwas, das mir Sorge bereitete, unser Athlet, unser vielgerühmter Preisringer Joschko Karfunkel, vom Sportklub Hakoah, in der Leopoldstadt in Wien, das Riesenbaby, wie ihn verschiedene Leute nannten, und wie hätte ich denn ahnen können, daß es auch ihn treffen würde, daß ich ... daß ich ein Jahr später Zeuge seines schmählichen Todes werden sollte, in einem Außenlager von Groß-Rosen wurde er morgens, auf dem Marsch zum Arbeitsplatz, erschossen!

Joschko hatte einen kindlichen Hang zu langem Schlaf und jene fatale Schwäche des Übergangs vom Traum zur Wirklichkeit, die lebensgefährlich werden konnte. Es genügte nicht in jener Zeit, groß und stark zu sein, ein Muskelprotz, das alles wußte ich damals noch nicht so genau und staunte nur, staunte über sein heftiges Zittern. Verdammt, warum zitterte er? Wurde er denn jemals richtig wach, lebte er nicht, wie viele andere, auf halber Flamme, immer ein wenig im Schumm, wie wir es bezeichneten, in einem trüben, flackernden und schummerigen Licht. Was aber auch wiederum seinen Charme ausmachte und jene mütterliche Zärtlichkeit erklärte, mit der ihm die Frauen im Baalbek begegneten. Auch Katja, jawohl! Sie hatte Joschko oft umarmt und gedrückt, und es hatte mich irritiert und mit nagender Eifersucht geplagt, daß ihre Stimme heiser wurde, wenn sie mit ihm redete, was weiß ich, worüber. Er saß also nach dem Aufwachen meist stumpf im Bett, vor sich hin glotzend, mit glasigen Augen und rotem Gesicht, dicke Schweißtropfen auf der Stirn.

Diesmal war ihm auch noch ein ungeheurer Schreck in die Glieder gefahren, von dem er sich erst nach Stunden erholen sollte. Die Polizisten standen zunächst hilflos neben seinem Bett und ermahnten ihn, sich zu beeilen. Joschko schlüpfte endlich wie gelähmt in seine Hose, dann zögerte er, beugte sich zu mir und grinste kläglich: Stell dir vor, sagte er, ich hab von einem toten Esel geträumt! – Trotz seiner offenkundigen Schwäche und der tiefsitzenden Angst machte er sich lustig, besaß Joschko den beißenden Spott der Ostjuden, jenen tragischen Witz, auch im Versagen, den diese Menschen wohl nie verlieren. Das wirre, unbeholfene Lächeln dieses Jungen, die blauen Lippen, zitternd und ein wenig hängend, und dann dieser Satz – er habe von einem toten Esel geträumt!

Joschko hatte eine fast zwanghafte Neigung, mir ständig seine Träume zu erzählen, vor allem seine sexuellen Phantasien, in allen Details, er war völlig naiv. Einer der Flics hielt ihm das Hemd hin, mit ungeduldiger Gebärde, dann folgten wir den Männern hinunter. Auf der Treppe bemerkten wir bereits den Aufruhr, das Hotel war von Polizei besetzt, die Hotelgäste wurden aus ihren Zimmern geholt, manche noch nicht fertig angezogen, wenn sie vielleicht wie Joschko noch vom Schlaf und dem jähen Erwachen halb betäubt waren. Wieder einmal waren einige von ihnen tief erschrocken – die Deutschen sind da!

Das alles ging jedoch ziemlich ruhig vor sich und ohne Brutalität, wie wir sie kurze Zeit später reichlich erfahren sollten. Die Flics verhielten sich höflich, aber mit eisiger Gleichgültigkeit gemischt, wir sahen, daß sie eine gewisse Unsicherheit lähmte, vielleicht ein Rest von ziviler Menschlichkeit. An ihren Gesichtern merkten wir, sie waren nicht ganz bei der Sache, es langweilte sie, Flüchtlinge ödeten sie an, man hatte nur Ärger mit ihnen, die Deutschen mochten vielleicht an diesen Leuten interessiert sein, aber was ging sie das an. Im Augenblick war ihnen das alles lästig und artete jedenfalls nicht in jene Hektik aus, wie bei einem wirklichen, handfesten Verbrechen. O ja, ich kannte das, ich hatte es in Paris erlebt, in einem miesen Hotel auf dem Montmartre, sie hatten dort eine Prostituierte gefunden, in ihrem Zimmer hatten sie das Mädchen gefunden, von einem Unbekannten erdolcht!

Und doch war auch hier ein Mord im Spiel, jemand habe Franz Dolezal erwürgt, wie man uns sagte, ich erwähnte es schon. Womit, mit einem Schal? Lächerlich, wer sollte das getan haben, Sascha lachte gereizt, als er es hörte. Ein klassischer Fall von Fememord unter Schmugglern, den man uns vorführen wollte, zum Totlachen, wäre es nicht eben auch sehr bitter gewesen. Denn Sascha hatte für diesen Burschen ziemlich viel übrig, ein Clochard, ein Vagabund und Trinker, na wenn schon, aber ein anständiger Kerl! – Saschas Wut war echt, und lange werden wir noch darüber reden, ob es nicht eine glatte Lüge war, eine Inszenierung der Polizei, aber zu welchem Zweck? Und Dolezal war gewiß bloß an Alkoholvergiftung gestorben, hatte sich totgesoffen. Und wer hatte es wirklich gesehen, wer hat diesen angeblichen Mord entdeckt?

Dolezal war ein arbeitsloser Tischler aus Linz in Oberösterreich und kein Emigrant, er hatte sich bereits mehrere Jahre in Deutschland und Frankreich herumgetrieben, hatte sich vor dem Krieg bei der Fremdenlegion verdingt und war dann wegen eines chronischen Blasenleidens entlassen worden. Er hatte es simuliert, hatte jede Nacht ins Bett gepischt, wie er uns lachend erzählte, die Legion war nichts für ihn. Und er hatte ungefähr einen Monat im Karzer verbracht und weiter gepischt. Du mußt nur konsequent sein, beim Militär mußt du konsequent sein und eine Sache durchstehen, dann glaubt man dir, verstehst du? Er wurde also abgerüstet und landete schließlich durch Zufall bei uns im Baalbek. Er fürchtete nun, als Deserteur geschnappt zu werden, wenn die Deutschen kamen, denn mit den Nazis habe er nix im Sinn, wie er sagte, dann lieber wieder zur Fremdenlegion! Er hatte vielleicht aus Angst gesoffen, und übrigens kam jeder Legionär, wenn er überhaupt zurückkam, als Trinker zurück. Und nun sollte er tot sein, ermordet, erwürgt? Oder benützte ein beflissener Polizeioffizier die Gelegenheit, um für die Interessen der vor der Tür stehenden neuen Machthaber ein Stück Fleißarbeit zu verrichten. Dolezal hätte Waffen geschmuggelt, wie es hieß!

So ein Unsinn. Sascha war in seinem Element, er schimpfte, wütete, dieser Tote sei ein Signal, daß die Deutschen bald die Demarkationslinie überschreiten würden, eine erste Warnung. Der deutsche Wahn, der ganz normale deutsche Wahnsinn, der ganz Europa überrollte. Und er sollte recht behalten, später hörten wir, es habe ähnliche rätselhafte Todesfälle auch an anderen Orten gegeben.

Die Polizisten versuchten indessen etwas Ordnung in den Wirbel zu bringen, den sie selbst erzeugt hatten. Machen Sie uns doch bitte keine Schwierigkeiten, mahnte ein Offizier der Sûreté, wir tun nur unsere Pflicht! – Wir also machten die Schwierigkeiten? Eine Betrachtungsweise, die wir bald darauf in den deutschen Lagern noch gründlicher erfahren sollten: Beklagt euch nicht über euer Schicksal, ihr seid selbst schuld daran, wird es dort heißen.

Und doch möchte ich erwähnen, daß ich trotz aller Dienstfertigkeit vieler französischer Beamten den deutschen Besatzern gegenüber nicht dazu neige, deutsche und französische Polizisten gleichzusetzen. Der Deutsche, wenn er eine Uniform trug, war nur noch Polizist, sonst nichts!

Die Frauen im Baalbek hatten es schwer, sie versuchten sich selbst und die Kinder zu beruhigen und sich Klarheit über die Lage zu verschaffen, aber was für eine Klarheit mochte das sein? Drei Tote in einer Nacht und nun auch die Polizei im Haus. Suchten sie etwa einen Täter im Hotel? Vielleicht wollte man ihnen suggerieren, jemand habe einen Spitzel liquidiert; Spitzel gab es überall, wohl auch im Baalbek, aber man kümmerte sich nicht weiter darum. Und ich fragte mich mit Unbehagen, hatte die Vichy-Polizei vielleicht einen ganz anderen Verdacht geschöpft, verfolgte Spuren, die in unser Hotel führten? Dolezal war ein Fremder für uns, aber er hatte Zeit für jeden und konnte zupakken, wenn vielleicht ein Möbelstück zu rücken war, denn jüdische Frauen rücken gern Betten und Schränke, selbst im Hotel. Er versorgte die Frauen mit gewissen Lebensmitteln, jede Menge Erdnüsse aus Afrika, falls kein Brot zu ergattern war, man konnte die Nüsse zu Mehl mahlen und Kuchen backen, die Kinder rissen sich darum.

Der Tod der beiden Sterns dagegen hatte uns alle tief erschüttert. Was für ein feiner und gütiger Mann der Musikprofessor doch war, und sie, eine blonde, typische Deutsche, dick, liebenswürdig und gescheit. Eigentlich auch sehr jüdisch, wie einige Baalbekmenschen fanden. Kunststück, die beiden hatten fünfzig Jahre miteinander gelebt! Und man hätte es wissen müssen, was geschehen würde, sie hatten sich merkwürdig verhalten, noch Wochen später wurde jede Einzelheit heftig diskutiert. Sie hatten alles verschenkt, vielleicht war es für sie völlig normal, so zu handeln. Aber zuletzt hatten sie sogar ihre Kleider, Schuhe und Reisetaschen verschenkt, weil sie abreisen würden, wie sie glaubhaft erzählten, möglichst ohne Gepäck. Und wohin?

Nach Argentinien!

Und gab es denn eine Schiffspassage nach Argentinien, in diesen Tagen? Vor dem Büro der Transports Maritimes am Quai des Belges waren die jeweils auslaufenden Schiffe mit Kreide auf einem schwarzen Brett verzeichnet, verschiedene Leute gingen öfter hin, um wenigstens die Namen der Schiffe und der Übersee-Häfen zu schmecken, Oran, Tunis, Casablanca oder Martinique ... Das war wie eine Prise Kokain, man konnte dann besser atmen.

Nein, sie würden nach Cerbère fahren und dort von Schleppern über die Pyrenäen nach Spanien hinübergebracht werden, die berühmte geheime Route, die schon viele Flüchtlinge, auch eine Reihe von Schriftstellern gegangen waren. He, fragten sich einige Emigranten, war das denn für zwei alte Leute nicht viel zu riskant? Aber keiner dachte an das, was wirklich geschehen sollte.

Die Leute, die abreisen wollten, entwickelten meist eine hektische Tätigkeit, von der Joschko und ich profitierten, denn das war sozusagen unser Job, wir besorgten Koffer, Jutesäcke und Ölpapier, halfen ihnen ihre Sachen verpakken und trugen sie weg. Ungefähr alle sechs Tage fuhr ein Schiff nach Martinique, da waren oft zwei oder drei Glückliche dabei. Was von den Sachen nicht mehr gebraucht wurde, schaffte man zu den Trödlern in der Rue Tapis vert, gleich um die Ecke. Aber die beiden alten Sterns zeigten keinerlei Reisefieber, wurden immer stiller. Warum ist uns das nicht aufgefallen? Sie schenkten uns Geld, was Joschko und mich beschämte, denn bei etwas mehr Verstand hätte uns der Grund dämmern sollen. Aber alle Menschen im Hotel lebten in einem wirren Zustand von Aufregung und Angst.

Ich muß immer wieder sagen, daß ständig Gerüchte aufkamen, nun sei es soweit, deutsche Truppen stünden vor Marseille, und es dauerte Stunden, bis sich die Leute beruhigten. Sie dachten, die Boches wären da, und nun würde geschehen, was jeder fürchtete wie den Tod – sie würden uns ins Konzentrationslager sperren. Jeder kannte verschiedene Lager, meist französische Internierungslager, und die waren schlimm genug, es gab dort auch Hunger und Kälte, Läuse, Wanzen, Typhus und Ruhr, aber man konnte sich für eine Art Militärdienst melden, entweder zur Fremdenlegion nach Afrika oder in ein Prestataire-Lager zur Arbeit. Noch während des Zusammenbruchs im Juni 1940 und des Einmarschs der Deutschen wurden die Internierungslager in der Besatzungszone aufgelöst, und man schickte die Gefangenen in die Lager der unbesetzten Zone, viele gingen auch frei.

Aschenbrenner, ein Wiener Journalist, der ein Jahr im Konzentrationslager Dachau verbracht hatte und wie durch ein Wunder freigelassen wurde, hatte uns erzählt: Die Deutschen werden euch antreten lassen und auf dem Appellplatz zählen, dann rein in die Baracken und wieder raus, und wiederum zählen, bei Regen und Schnee. Auch nachts. Auch wenn einige von den alten Männern bereits am Boden liegen und sterben, sie zählen ruhig weiter. Ein Deutscher in Uniform könne sehr gut mit einer Hand prügeln und mit der anderen Hand sorgfältig Eintragungen machen, wie viele Lebende und wie viele Tote. Ordnung muß sein! Es war das System, das dieser Mann uns erklärte, das Lagersystem, wir hörten es, verstanden aber nicht. Wer kann das schon verstehen? Und vielleicht hatten wir noch einmal Glück und kamen wiederum in französische Lager.

Doch soweit war es diesmal noch nicht. Im Hotelbüro hatten die Flics mit dem Verhör begonnen, wer von den Hotelbewohnern hatte mit Dolezal zu tun oder machte mit ihm Geschäfte? Unser Hotelier, Monsieur Haschami, was wie Askami gesprochen wurde, stand scheinbar unbeteiligt dabei. Er sei selbst ein Polizist, ein Geheimer, wie einige Obergescheite wissen wollten. Andere meinten, es sei ihnen egal, Haschami sei uns wohlgesinnt und habe vielen Leuten geholfen! Ein freundlicher, stiller und vornehm wirkender Mann, den wir nur selten sahen, das Hotel wurde von den weiblichen Mitgliedern der Familie geführt. Und nun wurden gerade einige der Händler befragt, wieso sie denn nichts wüßten, oder hatten sie vielleicht doch von den Waffen gehört? Sie hatten doch wohl Schmuggelware von Dolezal bezogen. Waffen? Um Waffen ging es also, nun war alles klar. Von uns jüngeren Männern suchten sie einige heraus, um sie auf dem Polizeirevier zu verhören.

Sie fuhren uns in einem schwarzen Polizeiwagen mit lautem Tatüüü, wie man es in diesen Tagen fast pausenlos in den Straßen hörte, zu dem berüchtigten Hafengefängnis hinauf, dem ältesten und vielleicht schmutzigsten Etablissement dieser Art von Marseille, direkt hinter der Kathedrale, Joschko wäre fast umgekippt, ihm war schlecht, aber eingezwängt zwischen den schwitzenden Leibern der Arrestanten und mit seinen zitternden Lippen kläglich grinsend, flüsterte er mir zu, er sähe, wenn er die Augen schließe, noch immer den toten Esel! Er ist verrückt geworden, dachte ich, er wird gleich umfallen und schreien. Er war ein typischer Schreier, wie Dostojewski sie beschrieben hat, bei ihm sind es aber immer Frauen. Und doch gibt es auch unter Männern Hysteriker. Oft, mitten in der Nacht, rief Joschko gellend um Hilfe, am Morgen entschuldigte er sich zerknirscht, eine Ratte sei ihm übers Gesicht gelaufen. Er hatte panische Angst vor Ratten, was nicht sehr vernünftig schien. Denn Ratten, so groß wie Kaninchen, hockten in diesem Teil von Marseille auf jedem Misthaufen, in allen Winkeln, wir hatten sie schon im Hof des Hotels gesehen und einmal sogar auf dem Gang, im sechsten Stock. Die Ratten beherrschten die Stadt.

Ich beobachtete Joschko gespannt während dieser rasenden Fahrt zum Polizeirevier, und überhaupt betrachtete ich ihn ständig mit heimlichem Vergnügen, ich beobachtete auch alle anderen Menschen und mich selbst und registrierte vergnügt das Vergnügen, das ich dabei empfand. Ich war ganz ruhig auf dieser Fahrt, es muß wohl irgend etwas nicht ganz in Ordnung sein mit meiner Verdrahtung, denn immer wenn andere Leute krank werden vor Angst und völlig aus der Fassung geraten, verzeichne ich völlige Windstille in der Takelage, eine verrückte Neugier, die mich den Atem anhalten und begierig lauschen läßt, was nun passieren wird. Ein paradoxes Glücksgefühl, falls man es so bezeichnen kann, das mich im Unglück manchmal packt und heimlich sogar eine noch schlimmere Wendung wünschen läßt, wie um meine Existenz mit allen Fasern zu spüren, meine verborgenen Kräfte zu prüfen.

Doch das alles sind Überlegungen von heute, damals dachte ich gewiß nur an Katja und an Lily, was denn sonst. Ich dachte an beide und machte mir Sorgen. Seit dem Augenblick, als wir von Dolezals Tod gehört hatten und von Waffen, dachte ich mit großer Sorge an sie. Ich wußte wenig über Katja, auch Lily war mir im Grunde ein Rätsel, ich spürte schmerzhaft mein Versagen. Und Katja hatte mich benützt, wie ich gesagt habe, und ich kochte innerlich vor Wut, wenn ich an meine Blindheit dachte. Sie liebte Alain, einen Mann von vierzig, und sie hatte wohl recht damit. Katja hatte in mir nur den jugendlichen Träumer gesehen, was nur zum Teil stimmte, ich beobachtete die Wirklichkeit ziemlich genau. Diese verdammte Neugier und Passivität, dieses begierige, distanzierte Schauen, erfüllte mich gleichzeitig mit Scham. Scheiße, wann würde ich anfangen, etwas zu tun. Das Schuldgefühl, nicht rechtzeitig in den Widerstand gegangen zu sein, hat mich nie verlassen!

9

Niemand beachtete den Polizeiwagen voll von Männern, in Marseille schleppen die Flics ständig irgendwelche Figuren ab, Ausländer, Farbige, Taschendiebe und Clochards. Wie immer in Kriegszeiten blühten Schleichhandel und Schmuggel, die Hurerei hatte die Stadt überzogen wie ein Schimmelpilz. Die Bistros, Hafenkneipen und Bordelle glichen Wespennestern im August, es summte und brodelte, und manchmal knallte es auch. Gewöhnlicher Totschlag war an der Tagesordnung, Joschko und ich hatten auf unseren nächtlichen Streifzügen mehrmals solch einem Kunststück zugesehen – ein Mann liegt auf der Straße, und zwei Kerle hauen auf ihn ein, obwohl er sich doch längst nicht mehr rührt. Übrigens hörten wir während der Fahrt und mitten in dem Scheppern des alten Wagens und dem wütenden Tatüüü unsere Bewacher miteinander reden, es habe an einem anderen Ort eine ähnliche Tat gegeben. – Siehst du, sagte Joschko, sie bringen die Spitzel um, alle Spitzel bringen sie um!

Und Sascha, der mit im Wagen war, wurde wütend, ginge es also einfach darum, die Spitzel abzumurksen? Wer sollte das tun, einer von uns? Wie Joschko bloß auf so 'ne blöde Variante kommen könne, wollte Sascha wissen, Dolezal ein Spitzel? Dann wären wir alle Spitzel, dann müßten die unbekannten Killer zweihundert Kandidaten kaltmachen, approximativ! Der Prediger hatte gesprochen, und nun schwiegen wir, und nur das irre Tatüüü bohrte sich in unsere Schädel.

Endlich waren wir am Ziel, ein graues Gebäude mit blinden, in den unteren Etagen vergitterten Fenstern. Wir wurden gefilzt und registriert, die Flics nahmen wie bei gewöhnlichen Kriminellen unser Foto und die Fingerabdrükke zu Protokoll. Schließlich brachten sie uns durch lange Gänge, über schmutzige Treppen in einen gewölbten Keller, eine Halle, und wie ein Bahnhof mit Menschen gefüllt. Als sich aber die Augen an das Halbdunkel gewöhnt hatten, merkten wir – es waren Frauen. Was für Frauen sollten das sein, die meisten waren wohl Nutten, wie Sascha später berichten wird, hochanständige Prostituierte, Hut ab, die ein vergnügtes Geschnatter eröffneten, als wir die Szene betraten. Aber solche Straßenmädchen, wie wir sie noch nie gesehen hatten, einige von ihnen alt, völlig abgetakelt und zerstört. Auch Zigeunerinnen waren dabei, es war heiß hier unten, stickig und feucht wie im Dschungel, und einige von den Veilchen waren nur spärlich bedeckt und obszön bemalt. Keiner von uns hatte jemals solch jämmerliche Dirnen gesehen, selbst Joschko, der über weitreichende Kenntnis verfügte, zeigte sich verblüfft; wo in Marseille, zum Kuckuck, in welchen verfaulten Vierteln, die wir offenbar noch nicht entdeckt hatten, hielten sich diese Vogelscheuchen verborgen? Und wie kamen sie hierher, zu welchem Zweck hatte man sie hier versammelt? Eine Generalreinigung der Stadt? – Die Polizisten stießen uns in Zellen mit dicken Gitterstäben davor, schlossen uns jedoch nicht ein; die französischen Gefängnisse waren berüchtigt dafür, Überbleibsel aus dem Mittelalter zu sein. Und niemand von uns dachte etwa daran, sich aufzuregen oder zu beschweren, es wäre sinnlos gewesen, und keinem von uns kam es in den Sinn, die Zelle zu verlassen, um sich vielleicht mit den Frauen zu amüsieren. Ich erinnere mich gut daran, wie wir uns an die Eisenstäbe klammerten und das Schauspiel betrachteten, halb erstickt von Zigarettenrauch und Gestank. Aber alle diese Frauen benahmen sich so normal wie auf einem Wochenmarkt, es war also nicht neu für sie, hier im Polizeiarrest zu kampieren; sie stritten sich, erörterten mit gellenden Stimmen Berufserfahrungen, lachten, sangen und schimpften mit bewundernswerter Kraft, hatten sich eingerichtet. Sie kochten auf Spiritus, aßen und tranken nicht schlecht, wurden offenbar von der

Außenwelt mit allem versorgt, was sie brauchten. Sie handelten zum Zeitvertreib mit Kleidern und billigem Schmuck, promenierten hin und her, hockten in einer improvisierten Kneipe dichtgedrängt und mit Flaschen bestückt; ein unterirdisches komplettes Leben, wir waren völlig geplättet, wie sich Sascha ausdrückte, das alles konnte nicht wirklich sein, hier wurde uns ein Spalt in eine verborgene Welt geöffnet. Es mußte ein Irrtum sein, wir wußten ja aus Erfahrung, daß die Behandlung von Häftlingen bei den französischen Behörden nicht mit Logik zu ermessen war, reiner Zufall, in welche Polizeistation oder welches Lager wir gebracht wurden und ob du die Nacht auf der Pritsche oder auf dem Steinboden verbrachtest, ob es überhaupt Verpflegung gab und wann man dich wieder laufen ließ.

Einige von den Frauen rückten näher, und bald standen sie dichtgedrängt vor unserem Käfig wie Kinder im Zoo, sie suchten sofort ein Gespräch, boten uns Zigaretten an, gute englische Stäbchen, die uns besoffen machten mit ihrem Duft. Sie fingen an zu fragen, wo kommt ihr denn her, und was habt ihr ausgefressen, in dieser Façon, denn gewiß dachten sie, wir seien Diebe, bei einer nächtlichen Razzia zusammengefegte verlauste Typen. Aber so sahen wir eigentlich nicht aus, das mußten sie inzwischen zumindest gerochen haben, und das verblüffte sie. Erst klangen ihre Fragen spöttisch und roh, sogar verächtlich, dann aber, als sie hörten, wer wir waren, nämlich Flüchtlinge, von den Deutschen gejagt, da schwiegen sie eine Weile, dann stotterten sie verwirrt irgendwelches Zeug, ihr Ton wurde ernst und verlegen. Schwer zu sagen, ob sie wirklich begriffen, was mit uns geschah, aber es scheint, als ob das Wort Flüchtling, un réfugié, bei den einfachen Menschen dieses Landes eine tiefere Wirkung hervorruft als irgendwo sonst in der Welt. Sie betrachteten uns nun wohlwollend und scheu, mit einer natürlichen Achtung, die uns verlegen machte. Sie brachten uns Essen und Trinken, fragten nach unseren Frauen und Kindern, nach Vater und Mutter fragten sie und wo wir denn, verdammt, in dieser beschissenen Welt eigentlich zu Hause waren. Wir mußten uns eingestehen, daß wir die Dinge ganz anders taxiert hatten beim Betreten dieser Unterwelt, wir wußten nichts, hatten wenig Ahnung von der wahren Lage dieser Frauen, was wußten wir überhaupt von den Menschen dieser Stadt, und auch wir kamen für sie von einem anderen Stern.

Joschko ging es miserabel, er schwankte, verdrehte die Augen, eine der Frauen hatte ihm ein Glas zum Trinken gereicht, und er hatte es hinuntergekippt, es war aber kein Wasser. – Hier stinkt es von einem toten Esel! sagte er und fiel um, nach einer Weile öffnete er wieder die Augen, blinzelte unsicher, versuchte sich halb aufzurichten und schielte neugierig nach diesem Weib, seiner Wohltäterin. Was war das bloß, es ging ihm auffallend besser – die Frau war inzwischen in heftigen Streit mit anderen Schönen geraten, sie redeten in einer fremden Sprache, lachten, fluchten, es waren Zigeunerinnen in weiten, malerischen Röcken und bunten, nicht mehr ganz sauberen Seidenblusen. Den Namen der Alten hab ich vergessen, in der Erinnerung jedoch und im Gespräch mit Sascha nannten wir sie einfach Carmen, in Frankreich ein fast alltäglicher Frauenname, und vielleicht hieß sie wirklich so. Die Frauen überschütteten also unsere Carmen mit Vorwürfen, warum sie nur diesem Tölpel, dem armen Jungen, ein volles Glas Feuerwasser geplänkelt habe, aber Carmen lachte, ließ sich nicht beirren, machte Joschko Zeichen, näher an die Zellentür zu rücken, sie grämte sich nun doch, betatschte ihn vorsichtig und liebevoll wie einen jungen Hund, trocknete sein Gesicht mit einem sauberen Taschentuch, flüsterte unverständliche Koseworte und fütterte ihn mit Süßigkeiten. Joschko ließ alles willig über sich ergehen, schlief dann beruhigt ein, und als er am nächsten Morgen heftig gerüttelt werden mußte, weil man uns zum Verhör holte, erschrak er nicht, zitterte er nicht mehr.

Haben Sie Franz Dolezal gekannt? Sie haben ihn doch gut gekannt! – Das war Sascha, den sie als ersten in die Zange nahmen.

Nein, antwortete der Gefragte.

Aber Sie haben mit ihm Geschäfte gemacht?

Woraus schließen Sie, daß ich Geschäfte mache, sagte der Prediger, machen Sie Geschäfte?

Werden Sie nicht unverschämt, jedenfalls haben Sie gewisse Beziehungen zu Dolezal unterhalten, wir wissen Bescheid!

Beziehungen? Er habe bei Monsieur Dolezal, wie er sich ausdrückte, gelegentlich Zigarren gekauft, das sei alles!

Wir anderen Kandidaten, die sie später ausquetschen wollten, hockten in einem schäbigen Vorraum, wo es streng nach Pisse roch, der Abort war nebenan, und alle Türen standen offen, alle Fenster waren zu. Die Beamten latschten hin und her, zivile und uniformierte Flics, in jener undurchsichtigen Haltung aus Beflissenheit und Kälte, aus der man keinerlei Schlüsse ziehen konnte. Was war eigentlich geschehen? Wir entdeckten auch den Hotelier, Monsieur Haschami, der kurz zu uns hereinblickte. Jemand wollte bemerkt haben, daß er aufmunternd lächelte. Welche Rolle spielte er eigentlich in dieser Farce? Er war also doch ein Polizeiagent, dieser elegante Mann, ein Dandy, ein Hotelbesitzer, und der sollte ein Schnüffler sein?

Das schöne Gesicht dieses Mannes mit dem dunklen, samtenen Teint ist uns lange in Erinnerung geblieben. Übrigens waren einige von den mittleren Hotels im Hafengebiet, wie Sascha herausgefunden hatte, tatsächlich im Besitz von Polizeibeamten und Zöllnern.

Wie denn aber Dolezal in die Lage gekommen sei, Kleider von ihm zu tragen, wird Sascha nun befragt. Er habe sie ihm geschenkt! Geschenkt? Für welche Gegenleistung und ob Dolezal sie ihm nicht etwa gestohlen habe? – Sascha bleibt völlig ruhig und bedient sich, wie immer im Umgang mit Behörden, eines gewählten Französisch, falls er nicht, wie gerade jetzt, mit Ausdrücken aus dem Pariser Argot kontert: Mais voyons, Messieurs, il ne va pas me piquer mes bottes ... Er wird ihm doch nicht seine Treter klauen und die Hosen und vor seinen Augen darin herumspazieren, er sei schließlich kein Idiot gewesen!

Aber ein Dieb, ein ausgemachter Dieb war er eben doch, beharrt der Polizist, jeder Mensch im ganzen Viertel habe davon gewußt! – Wie bitte? Er habe davon nichts gehört, sagt Sascha ungerührt. Im Gegenteil, alle Leute im Hotel hätten Dolezal für einen anständigen Kumpel gehalten, eine ehrliche Haut, merde, man will ihn wohl provozieren?

Die Polizisten zeigen sich irritiert, sind von der Ausdrucksweise des Ausländers sichtlich beeindruckt. Aber daß Dolezal süchtig gewesen sei, ein Alkoholiker und Morphinist, das müsse er doch gemerkt haben? Ja, bestätigt nun Sascha, der arme Kerl war krank, hatte immer Schmerzen und habe ständig Medikamente geschluckt!

Voilà! Das sei es eben, sagt der Polizeioffizier. Und das Geld, das er dazu brauchte, habe er sich auf kriminelle Weise beschafft. Sascha zuckt die Achseln, davon wisse er nichts. Und auch an uns stellen sie danach die gleichen Fragen. Im Zimmer des Toten, heißt es nun, habe man säckeweise Erdnüsse gefunden, Kaffee und Tabak. Jawohl, geben wir zu Protokoll, Dolezal habe oft im Hafen gearbeitet, beim Ausladen der Frachter, und habe diese Waren als Deputat erhalten, ganz legal, für Schwerarbeit an Sonntagen und nachts, er habe damit seine Freunde versorgt, weiter nichts. – Und nun rücken sie heraus: Ob wir etwas über die Waffen wüßten? Sie haben unter dem Bett Dolezals, wie es auf einmal heißt, zwei Gewehre gefunden und eine Kiste Munition. Während sie uns das fragen, stehen ungefähr sieben Polizisten um uns herum, unter ihnen Haschami, unser Hotelier. Welche Waffen? Niemand von uns hat jemals Gewehre bei Dolezal gesehen und sich übrigens nie dafür interessiert. Unser Erstaunen muß ihnen glaubhaft erschienen sein, wir werden nicht weiter verhört.

Aber zwanzig Jahre später werde ich mich an Sascha wenden, in unserem kleinen Hotel in Paris, ich erwähnte es schon, wo wir uns alle paar Jahre gelegentlich treffen, und werde ihn fragen:

Wer hat Dolezal erwürgt?

Mehrmals werde ich Sascha befragen. Er wird schweigen, und ich werde weiter bohren, war Dolezal vielleicht ein Spitzel, wie einige Leute behauptet hatten, war er ein agent provocateur, wenn man etwa die Sache mit den siebzehn Gewehren in Erwägung zieht. Gab es überhaupt diese Gewehre, niemand hat sie gesehen!

Sascha blickt mir gereizt ins Gesicht, Dolezal ein Spitzel? Wer war dann eigentlich kein Spitzel? Erinnerst du dich nicht, jeder hielt damals jeden für einen Spitzel, die ganze Stadt redete von der Cinquième Colonne, was soviel bedeutet wie: eine geheime Armee von Verrätern!

Jetzt habe ich ihn gepackt, er bringt eine Flasche Wein und zwei Gläser, und wir werden lange reden und streiten. Es sei eben das Kennzeichen jeder Diktatur, alle menschlichen Beziehungen zu vergiften und Mißtrauen zu säen, selbst unter Freunden. Gewaltherrscher leben immer in Angst vor dem Volk. Und das erste, was sie unter ihrer Regierung erschaffen, ist ein perfektes Spitzelsystem!

Die Menschen waren krank und wie von einem Bazillus befallen, es gab damals bereits die straff organisierten Formationen der Légionnaires de Pétain und andere Gruppen, die bereits für die Deutschen arbeiteten und eine starke und wirksame Propaganda betrieben. Und es habe in Marseille bereits ein Netz der Gestapo gegeben, ganz logisch, Kontaktleute und Mittelsmänner hatten sich bereitwillig eingefunden, sie finden sich überall in großer Zahl ein, wo Unterdrückung herrscht. Die Macht erzeugt den Mob und der Mob die Macht!

Und es gab also Zuträger der Mittelsmänner und Handlanger der Zuträger, es gab die Helfershelfer der Handlanger und wiederum deren Informanten. Ein großes Netz, das Fischnetz jeglicher Tyrannei, mit damals noch beträchtlichen Lücken, durch die man vielleicht schlüpfen konnte, wenn man schlau war oder glaubte, schlau genug zu sein. Wie immer im Krieg verbreiteten sich Ströme von Geld, flossen durch ein weitverzweigtes unterirdisches Adergeflecht, an dem teilzunehmen du nur genügend Skrupellosigkeit brauchtest und Intelligenz!

Auch die Geschäfte mit Informationen blühten, sowie eine steigende Nachfrage für Waffen, mehr noch für Munition, denn Waffen und allerlei Kriegsgerät habe man fast an jeder Hausecke erwerben können, Strandgut aus dem Desaster der französischen Armee, Anfang des Jahres 1940, aus diesem drôle de guerre, dem komischen Krieg, wo nichts funktionierte, die linke Hand nicht wußte, was die rechte tat, und die französischen Soldaten zwar mit Gewehren, jedoch ohne Munition vor der Front lagen. Verrat auf der ganzen Linie, die großen Drahtzieher hatten Europa an Hitler verkauft, er sollte den Kommunismus rammen!

Und die Sache mit den siebzehn Gewehren? Jedenfalls glaubte Sascha, unser Hotelier, Monsieur Haschami, habe die Leute gewarnt, er habe Katja gewarnt, nicht an diese Gewehre zu rühren. Es mußte die Deutschen brennend interessieren, welchen Weg diese Waffen nahmen oder eine Kiste Munition!

Und nun sind wir mittendrin. Saschas Augen glänzen, und er schenkt ein. Wir werden reden und trinken, die halbe Nacht, die Vergangenheit werden wir auspacken, Stück für Stück …

10

Zwei Tage und drei Nächte, falls ich mich recht besinne, haben wir Männer aus dem Baalbek dort zugebracht, jawohl, ich rede vom Polizeigefängnis im Vieux-Port und von den vielleicht hundert Straßenmädchen und Zigeunerinnen; was hatten eigentlich die Nutten mit den Zigeunern zu tun und wir mit ihnen, nichts, ich rede von der grauen Zelle, die Wände mit groben Schriftzeichen und deftigen Sprüchen bedeckt, Nachrichten, Obszönitäten, Räubersprüche, von dem stinkenden Pißkübel rede ich, drei wackligen Eisenpritschen für sieben Mann und einigen verlausten Decken. Wollte man uns strafen, fertigmachen, prüfen? Nichts davon, es war die blinde, alltägliche Fahrlässigkeit der französischen Polizei, weil man uns isolieren wollte, filzen, ausloten, verhören, eine Bagatelle, verglichen mit dem sorgfältig geplanten, irrsinnigen Tohuwabohu, das einige von uns bald erfahren sollten, im deutschen Ordnungsstaat. Und doch ein unerhörtes Ereignis, das Frauengefängnis nämlich, ein Magnesiumblitz, ein unvergeßlicher Seitenblick in die Kellergewölbe des menschlichen Wesens, so verwirrend, daß ich heute noch daran denke, mich mit Staunen erinnere, war es denn ein Hirngespinst, ein wüster Traum?

Und wie kam ich eigentlich dahin? Apropos, die Worte Untergrund oder Kellergewölbe des menschlichen Wesens sagen gar nichts, was sagt das schon, man kann mit diesen papiernen Ausdrücken nichts erklären, du kannst auch nicht verständlich machen, was weiterhin geschah, wer nicht in den deutschen Lagern war, kann nicht darüber reden, unmöglich, es sei denn, er lügt. Und wer dort war, wer es gesehen hat, wer diese Hölle überlebt hat, kann es also auch nicht, kann nicht darüber reden, weil es ihn erstickt, weil ihm vor Scham die Stimme versagt, auch wenn er es immer wieder versucht, und weil diese Sprache, diese tausend Jahre alte, in der Verschleierung geübte Sprache, im Vortäuschen und Lügen verfeinert, gewiß auch auf der Suche nach Schönheit und Wahrheit, weil sie nicht über die Bilder verfügt, nicht Worte hat zu sagen, was deine Augen gesehen haben. Warum beklagst du dich also, dann schweige. Dann schweigen wir alle, um nicht noch tiefer in belangloses Gerede und Schande zu versinken.

Und ich will nur noch sanft anmerken, wie sich in meinem Hinterkopf, in jenem Schubladenschrank, den wir Gedächtnis nennen, die Inhalte vermischt haben, denn wenn ich manchmal vom Lager träume, zwanzig Jahre danach, dreißig Jahre danach, wenn ich von den Baracken in Buchenwald träume oder von den unterirdischen Stollen in DORA bei Arnstadt in Thüringen, wo wir Steine auf Loren hievten, nach der Sprengung, und fast alle dabei krepierten – ist immer ein Schatten, ein verschwommenes Bild des Frauenlagers von Marseille dabei, das ist es, was ich noch erwähnen wollte und an die Wand spendeln, und wie kam ich denn dahin?

Katja hatte mich ins Baalbek geschleppt, richtig, ich sagte es schon, es war ein verdammter Zufall, Bestimmung, merde. Die Franzosen sagen merde, wenn wir Scheiße sagen, aber merde ist vielleicht genauer, es trieft weniger, hat weniger Gewicht und führt den Pfeil genauer ins Ziel. Ich glaube also nicht an Bestimmung, oder doch? Ich war Katja sofort nach meiner Ankunft am 13. Juli jenes Jahres begegnet, und ich habe seither oft über dieses Zusammentreffen nachgedacht und einen Sinn darin gesucht, denn im Leben ist offenbar alles eine Frage der Konstellation unerklärlicher Kräfte, Strömungen, Charaktere, nicht etwa eine Frage der Stellung der Gestirne und ihrer Aszendenten, wie es die Sterndeuter genau wissen wollen, nein, ich meine einen viel stärkeren Magnetismus, und das hat nichts mit Metaphysik zu tun, nämlich die Bezogenheit zwischen

Menschen, die einander zufällig begegnen und sich plötzlich verwandelt sehen, von einer unbekannten Energie. Darüber möchte ich berichten, über Begegnungen, die unser Wesen und unser Bewußtsein erweitern, stärker als irgendeine Droge, über die Kraft des Gesprächs, über das tiefe Glück des Beisammenseins, des Erkennens – auch jenes Erkennens, von dem in der Bibel die Rede ist, und Jakob erkannte Rahel, das heißt, er drang in sie ein, sie wurden eins, das Glück der Liebe und Überwindung des Nichts, darüber möchte ich erzählen, fühle mich aber ständig daran gehindert, und was hindert mich eigentlich daran?

Geschichten erzählen hat etwas mit Fallenstellen zu tun. Ich las einmal in einer russischen Novelle über einen Fallensteller, der einen alten, äußerst schlauen und gefährlichen Wolf besiegt hatte. In dem schrecklichen Winter von 1870 hatte sich der Wolf bis an die Vororte von Shitomir gewagt und dort in den Dörfern an die zwanzig Schafe gerissen. Die Jäger waren außerstande, den Räuber zu stellen, niemand hatte ihn gesehen, kein Mensch vermochte seiner Spur zu folgen. Der Wolf hatte in einer Nacht bei Grodi geräubert und in der anderen Nacht, sechzehn Werst davon entfernt, in Lusniki, dazwischen hatte er drei Dörfer ausgelassen. Der Mann, von dem die Rede ist, ein Landvermesser, Bauer und Bienenzüchter namens Jakow Pawlitsch, lieh sich beim Gutsherrn ein Pferd, einen alten Wallach, ebenso alt wie der Wolf, und ritt während der Osterwoche sämtliche Orte ab, wo das wilde Tier die Menschen geschädigt hatte. Er schrieb seine Beobachtungen und Berechnungen stets in ein kleines grünes Buch, das er in der linken Brusttasche trug, auf der anderen Seite hatte er eine Flasche Raki, echten türkischen Raki. Dann kam er zurück, ritt um das eigene Dorf herum, hielt lange auf einem Hügel Ausschau wie ein Feldherr, man konnte von dort mehrere Siedlungen sehen, und er fühlte seinem Pferd den Puls, achtete sorgfältig und geduldig auf die Dampfwolke vor den Nüstern des Wallachs, dann legte er die Falle aus. Zwei Nächte hindurch passierte nichts, in der dritten Nacht ging der Wolf in die Falle. Die Bauern bestürmten den Landvermesser, ihnen zu sagen, was er sich dabei überlegt habe und wie er die Winkelzüge des Wolfes habe vermessen können?

Der alte Jakow Pawlitsch dachte lange nach, zündete sich eine Pfeife an, nahm einen Schluck aus seiner Flasche, der Raki befeuerte sein Denken, und er überlegte und suchte nach Worten, konnte es ihnen jedoch nicht erklären. Und so ist es mit dem Geschichtenerzählen, man kann nichts erklären und legt einfach eine Falle aus.

Und nun möchte ich noch einmal von Carmen berichten, sie war sehr braun, von imposanter Fülle, äußerst lebhaft und strahlte zugleich eine gewinnende Ruhe aus. Diese Frau zog an jenem Sonntag im August, als wir ins Gefängnis kamen, ein schwarzes Seidenkleid an, im Knast, tatsächlich, sie wurden von ihren Angehörigen gut versorgt, die Bohemiens, ein Kleid mit roten Stickereien und vielen Unterröcken, deren Saum man sehen konnte. Es mußte ein Festtag der Zigeuner sein, auch andere Frauen schmückten sich, vielleicht auch ein Protest, eine Provokation, und ich hatte gerade Mérimée entdeckt, und seine Carmen faszinierte uns. Ich hatte auch Joschko mit dieser Tollheit angesteckt, in meinem Kopf verfing sich die fixe Idee, man würde für jede Phase des Lebens die passende Stelle in einem der großen Romane finden, eine Paraphrase des eigenen Erlebens, Variationen, Deutungen, Sinngebung, man mußte nur den Instinkt haben und die Bücher griffbereit, und wir hatten sie – in Saschas Schrank. Es war eine seltsame und wilde Schönheit, schreibt Mérimée, eine Gestalt, die einen beim ersten Anblick verwirrte und die man niemals vergessen konnte. Namentlich ihre Augen hatten einen wollüstigen und zugleich wilden Ausdruck, wie ich ihn nie mehr seitdem in irgendeines Menschen Blick gefunden habe!

Unsere Carmen hatte das lange Haar zu einem kunstvoll geflochtenen Turm aufgesteckt, es war noch schwarz, das Haar, mit einem weißen Streif an jeder Schläfe, ein königlicher Anblick. Wir sahen, daß sie schön war, eine Frau von vielleicht sechzig Jahren, von einer bizarren, ergreifenden Schönheit, die von einem starken Leben zeugte und von Stolz. Auch einige von den anderen Frauen machten Staat, sie wuschen sich in einer Zelle, die sie zum Badehaus umfunktioniert hatten, wir hörten sie schreien, lachen, fluchen, prusten und mit reichlich Wasser planschen. Einige von den jüngeren Frauen schleppten Eimer mit heißem Wasser herbei, manchmal sahen wir die Schönen triefend in ihre Zellen hüpfen, kaum mit Handtüchern bedeckt oder auch nackt, mit herrlich schwabbelnden riesigen Brüsten und enormen Hüften, ein wahrer Hexensabbat, und alle lachten, sangen und kreischten. Die Lieder, soweit wir Bruchstücke davon verstehen konnten, handelten von Liebe und Tod, Verrat und Rache. Eine der Frauen sang katalanische Liebeslieder, mit einem metallischen Klang in der Stimme, so daß uns ganz kalt wurde vor Staunen und Entzücken. Warum tat sie das, wollte sie die Mannschaft unterminieren wie die Carmen in der Oper von Bizet? Später hab ich die gleichen Lieder in Buchenwald gehört, in einer denkwürdigen Nacht in der Baracke. Als alle anderen längst schliefen, mitten in der Nacht, begann ein Mann plötzlich zu singen, mit einer harten, kehligen und wundervollen Stimme. Ich war aufgerüttelt, wie von einem Traum, einem Signal aus der schönen, fernen, verlorenen Welt. Und ich wollte den Mann sehen und ging am nächsten Morgen, kurz vor dem Ausmarsch zur Arbeit, ging ich die Reihen der Holzverschläge ab, der dreistöckigen Betten, wo wir uns in den kalten Nächten zusammendrängten und wo ich ihn vermutete ... Dort aber lagen mehrere Tote. Immer, wenn wir aufstanden, um vier Uhr früh, blieben einige Männer liegen, Sterbende und jene Glücklichen, die im Schlaf verlöscht waren.

Doch kehren wir zurück nach Marseille. Die Frauen – wir konnten nichts über sie erfahren, warum man sie gefangenhielt, und erst von Sascha hörte ich, was mit Carmen geschehen war. Er war ihr im Untergrund wiederbegegnet, nach dem Einmarsch der Deutschen im November 1942. Und nach dem Krieg berichteten Überlebende, sie hätten diese Frau im KZ Ravensbrück gesehen, sie sei aber nicht zurückgekehrt. Doch während wir in diesem Arrest saßen und das Schauspiel der Frauen betrachteten, dachte ich fieberhaft nur an Flucht. Wir wußten nicht, was die Vichy-Polizei mit uns vorhatte, wie lange dieser reizende Aufenthalt dauern sollte. Na prima, dachte ich in einer Anwandlung von jugendlichem Leichtsinn – mehr als im Gefängnis zu landen konnte ich mir nicht wünschen, sie würden uns weiterverfrachten, von einem Knast zum andern, wie wir es bereits kannten. Niemand wußte, warum und wohin, wußte es denn die Polizei? Wir ahnten damals nicht, wie nahe wir daran waren, an die Deutschen ausgeliefert zu werden. Die Deportationen hatten zu dieser Zeit bereits begonnen.

Und eines Tages könnte ich Katja begegnen, in irgendeinem verfaulten Arrest, auf dem Transport oder auf der Flucht. Merde, es war mir bestimmt, sie wiederzusehen! Lily war inzwischen gewiß bereits abgefahren, aber Katja war noch hier ... Ich glaubte in einem Anfall von Fieberglut, ihre Nähe zu fühlen. Und solche Sachen sind, wie Joschko behauptete, sie sind in dem verdammten Buch mit sieben Siegeln, das man Schicksal nennt, fest vorgezeichnet. Er glaubte wirklich daran, dieser Narr, hatte mystische Neigungen, es sei mir vorbestimmt, Katja wiederzubegegnen. Es war Mist, was er redete, aber ich hörte es gern.

Nein, tatsächlich, vor dem amerikanischen Konsulat hatte ich sie erblickt, noch nicht vier Wochen her, um sieben Uhr früh, und ich kam damals mit jenem verrotteten Zug aus Toulouse. Ich hatte mich zwei Monate lang zwischen Marseille, Aix, Perpignan und Toulouse herumgetrieben, in der vagen Hoffnung, ich könnte für die zweitausend Francs, die ich besaß, ein Visum ergattern oder auf andere Weise über die Berge nach Spanien und Portugal gelangen, dort war man vor den Deutschen zunächst noch sicher. Es war ein Irrtum, und ich war offenbar nicht gescheit genug. Ein Visum, so unterderhand, kostete das Fünffache, wenn man Glück hatte. Beim spanischen Konsulat in Perpignan und Toulouse konntest du, wenn du einen gültigen Paß mit portugiesischem Visum hattest, ein spanisches Transitvisum bekommen. Das portugiesische Transit jedoch bekamst du nur, wenn du in deinem Paß irgendein Visum hattest, das deine Weiterreise aus Portugal garantierte. Wer ein USA-Visum besaß, war okay, aber wer auf sein amerikanisches Visum nicht in Marseille warten wollte und genügend Mittel besaß, besorgte sich ein chinesisches oder siamesisches Visum. Auch ein Visum für Belgisch-Kongo oder für Costa Rica sollte es irgendwo in Aix oder Nîmes zu kaufen geben, und man brauchte eine Empfehlung, um zum Konsul vorgelassen zu werden, und das war wiederum mit Geld oder guten Beziehungen verbunden.

Man muß sich die Flüchtlingsströme vorstellen, welche die Städte des noch unbesetzten Frankreich überschwemmten, vor allem Soldaten, Tausende völlig heruntergekommener Söldner, welche die Hauptstraßen hin- und herflanierten und die Plätze und Bistros besetzt hielten. Laut Waffenstillstandsabkommen vom Juni 1940 sollte die französische Armee rasch demobilisiert werden, aber dieser Vorgang nahm schon zwei Jahre in Anspruch. Aus dem ganzen Land strömten die versprengten Truppenteile ans Mittelmeer, wo sie von Toulon, Marseille und Sète nach

Oran, Algier oder Casablanca eingeschifft wurden. Aber auch Tausende ausländischer Flüchtlinge irrten umher, wie ich, um zu entkommen. Ich hatte offenbar keine Chance, und der Rest meines Vermögens wurde eines Nachts in einem Flüchtlingslager gestohlen. Ich jammerte nicht, beklagte mich nicht, geschieht dir recht, sagte ich mir im stillen, warum hast du es nicht längst verfressen, und es ist wohl deine Bestimmung, hier in Europa zu bleiben! Auch mit dem USA-Visum hatte ich kein Glück; bevor ich dieses Herumzotteln zwischen den Städten begonnen hatte, im März und April, hatte ich krampfhaft versucht, beim Konsulat in Marseille ein Visum zu bekommen. Ich wohnte damals in La Pomme bei einem Bauern, dem ich an manchen Tagen im Pferdestall half und auch den Acker pflügte. Ich fuhr mit dem Trolleybus mehrmals in der Woche nach Marseille zum Konsulat. Aber dort wollten sie neuerdings, man höre und staune, wollten von den Bewerbern wenigstens tausend Dollar sehen. Haben Sie tausend Dollar, dann ist alles okay, lassen Sie mal sehen! – Auf einmal wollten diese Holzköppe Geld sehen, die neueste Masche, wie die Betroffenen sagten, um uns Arschlöcher abzuwimmeln, die das Geld nämlich nicht hatten!

Und man mußte die Penunje nicht etwa wirklich besitzen, wie mir ein schlaues Bürschlein suggerierte, das ich vor dem Konsulat kennenlernte. Teddy Pollak nämlich, schon wieder ein Lebenskünstler, ein kleiner Ganove aus Berlin, dem ich auf den Leim gegangen war, einer von den zahllosen Experten, die davon lebten, weniger gescheiten Landsleuten Ezzes zu geben, was soviel bedeutet wie gute Ratschläge. Und gute Ratschläge waren in jenen schlechten Zeiten ein begehrter Handelsartikel. Du mußt das Geld nicht wirklich haben, verstehst du das, nur vorzeigen solltest du es können. Es genügt den blöden Amerikanern, wenn du gerissen genug bist, es dir bei Freunden zu pumpen, bei deinen Verwandten vielleicht, falls du über wohlhabende

Onkel und Vettern verfügst, für eine Stunde nur, um damit aufs Konsulat zu latschen, eine beschissene Stunde, hast du Kalbskopf das verstanden? – Und wer also für einen Tausender Kredit hatte, bei den eigenen Leuten, durfte ins Gelobte Land ziehen, nur Tausenddollarmenschen waren im Paradies erwünscht, im Land der unbegrenzten Möglichkeiten, oder auch solche Typen, die in der Lage waren, es vorzutäuschen. Ich war das nicht, bei Gott, weder war ich clever genug, noch hatte ich die geeigneten Vettern. Und schließlich verließ ich Marseille, trieb mich an der spanischen Grenze herum und hoffte auf ein Wunder, einen Fingerzeig, einen Blitz vom Himmel, kehrte dann reumütig zurück.

Und so stand ich also – merde, hab ich das schon erzählt? – eines Tages wieder vor dem Bahnhof Saint-Charles, in Marseille, es war ein prachtvoller und staubiger Morgen, der Wind fegte durch die Straßenschluchten der Stadt, der eisige Mistral wirbelte Wolken von Papierfetzen und Mist vor sich her, wie im Monat März, als ich Marseille verlassen hatte, ein unvergeßlicher Anblick. Und dahinter das Meer, grau schäumend und gelb wie Jauche, ich war überwältigt. Ich hatte nämlich die Nacht sitzend verbracht, in einem von schwitzenden Menschen vollgestopften Zug, und nun war ich erlöst und folgte den andern Emigranten, die mit dem gleichen Zug gekommen waren und die Lage kannten, sie tippelten sofort zum Konsulat, mit Sack und Pack und mit den Kindern. Man mußte frühzeitig dasein, um eine Nummer zu ergattern, es wurden für die Antragsteller pro Tag nur soundsoviel Nummern ausgegeben, hieß es. Und als wir ankamen, es war Montag, der 13. Juli, standen bereits fünfzig unausgeschlafene und zerknitterte Figuren vor der Visa-Abteilung des USA-Konsulats. Ich reihte mich ein. Mir war schlecht vor Hunger und Durst, ich wankte vor Müdigkeit. Ich hockte mich auf meinen kleinen Pappkoffer und fiel um. Der Koffer trug mich nicht, er löste sich auf, und meine Klamotten fielen heraus und verbreiteten sich auf dem Pflaster, ein Hemd, zwei Unterhosen und drei Taschentücher. Weitere ungefähr siebenhundert fliegende Blätter, nämlich die völlig zerlesenen, vergammelten und wie von Termiten zerfressenen Seiten der Kartause von Parma, im Taschenformat. Ich hatte Stendhal entdeckt, Tatsache, damals war es noch nicht Mérimée oder Hesse und Proust, sondern Stendhal, und sie hatte sich atomisiert, wie man heute sagen würde, hatte sich aufgelöst, meine Kartause von Parma, sie bedeckte den staubigen Boden, und da war eben diese Person, dieses unglaubliche Mädchen Katja, das bald mein Denken und Fühlen aufrütteln sollte wie ein Tornado, wie ein tektonisches Beben, und half mir, mein Strandgut einzusammeln, und damit fing eigentlich alles an.

11

Nein, ich muß diese verrückte Geschichte ganz anders aufziehen, wir hocken also noch immer in der muffigen Zelle, im Frauengefängnis von Marseille, wir wollen das einmal festhalten, und drei von unseren Baalbekmenschen spielen Skat, so wahr mir Gott helfe, ich glaube, es war der Fischverkäufer aus der Praterstraße in Wien, eine schillernde Persönlichkeit, ein Debrouillard, ein Beschaffungskünstler, wie man ihn nennen könnte, er roch immer noch nach Fisch, ein Angeber und Luftmensch, ich muß ihn kurz erwähnen, er gehört einfach in das Mosaik dieser Zeichnung, anders ausgedrückt, wie jemand in sein Strickmuster einen schwefelgelben Faden einziehen würde, um eine gewisse Wirkung zu erzielen, er hatte ein Päckchen Karten aus der Hosentasche gezogen und sofort zwei Partner gefunden, Joschko war natürlich mit von der Partie. Der Fischverkäufer hatte ein Gesicht wie eine leicht angefaulte Tomate, diese Leute bekommen, wenn sie alt werden, solch ein Clownsgesicht, zwei unförmige Backen, ziemlich geschwollen und voll Narben, darüber dünnes, fettiges Haar und wässerige kleine Augen sowie einen völlig formlosen Mund, ein Fischmaul, das nach Fliegen schnappt, so ungefähr. Er war aber noch keineswegs alt, vielleicht vierzig, trotzdem konnte man sich ihn leicht als gekrümmten Siebziger vorstellen, siebzig sollte er jedoch nicht werden, ein paar Monate später war er tot. Bei der Arbeit im Lager hatte es ihn getroffen, auf dem Holzplatz der Zellwollefabrik Phrixa, im Riesengebirge. Mit dem Gewehrkolben erschlagen. Er ist beinahe in Würde gestorben, aufrecht stehend und ohne einen Laut. Ein verhältnismäßig angenehmer Tod unter den in deutschen Landen herrschenden Bedingungen.

Dieser Mensch war ein typischer Kartenspieler aus Passion, ein Profi gewissermaßen, alles in seinem Leben drehte sich um Skat, und er konnte jeden Augenblick und an jedem beliebigen Ort sofort die Karten zücken wie ein anderer das Messer. Ich erinnere mich deutlich, wie ich ihn wenig später in einer mit Häftlingen überfüllten Baracke wiederfand, nachts, mit zwei weiteren Akteuren, beim Skat. Während die meisten der vielleicht siebenhundert Gefangenen in der Baracke schliefen und einige vor Erschöpfung starben, in jener Nacht, spielten drei Männer um Machorka oder um die Brotration von morgen, was ebenso effektvoll war wie Russisches Roulette, denn der Verlust einer einzigen Tagesration konnte den Erschöpfungstod bedeuten.

Aber ringsum im Polizeigefängnis – wohlgemerkt, wir sind immer noch in Marseille – rekelten sich die Weiber auf ihren Matratzen, einige schliefen wie betäubt, andere nippten noch an der Flasche, phantasierten, fluchten, weinten. Und ich hatte mich hingelegt, hinter Joschkos breitem Rücken vor der grellen Lampe geschützt, die an der Decke hing, während Joschko von Zeit zu Zeit mit seiner Bierkutscherpranke nach hinten langte, als wollte er mich beschwichtigen oder sich meiner Anwesenheit vergewissern, er hing an mir wie ein junger Hund, und ich hatte wieder einmal meinen Anfall, jene verrückte Eingebung – alles sei nur Theater und nicht wirklich wahr. Das Leben war eine Komödie, auf einer phantastisch gut gebauten Szene, aber schlecht gespielt, viel zu dick aufgetragen, wer sollte das glauben? Miserable Regiearbeit und dramaturgisch nicht genug gerafft, nur Banalitäten, die sich in unendlicher Reihenfolge wiederholten, und nicht nur hier im Knast, auch in den verschiedenen miesen Hotels der letzten Zeit hatte ich gelegentlich solch leichte Anwandlungen von Sinnesverwirrung, ein Schwindelgefühl, wie soll man es sagen, einfach das klägliche Gefühl, nur Zuschauer eines vielleicht heroischen, jedoch schlecht inszenierten Stückes zu sein, alles kleine Leute, Würstchenverkäufer, wie Sascha sie nannte, keiner auch nur als Komparse für eine echte Tragödie geeignet. Auch wenn die Bewohner der Stadt gerade in ihren Buchten hockten, was wir leicht aus unserer Bodenluke im Hotel beobachten konnten, in ihren mit Kunstblumen und Heiligenbildern geschmückten Küchen, wenn sie an ihren mit Linoleum bedeckten Tischen Bouillabaisse löffelten, das geheiligte Abendessen zelebrierten, stundenlang, trotz Krieg und Mangelwirtschaft, bei schlampig verdunkelten Fenstern, und die Frauen geschäftig hin und her schlurften und Speisen auftrugen, Fischsuppe, Ersatzkartoffeln, Muscheln oder Salat, weiß der Teufel woher, vom Schwarzmarkt, vom Hafen, von den Bauern; debrouille-toi, démerde-toi, zieh dich selbst aus dem Dreck heraus, war die Devise des täglichen Lebens, und wenn die Männer nach zwei Gläsern Rosé gesprächig wurden, den komischen Krieg verfluchten, nebst der Vichy-Regierung, die das Land den Deutschen verkauft hatte, und wenn draußen die Liebespaare vorüberstrichen, eng umschlungen, und sich in den Haustoren drückten, kicherten, seufzten und gerade zwei Clochards an die Plakatwand gegenüber pinkelten und laut grölten, die Katzen im Liebestaumel jaulten und dann irgendwo ein Fenster in Scherben ging, weil ein Wind aufkam, und plötzlich die Springflut eines Sommerregens niederrauschte, der die Dächer kühlt, den Dreck aus den Rinnsalen spült und das Herz weitet, die feuchte Hitze sich jedoch bald wieder wie ein Sandsack auf deine Brust legt, und an den Theken der Kneipen die Zuhälter brüllen, ein paar Hafendirnen gellend lachen und es endlich dunkel wird und sie die letzten Fenster verhängen, aber nicht gründlich genug, um uns Spannern den Einblick zu verwehren, und da und dort ineinander verkeilte Leiber zucken und wir sie stöhnen hören, so zwischen elf und zwölf scheint die ganze Stadt zu vögeln, während oben im Gefängnis … Nein, es ist alles Theater, alles abgeguckt und eingelernt und pausenlos wiederholt, immer das gleiche Schmierentheater, die gleichen Sätze, leeren Worte, Vorhaltungen, Klagen, Flüche … Und in den Cafés am Quai des Belges und auf der Canebière sitzen tausend hübsche Mädchen neben ihren Burschen und vergnügen sich, Dummheiten lallend, trinken gefärbtes Sprudelwasser mit Sacharin gesüßt, und die Straßen sind auch nach der Sperre voll von hungrigen Augen und nach Berührungen fiebernden Händen, das Leben ist Theater, ein schwacher Text, dürftige Darsteller und eine triviale Handlung, aber was für ein großartiger Entwurf! Welch eine Pracht, wenn du es andersherum zu sehen beliebst, ein schlechtes Stück, aber das einzige, das sie auf dieser Klitsche spielen!

Die Kerle klopfen immer noch Skat, tatsächlich, es gibt festgefrorene Bilder in unserem Kopf, die kein Psychiater zu deuten braucht, das leichtfertige Spiel der Verblendeten, Verführten, um ein richtiges Leben und einen anständigen Tod Geprellten, und unter verschiedenen, äußerst öden

Momentaufnahmen in meiner Erinnerung immer wieder die Gesichter der Delinquenten unter dem Galgen, war es in Buchenwald oder Ohrdruf, die Bilder vermischen sich, einmal waren es zwei junge Männer und eine Frau, Maquisards, sie hatten die Flucht versucht und standen nun unter dem Galgen vor versammelter Mannschaft, ihre Gesichter werde ich nie vergessen, wie in Marmor gemeißelte Gesichter, hart, wissend und verklärt. Aber meine Freunde spielen Skat, und ich stelle mich schlafend und betrachte sie, lausche ihrem nichtssagenden Geschwafel, während oben in einer Abteilung des riesigen Polizeigebäudes ein Mädchen schreit, oder ist es ein Junge, eine Frau, werden hier bereits Menschen gefoltert? Die Spieler hören es nicht, und ich denke verzweifelt an Katja, versuche mir ihr Gesicht vorzustellen, falls sie es wäre ... Nein, wo ist sie, liegt sie vielleicht im Fond eines Wagens, zwischen ihren Copains und siebzehn Gewehren eingeklemmt unterwegs in die Berge, wo werde ich sie finden, und wie werden wir uns erkennen – wie eine Spindel dreht sich in meinem Kopf alles nur um einen Punkt, und manchmal neige ich tatsächlich dazu, einen roten Faden im Ablauf der Geschehnisse zu sehen, eine verborgene Logik im Chaos, einen vorgezeichneten Pfad ...

Ich hatte nämlich im vergangenen Frühling die amerikanische Botschaft von Marseille mit meinem Besuch beehrt, wie vor Beginn des Krieges schon in Paris, in Le Havre und Bordeaux, und war sozusagen hochkant hinausgeflogen, in Wahrheit ein alltäglicher Vorgang, wenn man es nicht unbedingt persönlich betrachten will, um sich gedemütigt zu fühlen. Niemand wollte dich demütigen, die Niederlage ergab sich von selbst, denn Tausende Flüchtlinge belagerten täglich die Botschaften und Konsulate überseeischer Länder, vor allem aber das USA-Konsulat, standen Schlange vor der Visa-Abteilung, unterwürfig wartend und zitternd, wie auf ein Zeichen vom Himmel, ein Wunder, eine freundliche Geste wenigstens, ein Stück Papier, das dir Freiheit und das Recht zu leben bedeutet – meist vergeblich. Ich sagte es schon, man mußte eine Garantie vorweisen können, ein Affidavit of financial support, ausgestellt von wohlhabenden Verwandten in Amerika, oder tausend Dollar in bar, falls die Garantie nicht ausreichend war. Und da hockten verschiedene hübsche Frauen in den Kanzleien und zeigten manchmal freigebig ihre Beine, wenn sie hinter den Schreibtischen saßen, die Beine übergeschlagen, die Röcke übers Knie gerutscht, oder auch eine lächelnde Maske zeigten sie, Zuversicht mimend, dabei lutschten sie den ganzen Tag lang die damals beliebten Schweizer Sahnebonbons oder kauten Kaugummi, diese entsetzliche Mahlbewegung der Kiefer, die ein Gesicht versteinern läßt und dich fertigmachen kann, wenn du vor dem Schreibtisch stehst und eine gute Nachricht erwartest, ein Visum oder wenigstens einen neuen Termin. Sie tranken Tee und Kaffee und rauchten vorzügliche englische Zigaretten, man roch alle diese Düfte der einzigen wahren Welt rings um das Haus und entlang der Korridore, außerdem gab es, wie mir schien, ebenso ausgesucht sportliche junge Männer, in feschen amerikanischen Anzügen mit breiten Schultern, und die Tippmamsellen waren meist Französinnen mit ausgesucht hübschen Popos und prallen Brüsten, und wenn man lange genug in der Reihe stand und nicht gerade pennte oder von fernen Gestaden träumte, konnte man das perfide Spiel, dieses arrogante Geturtel zwischen den jungen Leuten beobachten, die sich gewiß zu Tode gelangweilt hätten ohne dieses Haschmich, und wie wichtig sie taten, während sie sozusagen Schicksal spielten und zu einem verzweifelten alten Mann sagten: Kommen Sie nächste Woche wieder, Ihre Papiere sind noch nicht da! – Es mußte sie langweilen, es kotzte sie an, tagein, tagaus diese vom Unglück gezeichneten Leute zu sehen, in ausgebleichten Kleidern und vertretenen Schuhen, die um einen

Zettel bangten und alle paar Tage wiederkamen, um nach den Papieren zu fragen, um die sie angesucht hatten, die aber nichts taugten oder abgelaufen waren, und man also von ihnen immer neue Bestätigungen forderte, Garantien, Genehmigungen, Ausreise- und Transitvisa, während die Deutschen das Land bereits umklammert hielten.

Und man konnte die hübschen jungen Damen und Herren der Botschaft emsig hin- und hertrippeln sehen, mit Dossiers beladen, und du konntest ihre Lüsternheit ahnen, hinter der Kälte der Maske, der Mund vom Kauen ständig zerknautscht, man konnte sie vor dem Konsulat in Taxen steigen sehen, sie machten offenbar nie einen Weg zu Fuß, und die Taxen standen ebenso Schlange vor dem Konsulat wie wir, und man konnte die Mamsellen manchmal rufen hören, schnatternd girren, und wir sahen sie emsig kauen und den Männern in den feschen Anzügen schräge, herausfordernde Blicke zuwerfen, ach, das schöne Leben, manchmal auch beschissen, weil schließlich jedes Gesellschaftsspiel allmählich öde wird. Und man konnte sich vorstellen, während man tagelang Schlange stand, konnte man sich ausdenken, wie sie die langen Abende verbrachten, die Bars und Cafés mit ihrem Geplapper verpesteten oder was sie sonst in den Nächten machten, und sie lebten, sie lebten eben in einer anderen Welt, die mit unserer Welt nichts mehr zu tun hatte.

12

Es gibt immer auch eine andere Welt, sagte Teddy Pollak, mein neuer Freund, es gibt immer zwei Welten oder gar drei und vier, und er wußte offenbar über sämtliche Welten glänzend Bescheid und konnte überhaupt alle Fragen beantworten, die ein ahnungsloser, etwas beschränkter Jüngling von zwanzig Jahren zu stellen vermag, er kannte die guten Hotels der Stadt, die mittleren Hotels und einige von den billigen Schuppen, nahe dem Hafen, angeblich ohne Wanzen. Er kannte auch die feinen Restaurants für die bessergestellten Emigranten, die vielleicht über ausländische Konten verfügten, wenn sie reich genug und klug gewesen waren, schon zehn Jahre früher für den Fall vorzusorgen, der jetzt eingetreten war. Und es gab schließlich ein paar Hände voll Prominenz, Wissenschaftler, Schauspieler oder Chirurgen, die schon mit einem fertigen Visum hier ankamen, auch Schiffskarten besaßen und nur noch auf die Abreise warteten, sie lebten in einer anderen Welt. Ich habe alles zurückgelassen, hörte ich im Café neben dem Konsulat einen gepflegten Fünfziger sagen, dreitausend Bände meiner Bibliothek, das Haus, die Einrichtung, die Gemälde, alles ist den Nazis in die Hände gefallen! – Seine Augen blitzen vor Zorn, mit Recht. Aber von uns her gesehen, befand er sich bereits auf einem anderen Stern. Ein Schriftsteller, wie Teddy Pollak mir zuflüsterte, ein sehr berühmter deutscher Literat.

Auf seinem Fischzug geriet manchmal, Gott sei's gedankt, auch ein pfundiger Barsch in Teddy Pollaks Netz, er wußte alles über diese Stadt, was ein Fremder nicht wissen konnte, jemand brauchte etwa einen falschen Paß oder ein gezinktes Visum, er wollte vielleicht rasch ein paar Souvenirs kaufen, lockeres Geld anlegen, oder er hatte plötzlich Zahnschmerzen. Es gab zwei gute jüdische Zahnärzte in Marseille, und dann wollte er vielleicht, wenn der Zahn nicht mehr hämmerte, wollte er noch einmal das alte, kranke und ausgepowerte Europa schmecken, Teddy Pollak hatte immer eine Idee und gute Adressen, er kannte die Straßen der Freude. Zu mir sagte er: Du bist jung und unverdorben, dir werde ich eine verheiratete Geschäftsfrau besorgen, das bringt dir außerdem noch ein kräftiges Abendessen ein. Und warum wohnst du auf dem Land bei den Bauern, im Hotel muß man wohnen, nur dort findest du die geeigneten Leute, die dir nützlich sein können! – Er kannte die billigen Restaurants, die Garküchen, und für den, der nichts in der Tasche hatte, wußte er den Weg zur Heilsarmee und jenen Kirchen, wo du täglich einen Teller Bohnensuppe ergattern konntest, schwarze Bohnen mit Fettstücken dazwischen. Auch Penunje, wie er es nannte, wußte er zu beschaffen, beim Komitee. Es gab verschiedene Hilfskomitees, die Quäker, die Hicem, den Joint und jenes Komitee des Amerikaners Varian Fry und gewiß noch einige andere, sie vergaben kleine Spenden, zahlten offene Hotelrechnungen, wenn man Glück hatte, man mußte natürlich entsprechend auftreten. Wenn du aber wie ein Nebbochant, ein Niemand, ein Habenichts hingehst, werden sie dir fünf oder sechs Francs verpassen, wer nie etwas hatte, kennt nicht den wahren Schmerz der Entbehrung, dem gibt man auch nichts. Hast du aber das Zeug in dir, wie ein Ojscher zu erscheinen, ein Geschäftsmann, ein Lebemann, ein Wohlhabender mit Tradition, dem die Nazis alles weggenommen haben, dann kannst du einen Hunderter aufreißen, vielleicht sogar einen Tausender, je nachdem, wie du deine Rolle spielst. Wer hat, dem wird gegeben werden, so ist es überall in der Welt, verstehst du das?

Ich war also ein Nebbochant, nebbich, ein armer Mann, ein anständiger und schüchterner junger Mann. Und diese Art Leute, wie gesagt, bekamen so gut wie nichts beim Komitee, und es geschah ihnen recht. Ein armer junger Mann, der außerdem noch schüchtern war und anständig, wer kann sich solch einen Luxus leisten? Und wenn du bis heute noch nicht gelernt hast, den Leuten zu geben, was sie gerne sehen möchten, und dich ein wenig aufzublasen, dann ist dir nicht zu helfen! Wie sagte der weise Rabbi von Bolechow – Gott hilft nur dem, der sich selbst zu helfen weiß!

Teddy Pollak kannte sich also aus in dieser beschissenen Welt, er würde mich umformen, ganz schnell, ich sollte nur endlich die Wahrheit begreifen. Er mußte gerochen haben, daß ich fünfzig Dollar in der Tasche hatte, ungefähr zweitausend Franc, ich hatte das Geld, das mir mein Onkel aus Amerika schickte, eben am Postschalter kassiert, das mußte er gespürt haben, dafür hatte er ein Organ, welches, wußte ich nicht. Und warum ich nicht lieber nach Aix oder Toulouse fahren wolle, um dort irgendein anderes Visum zu bekommen, vielleicht für Costa Rica. Vorher sollten wir uns jedoch, da wir uns eben erst angefreundet hatten, einen guten Tag machen, besser noch zwei gute Tage. Und ich soll doch nicht so bescheiden sein und meinen Verwandten in Amerika schreiben, sie sollen ein stärkeres Affidavit schicken oder tausend Dollar per Telegramm! Ich lachte. Und mit solchem Quatsch konnte man sich ein Abendessen verdienen, wir saßen nämlich in einer Fischküche am Vieux-Port, wo man sich für zehn Francs den Ranzen vollhauen konnte, wie Teddy Pollak sagte, er war Berliner, ein kleiner drahtiger Bursche, der immer grinste, mit einem verwegenen Frettchengesicht und ewig schwarzen Fingernägeln. Er hatte das zerquetschte Gummigesicht von Max, der Puppe eines berühmten Bauchredners im Wiener Prater. Max war die einzige Faszination meiner Kindheit, was den Prater betrifft, und darum mochte ich Teddy Pollak, ich sah immer Max in ihm und hörte den Bauchredner seine Späße machen, ich ahnte bereits, daß mich diese Begegnung teuer zu stehen kam. Na wenn schon, man konnte wirklich viel von ihm lernen, vor allem liebte ich seinen Jargon, ein witziger kleiner Gauner aus Berlin, der Vater war Tapezierer aus Tarnopol, die Mutter eine Norddeutsche aus Rostock, eine tüchtige Mischung. Und wir schaufelten dicke Fischsuppe mit viel Weißbrot in uns hinein, die Brotmarken hatte ich mit Teddys Hilfe auf dem Schwarzmarkt erworben. Und Wein tranken wir, guten weißen Bordeaux, danach mampften wir Datteln auf dem Markt im Griechischen Viertel, es gab in jenem März plötzlich eine Schiffsladung Datteln und Nüsse aus Marokko auf dem freien Markt. Und wir gingen also zum Komitee. So wie du aussiehst, überlegte Teddy Pollak, schmeißen sie dich raus, mit nur zehn Francs in deiner Pfote, verstehst du das?

Also was tun? Teddy Pollak kannte auch die Straße der Trödler, sie war von der Straße der Freude nicht weit entfernt. Über einem kleinen Laden stand ein großes Schild: HUNDERTTAUSEND HOSEN! Dort kleidete er mich ein, ein weißes Hemd und eine graue Hose. Für Teddy ebenso ein weißes Hemd und eine graue Hose, auf meine Rechnung, wie es sich versteht. Das sei kein rausgeworfenes Geld, meinte Teddy Pollak, ein anständiges Äußeres sei die erste Anlage, die erste unvermeidliche Investition eines aufstrebenden jungen Mannes, und so wie ich jetzt aussähe, wäre ich den Brüdern vom Komitee gewiß einen Fuffziger wert. Vergnügt gingen wir die Sache an, und ich hab es nie bereut, ich war ihnen wirklich einen Fuffziger wert und wurde höflich behandelt, sollte in einer Woche wiederkommen, für noch einen Fuffziger. Aber ganz egal, ich wollte nun wirklich nach Toulouse und Perpignan, und man konnte sich vor dem Abschied noch einen vergnügten Abend machen in der schönen, alten, verruchten Welt. Teddy Pollak brauchte auf einmal dringend eine Frau. Er wollte, daß ich mit hinaufgehe, doch ich war viel zu verwirrt und steckte ihm bloß noch ein Scheinchen zu. Ich wartete unten im Café, man konnte das vorüberbrausende Leben studieren, Männer, die nach Frauen schielten, Frauen nach Männern. Den Kopf durfte ich nicht heben, aus einem Fenster im Haus gegenüber winkte mir ein Weib. Sie hängte ihre gewaltigen Brüste heraus, wie es andere Leute vielleicht mit einer Fahne tun würden. Ich war völlig erstarrt. Bis in die Fingerspitzen eingefroren. Dann gingen wir zum Bahnhof, und ich kaufte mir ein Billett, nach Toulouse.

Ich fuhr übrigens meist schwarz auf der Bahn, ich hatte es raus, wie man das macht, hatte es von einem anderen tüchtigen Jungen gelernt, die öde Strecke Paris–Marseille und zurück bin ich vor dem Krieg vielleicht zehnmal gesegelt. Aber auch in den letzten Monaten hatte ich das ganze unbesetzte Gebiet mehrmals durchfahren, ohne Billett. Diesmal aber wollte ich bezahlen, es fährt sich bei weitem ruhiger mit einer blöden Fahrkarte im Sack. Mein Onkel in Amerika, Josef, in der Familie einfach Jossl genannt, der auch das Affidavit gestiftet hatte, das leider etwas schwach auf den Füßen war, hatte mir fünfzig Dollar geschickt, ein Vermögen für mich, falls es mich erreichte. Meist, wenn die Piepen ankamen, war ich schon wieder unterwegs, und Onkel Jossele hatte schon mehrmals kleinere Beträge ausgeschwitzt, das Geld lag dann postlagernd in Dijon oder in Tarascon oder in Aix-en-Provence, je nachdem, von wo ich ihm Postkarten geschickt hatte. Und nach einer Weile, wenn die Penunje nicht abgeholt wurde, ging sie an den wohltätigen Spender zurück. Ich war einfach nicht da. Er ist bei den Pferden, pflegte meine Mutter zu sagen, wenn jemand nach mir fragte, ein geflügeltes Wort in der Familie, denn einige Vorfahren waren Viehhändler gewesen. Und ich war ein geborener Stadtlümmel, wie die Berliner sagen, keine Ruhe im Leib, lief bereits mit sechs Jahren viele Stunden lang durch die Straßen von Wien. Jedoch zweimal in jener Zeit, als ich durch Nice, Marseille oder Aix bummelte, hatte mich Jossls Sendung erwischt, ein Geschenk vom Himmel, ein Freudenfest. Du gehst mechanisch zum Hauptpostamt, wenn du einen fremden Ort erreichst, und erwartest nichts, was soll einer von uns schon erwarten, es sei denn, es geschehen Wunder. Mein Freund Franz zum Beispiel, Kunstmaler und Lebenskünstler, von dem ich schon berichtet habe, hatte seine Frau in den Kriegswirren verloren, Lily war in Paris hängengeblieben, und ich war ihr dort vor unserem Hotel begegnet, es war wie ein Traum, und ich hatte mich in sie verknallt, ich erwähnte es schon. Und Franz tippelte nun wie ich, wie Tausende andere, von Ort zu Ort, und jede Woche schickte er zwanzig Postkarten ab, an die wichtigsten Städte des Midi, wo die Deutschen noch nicht einmarschiert waren. Man verschickte einfach Karten, postlagernd, mit einem vereinbarten Treff, ein simples System, das oft funktionierte. Und Franz sollte Lilys Spur just in dem Augenblick entdecken, als ich ihm vor der Hauptpost in Avignon über den Weg lief. Wir gerieten beide völlig aus der Fassung, ich bekam, als ich von Lily hörte, einen Erstickungsanfall von Freude und Neid, ihn traf beinahe der Schlag vor Glück, ein Grund mehr, mich zu einem Essen einzuladen. – Vor manchen Postschaltern standen die Menschen Schlange, wie vor dem mexikanischen Konsulat. Man muß sich das einmal vorstellen, der ganze unbesetzte Teil Frankreichs war mit Flüchtlingen überfüllt, nicht nur ausländische Exilierte, sondern auch Einheimische aus dem okkupierten Norden, mit Wagen voll Kindern und Gepäck, voll Hausrat, den man nach und nach verlor. Zehntausende Familien waren zerrissen und verstreut, und manchmal fanden sich auf diese Weise Leute, die verzweifelt gesucht hatten, herumgezottelt waren, um die Mutter zu finden, den Bruder, den Mann. Es war jedesmal wie ein Donnerschlag und sehr anregend, man konnte sofort in ein kleines Restaurant gehen und ein Couscous bestellen. Damals war Couscous, eine nordafrikanische Spezialität, das höchste vorstellbare Glück für mich, ein irdener Topf, direkt aus dem Ofen und glühend heiß, mit gebackenem Gries oder gebröseltem Teig, mit knusprigen Lammstücken darin und mit viel Gemüse und kräftigem Saft. Wenn sich zwei Leute irgendwo fanden, Franz und ich zum Beispiel, gab es jedesmal einen Ausbruch von Freudentränen und Geschrei, und alle Leute auf der Straße, die es zufällig sahen und nicht völlig ausgetrocknet waren, nahmen an dem Ereignis teil. Und falls jemand gerade einen Scheck kassiert haben sollte, postlagernd, marschierte er mit und finanzierte die Bescherung, wozu waren Schecks sonst gut? Die Leute bestellten also Couscous oder eine enorme Bouillabaisse, die wunderbarste Fischsuppe der Welt, und mehrere Flaschen Wein, das Leben war schön, trotz allem!

Und ich fuhr also nach Toulouse und hatte mich viele Wochen lang vergeblich bemüht, irgendeine Ausreise oder ein Transit zu bekommen. Und eines Tages, Anfang Juli, traf ich Teddy Pollak, in Toulouse traf ich ihn, und er hatte seine Papiere und war unterwegs nach Spanien und Portugal. – Was machst du hier, fragte er, warum hast du deinen Leuten in Amerika nicht geschrieben, um ein neues Affidavit und Geld? – Ich hatte geschrieben. Und worauf ich noch warte, warum ich nicht zurück nach Marseille fahre, vielleicht ist alles bereits angekommen, auf dem Konsulat?

Ich fuhr also nach Marseille. Und als ich ankam, an der Gare Saint-Charles, oben auf dem Berg über der Stadt – es ist immer noch der 13. Juli, jawohl –, ging gerade die Sonne auf und warf ihr knallrotes, krankes Licht auf den Hafen, der von Staubwolken verhüllt war. Es stürmte und wedelte uns Asche ins Gesicht, verdammt schön, die Nerven vibrierten, und da packte mich, wie ich schon angedeutet habe, solch ein kleinerer Tobsuchtsanfall von Dusel, man braucht dazu keinerlei Begründung, Freude hat keine Logik, das ungereimte Entzücken, das eigentlich immer möglich ist und an jedem Ort, wenn auch manchmal nur für Minuten. Diese namenlose Seligkeit aus nicht mitteilbarer Erfahrung, diese Mischung aus Verzauberung und Abdriften in Einsamkeit und in jenen Rausch, wenn du glaubst, dich in Licht aufzulösen und Musik. Beethoven vielleicht, das Vierte Klavierkonzert, würde ich sagen, ich hatte damals Beethoven im Ohr, hatte das Konzert irgendwo im Vorbeigehen aus einem Fenster gehört, verrückt, ich weiß, aber ich hörte, weiß der Kuckuck, in jenen Tagen andauernd ziemlich gute Musik, der Schädel summte mir davon. Und ich hatte doch gerade die Nacht auf einer

Holzbank verbracht, eingekeilt zwischen vielleicht zwanzig marokkanischen Kindern und Säcken voll Hausrat, Zwiebeln und vollgepischter Wäsche. Da waren mehrere buntgekleidete Frauen mit ihren Sprößlingen unterwegs, vielleicht von Bordeaux kommend, jedoch ohne Männer, wo waren die Männer geblieben? Diese lallenden, schreienden, brüllenden Kinder, die auf schlecht verschnürten Bündeln lagen, die Mütter gaben den Säuglingen die Brust, und alles wackelte und ächzte von der rasenden Fahrt, falls der Zug nicht gerade stand; mal stand er stundenlang, dann raste er wieder, und das Eisen tönte unter uns und rasselte, und die Babys greinten wie Bandsägen, wenn die Mutter ihnen die Brust entzog, es stank nach ungewaschenen Körpern und vollgekackten Windeln, der Zug dröhnte und krachte, und wenn man ein Fenster öffnete, schrien die alten Frauen, es sofort wieder zu schließen, denn sie fürchteten die Zugluft ärger als die Pest. Dann hielt der Zug, irgendwo auf der Strecke bei Montpellier, vielleicht fünf Stunden lang, und alle Menschen verfielen in einen narkotischen Schlaf, so lange, bis der Zug wieder rollte und der Höllenlärm uns neuerlich lähmte, und dann stand ich also oben auf dem Berg über der Stadt, im eisigen Mistral, der an den Dächern rüttelte, als wär es März, und uns umwerfen wollte, und ich hatte jenen Anfall von Glückseligkeit, aber warum erzähle ich das alles und wiederhole mich ständig, warum nur? Um eine Stimmung zu erzeugen, eine Melodie einzuführen, eine gewisse Spannung, eine Vibration der Empfangsinstrumente, für das, was nun folgt.

13

Sie hatte das Haar hochgesteckt, ihr Gesicht, der Hals, die Arme, die Beine waren braun, nußbraun, das samtene Braun versengter Sonnenblumenblätter. Sie schaute mich an, ihre Augen waren den meinen sehr nahe, nur zwei Handbreit entfernt, der Duft ihrer Haut, ihrer Haare, ihres Atems hüllte mich ein, nie werde ich diesen erregenden Duft, den ersten Augenblick, den Zauber vergessen. Sie betupfte meine Stirn, die ich mir beim Fallen ein wenig geschürft hatte, sie war dabei ganz ruhig und konzentriert, wie ich glaubte, sie lächelte, versteckte sich hinter einem Lächeln, denn eigentlich, wenn ich mich heute frage, war sie nicht ganz bei der Sache, lag die Verzauberung wohl nur auf meiner Seite. Sie hatte eben gelesen, in einem Buch hatte sie gelesen, sie trug ein weißes Leinenkleid, selbst gemacht, wie ich später erfuhr, und eine grobe Leinentasche über der Schulter, darin das Buch, Hegel, die Dialektik, wenn ich mich nicht irre, sie war damals bei Hegel angelangt. Um uns herum spielten Kinder, vor uns, hinter uns warteten, standen, hockten Menschen, manche redeten miteinander, schwiegen, grübelten, lasen die Zeitung: Die Schlacht von Charkow zu Ende, die Wehrmacht rückt vor, die Deutschen siegen, siegen, siegen, Offensive bei Taganrog, Woroschilowgrad im Sturm genommen, und sie haben im Atlantik sieben Schiffe versenkt! Sie lasen die Zeitungen kopfschüttelnd und kauten dabei an einem Stück Pizza, es gab hier einen alten Araber, der aussah wie Habakuk, der Prophet, der ging schon frühmorgens mit Stücken heißer Pizza herum, die er in einer Blechschachtel feilbot.

Manche Leute brachten zum Schlangestehen ihre Kinder mit, wo sollten sie diese auch lassen. Ein kleines Mädchen mit weißem Kleid, mit einer Puppe im Arm, tanzte den Rinnstein entlang, zierlich und anmutig und ziemlich perfekt, sie hatte wohl in einem früheren Leben Tanzunterricht genommen. Ein Junge und ein kleines Mädchen spielten Auszählreime: Ich und du, Müllers Kuh, Müllers Esel, der bist du … Die Mutter mahnte das tanzende Kind, vom Straßenrand wegzugehen, es war gefährlich, die ersten schwerbeladenen Camions rollten vorbei, wirbelten Staub auf und betäubten uns mit ihrem Lärm und Gestank, die Kinder schien es nicht zu stören, sie waren es bereits gewöhnt, im Lärm und Gestank auf der Straße zu spielen, solche Kinder hab ich bald darauf im Zug gesehen, in jenem langen Zug voll mit Menschen, nach Auschwitz unterwegs.

Es war vielleicht kurz nach sieben Uhr früh, ich sagte es schon, und einige von den älteren Leuten hatten Klappstühle mitgebracht, sie beachteten uns kaum, dachten vielleicht, wir wären ein junges Paar, Katja und ich, ein Gedanke, der mich verwirrte. Katja benahm sich völlig ungezwungen, es war diese Leichtigkeit im Umgang mit Menschen, diese vertrackte Ungezwungenheit und Vertrautheit der Entwurzelten, Vertriebenen, die nichts zu verbergen, nichts mehr zu verlieren hatten, auf dem Grund angekommen, im Niemandsland der Parias. Auf einmal hatte Katja zwei Klappstühle organisiert, von Leuten, die für eine halbe Stunde verschwanden, um einen Abort zu entdecken, aber bei den Büschen Zuflucht suchen mußten, in einem nahen Park. Auschwitz kündigte sich auch darin an, daß wir lernen mußten, unsere Notdurft im Freien zu verrichten, versteckt, an ungeeigneten Orten, ein Vorgang, der uns, wie manches andere, Stück für Stück unseres Menschseins beraubte.

Und nun saßen wir eng beisammen in der langen Reihe der Wartenden vor dem Konsulat und knabberten Brot. Katja hatte etwas Weißbrot und Käse in ihrer Leinentasche, auch ein paar saftige Pfirsiche für den Durst. Sie duzte mich, schob mir ihren Teil zu, als sie meinen Hunger merkte, wenn auch in dieser Herzlichkeit, wie ich es heute sehe, schon die Verlorenheit lag, die Atemlosigkeit der ungeheuer langen Schienenwege. Der Name Auschwitz hätte uns damals nichts gesagt, hätte uns in Verwunderung und ungläubiges Staunen versetzt, wenn es uns jemand zugeflüstert hätte – Auschwitz heißt der Ort! Und doch war

Auschwitz bereits Realität und so greifbar über unseren Köpfen wie jene grauen und lila Wolken am Himmel, die sich schnell in eine weite Ferne bewegten.

Als ich von meinem Koffer gefallen war, mit dem Gesicht zu Boden, war ich nicht etwa ohnmächtig geworden, aber es schien wiederum alles unwirklich und verschwommen, wie ein Film in meinem Kopf, ich schaute dieses Mädchen beklommen an, verwundert und erschrocken, was sie zum Lachen reizte, und manchmal wiederum, während wir aßen, der Wind uns Staub ins Gesicht blies und die Kinder um uns herumtanzten, da begegneten sich unsere Augen in einem stummen, spöttischen Verstehen. Lange schaute ich sie so an, hungrig seit der ersten Minute nach ihrer Nähe. Ich sagte nichts, sie sagte lange nichts.

Und ich will nun versuchen, aufrichtig zu erzählen, nichts zu beschönigen, nichts zu verklären. Denn das sind die Augenblicke der Wahrheit, die Bilder, die wir nicht vergessen werden: ein erster scheuer Blick, das Eintauchen in diese Augen, die lächelten, dieses strahlende, dich durchdringende Lächeln, hinter dem sich eine Glut verbarg. Ein fremdes Wesen, das ich vielleicht nie ergründen würde.

Wo ich denn herkomme, wollte sie dann wissen, hast du schon ein Zimmer in Marseille? Du kannst mitkommen, ich wohne bei meinen Eltern, in einem billigen, aber sauberen Hotel. – Das Haus sei wirklich nicht übel, ich würde schon sehen, voll von Emigranten, und falls ich kein Geld hätte, das mache nix, ihre Eltern würden mir aushelfen!

Ein paar Stunden später marschierte ich mit ihr durch die Stadt, am Vieux-Port vorbei, entlang der langen Reihe von Fischkuttern und eleganten Jachten, vorbei an den hübschen Cafés mit ihren Korbstühlen und bunten Sonnenschirmen, zu ihrem Hotel, dem Baalbek, am Rande des Hafenviertels. Ein drittklassiges Hotel, wie ich bereits ein Dutzend von dieser Sorte kannte, in Paris, Lyon, Bordeaux und fünf anderen Städten. Schon vor dem Eingang warteten sechs oder sieben Händler, die unvermeidlichen Experten für Mangelware, die sich über Preise unterhielten, über Geschäfte und Menschenschicksale, über Mumpitz, wie Katja sagte, die auch, wenn sich Gesprächspartner einfanden, Nachrichten durch ihre Mühle drehten, Gerüchte, Frontberichte, Bonkes, und die jeden anredeten, der vorüberkam. Katja lachte, als sie mein Zögern merkte, und sofort bekam ich ein Beispiel ihres klugen Wesens zu spüren: Dir gefallen diese Typen nicht? Mir auch nicht! Aber weißt du, was meine Mutter sagt, koch einen Topf Pflaumen, und oben bildet sich zischender Schaum, an dem du dir die Zunge verbrennst. Die Welt aber kennt nur den Schaum, den Topf voller Früchte kennt sie nicht! – Ich würde es Abschaum nennen, sagte ich, während wir hineingingen, sie lachte, hielt mir die Hand vor den Mund, als wir uns zur Treppe durchdrängten, es war Mittagszeit, der Postbote würde bald kommen, und im Foyer des Hotels versammelten sich die Bewohner. Ich solle Geduld haben, meinte Katja, und nicht vorzeitig urteilen, es sind Menschen wie du und ich, es sei schon ein ganz ordentliches Haus!

Und dann ihre Eltern, der Vater betrachtete mich kühl, aber nicht, wie ich glaubte, um herauszufinden, wer ich war, er nahm mir Maß. Er war ein Schneider, und er konnte mit Menschen nicht umgehen; wenn ihn jemand verlegen machte, nahm er ihm Maß. Darin kannte er sich aus, damit konnte man Zeit gewinnen. Aus der Haltung eines Menschen, aus der Art, wie er sich bewegte und demgemäß die Kleider an ihm saßen oder hingen, daraus bezog er seine Kenntnisse von der Welt, seine Philosophie. Darauf wühlte er lange in einem Haufen weißer Leinenjacken, die er selbst erzeugte, und suchte eine passende Schale für mich heraus. Die Ärmel waren zu lang, er steckte sie mit Nadeln ab und machte sich ohne Zögern daran, sie zu kürzen, ich mußte mehrmals probieren und die Jacke als Geschenk annehmen. Er besaß eine alte Nähmaschine, Marke Singer, die er in einem Trödlerladen entdeckt hatte, gleich nach der Ankunft in Marseille. Am darauffolgenden Tag, so erzählte mir Katja lachend, habe er einen Ballen Rohleinen erworben, ein Gelegenheitskauf, ein Ladenhüter, vielleicht sogar Schmuggelware. Und Jablonsky habe begonnen, Männerjacken zu erzeugen, weiße Leinenjacken in allen Größen. Er konnte mit einer fremden Stadt nichts anfangen, nichts mit den Menschen der Stadt und nichts mit sich selbst, aber er wußte sofort, was die Stadt brauchte, woran es den Leuten fehlte, sie waren schlecht bekleidet, voilà! Marseille hatte ein gutes, aber unberechenbares Klima, fünfunddreißig Grad im Schatten an manchen Tagen, alles schwitzt, alles dampft, und eine Stunde später weht plötzlich der kalte Mistral von den Bergen herab, da braucht man eine zweite Haut. Und eine Leinenjacke, leicht und porös, war solch eine zweite Haut. Der Erfolg gab ihm recht, er hatte danach nichts weiter zu tun, als Jakken zu nähen, im Baalbek fanden sich sofort fünf oder sechs Männer, die das Zeug verkauften, diese Artisten können alles verkaufen, und wie eine russische Legende erzählt, sogar den Rauch von Moskau. Sie brachten die Ware unter die Leute, und Jablonsky kam mit der Erzeugung kaum nach, konnte sogar drei Frauen aus dem Baalbek als Näherinnen beschäftigen. Ein gewitzter Mann, einer, der nicht auf den Kopf gefallen war, und es mußte nicht einmal ein Jude sein, die Griechen oder die Chinesen waren oft noch tüchtiger, ein kluger Mann also konnte in jeder beliebigen fremden Stadt sofort ein Geschäft eröffnen oder ein Restaurant, wenn er die richtige Nase hatte. Und all das erfuhr ich schon am ersten Tag unserer Bekanntschaft, und ein junger Mann wie ich, so brachten mir diese Leute bei, sollte Augen und Ohren aufmachen und lernen, das Beste aus jeder Lage zu machen. Der Unterricht hatte übrigens schon vor dem Konsulat begonnen, Katja hatte einen jungen Mann vom Konsulat herbeigewinkt, gab ihm Zeichen, die er nicht verstand, ihn aber verwirrten, denn sie setzte all ihren Charme ein, worauf er uns die Fragebögen herausbrachte und weitere Stunden des Anstehens ersparte. Katja half mir beim Ausfüllen der Bögen, so und so mußt du das machen, nicht immer alle Fragen treuherzig beantworten, verstehst du, und nicht so höflich und devot, du mußt viel selbstbewußter werden!

Jetzt hockte ich hungrig und müde in Jablonskys Küche, aber was heißt Küche, sie hatten das Hotelzimmer in drei Etappen geteilt, Schlafzimmer, Werkstatt und Küche. Wir saßen nun alle bei Tisch, und die Mutter hob jeden Augenblick den Deckel vom Topf, es roch wunderbar nach polnischer Kohlsuppe mit Fleischkugeln darin. Jablonsky bastelte indessen an meinen Schultern und Armen herum, die Jacke würde bald passen, er redete nicht viel, dagegen sorgte seine Frau ständig für neuen Gesprächsstoff. – Du bist zu dünn, Menasse, sagte sie zu mir und wollte wissen, wie es kommt, daß ein kluger junger Mann nichts zu essen hat. Sie hatte mir den Namen Menasse verordnet, weil ich angeblich einem entfernten Neffen ähnlich sah, dem Sohn sehr reicher und angesehener Leute aus ihrer Heimat. Es interessierte sie offenbar nicht, wer ich wirklich war, einem reichen Mann ähnlich zu sehen genügte. Und dann gab mir Jablonsky zu verstehen, daß die Jacke gleich fertig sei und ich sie anziehen könne. Ich schwieg verlegen, Katja saß dabei, rauchte eine Zigarette und lachte in sich hinein.

Du wunderst dich, sagte sie zu mir, weißt du denn nicht, daß Juden sehr freigebig sind? Papa ist wahnsinnig freigebig, er würde alles verschenken, wenn Mama nicht darauf achtete! – Sie kicherte boshaft.

So ein Blödsinn, sagte Jablonsky und drehte sich schuldbewußt zu seiner Hanna um, hast du das gehört, was deine Tochter sagt, was für einen Tinnef sie redet? – Er lachte dabei ähnlich wie Katja, grimmig und leise, mit seinem stillen, in sich verkrochenen Humor. An Jablonsky war alles in sich verkrochen, seine Stimme, sein Blick, sogar sein Kopf. Er hatte den breiten und runden Rücken aller Schneider, die gebückt arbeiten, und der Kopf saß eingesunken und wie verkrochen zwischen den Schultern. – Wieso verschenke ich alles, warum tue ich das, es ist heiß draußen, die Menschen verkommen vor Hitze, und dieser arme Junge schwitzt sich tot, und dann auf einmal der kalte Wind!

Und nun folgte der erste exemplarische Streit, den ich unter diesem Dach erlebte, dem noch viele dieser Art folgen sollten, ein Familienstreit, ein Ausbruch frei schwebender Energie, ein Geduldsspiel, ein talmudisches Wortgeplänkel.

Er schenkt sie ihm nicht, die Jacke, sagte Hanna, Menasse wird sie ihm nächste Woche bezahlen, er wird Geld verdienen, er ist doch nicht dumm, und er kann gut laufen!

Warum soll er sie bezahlen, ereiferte sich nun Jablonsky, er muß nicht bezahlen, wer sagt, daß er bezahlen muß?

Man muß für alles bezahlen im Leben, sagst du doch selbst ständig!

Und außerdem ist es eine Jacke mit einem kleinen Fehler, sagte Jablonsky, verkaufen kann man sie nicht!

Ein kleiner Fehler? Was redest du, Jablonsky, wo ist ein Fehler, kräht die Frau, greift sich die Jacke, wendet sie hektisch hin und her. Wo ist ein Fehler, hast du einen Fehler gesehen, ich sehe keinen!

Siehst du, geliebte Mama, erklärt Katja ruhig, er macht ein Geschenk, Papa macht dem Menasse ein Geschenk und basta, man redet am besten nicht mehr darüber.

Wieso mach ich ein Geschenk, schreit Jablonsky, reißt der Frau die Jacke aus der Hand und wendet sie selbst hin und her, großer Gott, was hab ich verbrochen, warum bin ich so gestraft, was wollen diese Weiber von mir, ich überlasse diesem Jungen eine von den hunderttausend Jacken, die hier herumliegen und verschimmeln …

Die Jacken verschimmeln? Wer verschimmelt hier, gibt die Frau zurück, und Katja schüttelt sich vor Lachen, schämt sich, bedeckt das Gesicht unter Grimassen. Ich halte das nicht aus, will sie sagen, es ist offensichtlich ein Versuch, die Eltern zu erziehen, einer von jenen unzähligen, zwecklosen, zum Scheitern verurteilten Versuchen, wie sie mir später erzählt, diesen alten Holzköpfen etwas westliche Lebensart beizubringen. Dabei raucht Katja schon die dritte Zigarette und blickt unruhig auf die Uhr, wartet sie auf jemanden, sie ist in Gedanken bereits weit fort.

So denkst du, Papa, sagt sie und holt noch einmal tief Atem, weil du großzügig bist, denkst du so, und weil du nicht mitansehen kannst, wie die Welt zugrunde geht!

Großzügig ist er? Wieso ist ein Schneider großzügig, keift die Mutter, ein Schneider ist nicht großzügig, er muß sich sein Leben lang abmühen mit schwerer Arbeit, er ist doch kein Millionär. Er ist in Wahrheit geizig, ein Geizkragen ist er, sonst nichts, wie soll denn ein kleiner Schneider anders sein als geizig? – Aber auch sie lacht nun heimlich und verzieht das Gesicht, spielt die Xanthippe, spielt sie gut und mit sichtlichem Vergnügen. Alle spielen ihre Rollen, und ich gerate immer mehr in Verlegenheit, machen sie sich lustig über mich? Gewiß tun sie das, machen sich lustig über die Welt und sich selbst. Dieses von den alten Schriftgelehrten erworbene Hinundherdrehen eines Wortes, um es von sechzehn Seiten her zu betrachten, zu zerlegen, es auszupressen, um vielleicht einen Tropfen Wahrheit daraus zu gewinnen wie Öl aus Sonnenblumenkernen.

Er ist ein Jude, ergänzt nun Hanna, und ein Jude ist geizig, sagen die Leute, oder stimmt es etwa nicht?

Nur Dummköpfe können so etwas sagen, räsoniert der Schneider und setzt sich bequem an den Tisch, bindet sich die Serviette um, denn Hanna hat eben den dampfenden Suppentopf vom Kocher genommen und füllt die Teller bis zum Rand. – Ist doch eine Lüge, setzt der Mann fort, wir sind Leute wie alle anderen, einige sind geizig, andere sind großzügig, einige haben Verstand, und andere haben Polenta im Kopf!

Ein Jude ist geizig, verkündet Hanna abschließend, und er ist deshalb geizig, weil Gott ihm ein großes Herz gegeben hat, aber damit es sich nicht vergieße, das Herz, hat der Herr ihm auch Vorsicht geschenkt, Sparsamkeit und einen kühlen Kopf. Wohin gehst du, Katja?

Katja steht in der Tür, ihr Gesicht zeigt einen hohen Grad von Gereiztheit. Ich muß fort, eine wichtige Verabredung!

Eine wichtige Verabredung? Was für eine Verabredung, zu dieser Stunde, und du hast nichts gegessen!

Ich kann nicht essen, habe keinen Appetit!

Du bringst einen Gast mit, dann verschwindest du, ist das vielleicht höflich?

Er ist kein Gast mehr, er gehört schon dazu, er kann in sein Zimmer gehen und ausschlafen, siehst du nicht, daß er gleich umfällt? Ich hab unten gefragt, es ist noch ein Bett frei, im sechsten Stock!

14

Ich suchte also mein Zimmer oben unter dem Dach, nachdem ich gut gegessen, getrunken und mich danach im Hotelbüro gemeldet hatte. Vielleicht drei Uhr nachmittags, Siesta, wo sich alle Leute in den Häusern verkrochen und ich trotz Hitze und Müdigkeit, da ich alles verschwommen sah, einen Augenblick der Hellsichtigkeit erlebte und eine Vorstellung bekam, wo ich mich befand, nein, ich war kein Gast, ich gehörte dazu – der Aufstieg zum sechsten Stock des Baalbek zeigte mir den Zerfall unserer Welt. Ich hatte schon in anderen Bruchbuden von Hotels gewohnt, auf dem Boulevard de Clichy in Paris oder in der Rue Mercière in Lyon, einem der übelsten Hurenviertel, hatte ich ähnliche Anwandlungen von klarer Sicht, weil ja die Zimmertüren meist offenstanden und der Aufenthalt in den vollgestopften winzigen Räumen sonst unerträglich war. Die Kinder spielten auf der Treppe und mühten sich ab, nicht laut zu schreien, denn in den Zimmern schliefen auch alte und kranke Leute oder lagen einfach ratlos da. Einige Frauen flickten Wäsche, bügelten, nähten für Jablonsky Jackenteile oder putzten Gemüse, im Halbdunkel, in der Zugluft des Stiegenhauses, falls nicht gerade eine Windstille über der Stadt das Hotel zum Backofen machte. Einige Leute kochten, stritten sich, debattierten, jeder wußte alles von jedem, sie horchten nachts ängstlich in die ungewisse Stille hinein, aber wann gab es denn Stille, in diesem elenden Viertel nahe dem Hafen. Es herrschte bereits Lageratmosphäre, wir waren wie Aussätzige verbannt, waren Parias geworden, außerhalb der Gesellschaft, waren in den Orkus geworfen. Jedes individuelle Schicksal hatte aufgehört.

Sie beobachteten einander, lauschten, wenn sie in den Betten lagen, zur Treppe hinaus, vielleicht wußten die Schapiros mehr, als sie den anderen verrieten, hatten Singers eine rettende Idee oder wußten Lederers von einer geglückten Flucht über die spanische Grenze. Doch auch das Gegenteil konntest du bemerken, die Abstumpfung in der Angst, eine schleichende Apathie, die einige Menschen bereits erfaßt hatte, wenn sie etwa sagten: Besser ein Ende mit Schrecken als ein Schrecken ohne Ende!

Sie warteten auf ein Wunder, auf die Errettung aus der Sklaverei, würde Gott die Ägypter noch einmal ins Meer werfen? Ich erinnere mich deutlich einer tiefen inneren Lähmung, die mich und gewiß auch viele andere kurz vor der Deportation ergriffen hatte, eine Ruhe, ein Schweigen, ein unbeschreibliches inneres Erstarren, über das wir nicht reden konnten, das du auch keinem Menschen mitteilen wolltest.

Das Zimmer, das ich suchte, stand offen, eine mürrische Alte hatte eben das Bett für mich bezogen, ein ödes Dachzimmer mit schrägen Wänden, abfallendem Verputz und brüchigen Möbeln, die einen säuerlichen Geruch verbreiteten, wie in allen billigen Hotels, sie hatten alles aufgesaugt, die Möbel und die Wände, das Leid der Menschen hatten sie wie Schwämme aufgesaugt und ihr Versagen. Das zweite Bett war belegt, aber der Mieter war nicht hier, nur seine Sachen lagen herum, das war ein Typ, wie man sofort erkennen konnte, der alles fallen ließ, wenn er das Zimmer betrat. Ich ließ mich auch fallen, aufs Bett, vielleicht dachte ich noch an Katja, bevor ich einschlief, und warum eigentlich nicht, ich war völlig benommen und in einer Art innerem Aufruhr befangen von ihrem Anblick: eine nicht sofort erkennbare Schönheit, die aus ihrer Frische kam und dem offenen, heiteren Wesen, ihrer Leichtigkeit, auch aus einer mir noch fremden, komplizenhaften Neugier und Vertraulichkeit, die ich ergründen wollte, aus jener Mischung von Zerstreutheit und Stolz in manchen Augenblicken, eine Haltung, die mir damals noch nicht beunruhigend erschien, und doch stand Katja bereits vor einer grausamen und folgenschweren Entscheidung. Plötzlich blühte sie auf, ihrer weiblichen Reize voll bewußt, ihre lockere, manchmal schnoddrige Art zu erzählen, zu scherzen und spotten, während sie dich umgarnte, unschuldig und herausfordernd zugleich, etwas, das dich aufwühlte, schmerzte – macht sie das oft? Und darf ich nun schreien, toben, wüten?

Ihre begnadete körperliche Anmut, der volle, scharf geschnittene, etwas zu große Mund, der Kraft verriet und dich mit wahnsinnigen Wünschen erfüllte ... Diese Lebenslust verströmenden Augen, die dich mit schrägen Blikken lockten und sofort wieder entflohen. Sie war in Wien aufgewachsen, besaß aber nicht jenes lieblich-sanfte und sentimentale Wesen der Wienerin, alles an ihr hatte Konturen und Energie, sie war nicht das Mädchen aus der guten Stube, aufgewachsen bei Spitzenvorhängen, Apfelstrudel und Kaffee. Sie erschien manchmal hart und sarkastisch, dann wiederum weich und nachgiebig, und sie gab dir unversehens das Gefühl einer in dir schlummernden Kraft. Sie kam herein, und du fühltest dich wie von einer Flut der Erleichterung getragen, ohne daß sie das etwa wollte, sie selber wußte nichts davon. Diese seltenen Menschen, die uns in einem Augenblick bezaubern und verwandeln können, wissen meist nichts von ihrer Wirkung auf andere. Aber so deutlich wie heute mag ich es damals nicht empfunden haben, da war nur ein völlig neues und starkes Gefühl …

Ein paar Stunden später, es ist inzwischen Nacht geworden, da werde ich geweckt, von einer im Dunkeln riesig wirkenden Gestalt vor meinem Bett. Jemand betrachtet mich, betatscht mich vorsichtig und unbeholfen, mit einer Hand wie eine große Hundepfote. Er lallt vergnügt, lacht leise, redet mit sich selbst, wankt und schnauft, während er hin und her torkelt und dabei Hemd und Hose fallen läßt. Es ist Joschko, das Riesenbaby, er wirft sich aufs Bett, plump wie ein Walroß, sie haben mich unten im Hotel gewarnt, ich möge nicht erschrecken, er sei völlig harmlos, wenn auch ein Riese und sehr stark, ein Ringkämpfer, ein Makkabäer, ein jüdischer Goliath, aber noch ein Kind. Jemand hatte sich grinsend an die Stirn getippt, ein Narr sei Joschko und sonst nichts. So dachten vielleicht alle diese Männer, die den Eingang des Baalbek belagerten, auf Kundschaft wartend, auf Nachrichten, auf den Messias vielleicht, und die ich im Vorbeigehen genau registriert hatte, trotz Müdigkeit, mit versteckter Kamera sozusagen, und die mich ebenso beäugt und taxiert hatten, noch einer, der übers große Wasser segeln möchte, schienen ihre Augen zu sagen, ein Unwissender, ein Schlemihl, ein Schickjüngel vielleicht, groß und kräftig, das man für Botengänge gebrauchen konnte. Und auch ich war aufgestachelt, zu sehen, zu schmecken, diese Figuren zu beriechen, wer sind diese Leute, was habe ich mit ihnen gemein. Ein wenig gereizt sah ich sie mir an und von Erschöpfung völlig überdreht, doch auch grübelnd über die fatale Wende, die sich mir in vielen Zeichen kündete.

Einer, der gerade die Treppe herunterkam, war mir sofort aufgefallen, ein rothaariger, schmächtiger Bursche unbestimmten Alters, vielleicht vierzig, mit klugen durchdringenden Augen, der mich ruhig fixierte und den sie Sascha nannten. Er stand da, kratzte sich im Gesicht und auf dem Handrücken und schaute mich dabei nachdenklich und freundlich an. Da waren ein paar Sekunden des Zögerns und einer Vorahnung von Unheil, wohin war ich geraten, noch eine Stufe tiefer, immer tiefer zu einem geheimnisvollen Grund. Nicht die pure Angst, aber leichte Anfälle von Übelkeit und Grauen, wie ich sie in letzter Zeit öfter verspürte. Und Joschko sei also nicht dicht, bedeutete man mir, ein dämlicher Junge, und wenn ein Judenjunge bekloppt sei, so ungefähr sollte ich es verstehen, durchaus auch auf mich gemünzt, dann war er noch schräger geschichtet als irgendein Tölpel in der ganzen Welt. Und nun also schiele ich im Dunkeln der Dachstube heimlich nach diesem Joschko und sehe, wie er wieder aufsteht, einen Krug Wasser säuft, dieses abscheuliche Leitungswasser, dann mächtig rülpst, hinten und vorne, dabei kichert, denn man hört die Wände reden, aus einem nahen Fenster zum Hof dringen die heiseren Lustschreie einer Frau, rhythmisch, grob und gezinkt, als gehöre es zum Geschäft der Dirnen, auch noch Vergnügen zu heucheln. Und Joschko lacht bitter und vergnügt: Ah, les filles de joie, les pouffiasses! – Er hat offenbar in ganz kurzer Zeit nicht nur Französisch, sondern auch den Jargon der Gosse gelernt.

Und nun schließt er das Fenster mit einem langen Fluch, er wird nun immer das Fenster verrammeln, wenn ich es öffne, ich reiße die Luke auf, und er schließt sie wieder, das bleibt unser einziger, beharrlicher Zwist. Diese Holzköpfe, denke ich, die Schiß haben vor frischer Luft wie vor dem Dasein und die offenbar schon im Mutterleib Angst hatten, das große Kotzen bekamen vor der Welt und dem Leben, dieses beschissene Leben, und die nun für immer geeicht sind und getrimmt hineinzukriechen, zurück in Mutters Schoß ... Oho, hier ertappe ich mich selbst, da redet bereits der Prediger aus mir, Sascha Cohn-Jannowitz, der Schwarzseher, der bald darauf versuchen wird, uns seinen verdammten Stempel aufzudrücken, seine Verachtung, seinen zynischen Haß gegen alles, was sich versöhnlich gibt, gutgläubig und naiv.

Bist noch nicht fertig gebacken, kleiner Stinker, hörte ich Sascha schon am nächsten Morgen zu Joschko sagen, willst wieder zurück ins Loch! – Joschko hatte nämlich sofort begonnen, ehe wir noch richtig wach waren und uns ein wenig kannten, mir seine Abenteuer vom Vorabend zu berichten, mit allen Details und großem Entzücken über den herrlichen Arsch seiner Dame, ihre mächtigen Brüste und Schenkel und über die Kunstfertigkeit seiner Zunge, denn die Schöne sei vor Freude beinahe bis an die Decke gefahren! Sascha war zufällig hereingekommen, hatte sich diese Beichte eine Weile mitangehört, wahrscheinlich aber kam er nur, um mich unter die Lupe zu nehmen, einen möglichen Bewunderer und Adepten, einen brauchbaren Jünger in diesem Haus.

Aber das war am nächsten Morgen, und ich habe noch die Nacht vor mir, jene denkwürdige erste Nacht im Baalbek, vor dem 14. Juli, denn nun schnarcht Joschko endlich, nachdem er Wasser getrunken und das Fenster geschlossen hat, und auch ich tauche wieder unter, und vielleicht wiederum eine Stunde später werde ich neuerlich geweckt. Ich bin sofort hellwach, denn es ist Katja, sie beugt sich im

Dunkeln über mich und betupft wieder einmal mit einem Taschentuch mein Gesicht, ich habe wohl schlecht geträumt und triefe von Schweiß. Ob ich denn endlich ausgeschlafen habe, fragt sie, ein wenig atemlos und verwirrt wie ein Backfisch, mit ein paar Tränen an ihren Wangen. Was ist los, frage ich, was ist geschehen? Sie habe mit mir zu reden, komm, wach endlich auf! Ich bin wieder einmal völlig erstarrt, eine Art Gehirnlähmung, denn sie streicht mit der flachen Hand zärtlich über mein Gesicht, ein wenig abwesend und zerstreut. Was bin ich für sie, ein junger Hund, ein Rotzjunge, und ihre Hand ist kühl, ihr Gesicht dem meinen so nahe, daß ich ihren Atem spüre, ihren Körpergeruch, und unter dem dünnen Hemd ist sie nackt. Sie öffnet das Fenster, und ein frischer Luftzug dringt herein, sie setzt sich völlig unbefangen an mein Bett und lächelt mir aufmunternd zu, kommst du mit, Jossl, genug geschlafen, es gibt wichtige Dinge zu besprechen. Als ob ich überhaupt noch fähig wäre, einen Finger zu rühren, einen Fuß zu bewegen, wie gelähmt vor Entzücken.

Sie bewohnt ein kleines Zimmer für sich allein, eine Etage über der Werkstatt der Eltern, Fenster zum Hof, wo man durch einen Mauerspalt ein Stück von der Straße beobachten kann, und diesen Baum kann man sehen, einen riesigen Feigenbaum … Hier hat sie also gesessen und gewartet. Auf wen wartet sie? Auf einen Mann? Jedenfalls keiner aus dem Baalbek, wie ich vermute. Trotzdem spüre ich Haß aufsteigen, ein Gefühl der Niederlage und ein ganz und gar lächerlicher Zustand. Sie schaut mich an und lacht: Jossl, Jossl, sagt sie und schüttelt den Kopf. Kann sie meine Gedanken lesen? Ich habe ihr beim Schlangestehen vor dem Konsulat einige meiner Possen erzählt, von Onkel Jossl in Amerika und den fünfzig Dollar hatte ich gefaselt, die zu behalten ich nicht imstande war, binnen dreier Tage sei alles futsch gewesen! Jossl, Jossl, hatte sie gesagt, du hast keinen Verstand, jedenfalls keinen jüdischen Verstand.

Und sie nennt mich seither Jossl. Auch jetzt sagt sie spöttisch, Jossl, du bist nicht gescheit! Dann geht sie ans Fenster, auf der Straße fährt ein Wagen vorbei, hält aber nicht an. Und wieder Schweigen. Draußen im Hof spreizt der alte Feigenbaum seine kräftigen Arme nach allen Seiten aus, mindestens sechzig Fenster ringsherum, erstorbene Augen, erstickte Atemorgane, und unter dem Baum führt ein Katzenvolk Krieg gegen die Nachbarkatzen. Wir sitzen auf ihrer Couch und warten, lauschen hinaus in die Nacht. Ich soll nicht fragen, gibt sie mir zu verstehen, später wird sie mir alles erklären. Meine Hand ist der ihren sehr nahe, ich wage jedoch nicht, sie zu berühren, und werde jahrelang trauern um diesen Augenblick des Versagens.

Sie wartet also auf einen Mann, was für ein Typ soll denn das sein, denn plötzlich höre ich sie flüstern und dabei mit den Fäusten an ihre Stirn hämmern: Er kommt nicht! Sie haben ihn! Haben ihn gefangen ... Und gerade, als wieder ein Motor tuckert, horcht sie auf, zitternd und bleich. Wie spät ist es wohl, vielleicht nach Mitternacht, und trotz Sperrstunde hören wir in den Kneipen die Männer grölen und ein paar Straßendirnen gellend lachen. Sie löscht ihre Zigarette und schweigt, hält die Hände abwechselnd an die Schläfen gepreßt, dann wiederum über den Knien verschränkt, wie um ein inneres Toben zu besänftigen. Dann überlegt sie lange, atmet tief, scheint sich ein wenig beruhigt zu haben. Sie holt eine Flasche Wein aus dem Schrank, wir trinken bedächtig, nippen an den Gläsern, da zieht sie aus einer Lade ein Bündel hervor, wickelt aus einem alten Männerhemd einen Revolver, legt ihn auf den Tisch, eine alte österreichische Armeepistole, stumpf und schwer.

Gehört meinem Vater, sagt sie. Er hat das Ding viele Jahre lang mit sich herumgeschleppt. Seit dem Jahr 1934, dem Aufstand in Wien und der blutigen Rache der Dollfuß-Faschisten an den Arbeitern. Wozu hatte er die Waffe? Er könnte doch nie damit umgehen ... Und du, kannst du es?

Und dann eine lange Pause mit einem Blick, den ich nie vergessen werde, im Halbdunkel zwar und doch, was für ein harter, abschätzender Blick! Sie hat das Bündel mit dem Revolver im Mistkübel gefunden. Hat wohl die Mutter weggeworfen. Warum? Weil sie ihn kennt. Jablonsky würde nie wirklich schießen. Und während sie gespannt hinaushorcht, weil unten wiederum ein Wagen vorbeifährt, beobachtet sie mich, und ich spüre wie einen Wasserguß diesen kalten Blick.

Du brauchst nicht zu antworten, sagt sie dann lachend und ein wenig gereizt, ich seh es an deinem Gesicht: Ein Jude schießt nicht, hab ich recht?

Und nun draußen das Lachen, aus irgendeinem Fenster dringt ein lang anhaltendes, heiseres Lachen, das Gelächter eines Verrückten, wie mir scheint.

Es ist ein alter Mann, sagt sie, er wohnt gegenüber, und sie nennen ihn den Kassierer, du wirst ihn morgen sehen, er geht wie ein Gespenst herum, immer eine Ledertasche unter den Arm geklemmt. Er rennt wie verloren durch die Straßen, redet mit keinem Menschen, ein Sonderling, und er fängt mitten in der Nacht zu lachen an, er lacht, und er ist allein!

Ich glaube, es ist auch eine andere Stimme zu hören, sage ich.

Ja, aber die kommt aus einem anderen Fenster. Du träumst, erfindest eine Geschichte, um dich selbst zu beruhigen, aber du mußt lernen, die Realität zu sehen. Dieser Mensch ist allein. Er ist allein und lacht!

Dann steht sie lange beim Fenster und blickt in den Hof. In das dichte, schwarze Blätterwerk des alten Feigenbaumes blickt sie. Und dann redet sie wieder zu sich selbst: Sie haben ihn gefangen! Und faßt sich an die Stirn …

Der Baum vor dem Fenster bewegt sich, ein Windstoß bewegt die Äste und bringt eine Wolke von Duft herein, ich atme gierig den fremdartigen Geruch. Ich schweige, denn jedes Wort würde Katja noch mehr reizen. Der Lärm aus den Kneipen ist schwächer geworden, sie haben alle Fenster und Türen verrammelt, und das Parfüm des Feigenbaums macht mich krank. Ich sehe dieses irrlichternde Feuer in Katjas Blick, ohne daß ich erraten kann, was es bedeutet. Im Dämmerlicht ist sie noch schöner, im Halbdunkel erkennt man das wahre Gesicht eines Menschen, falls er überhaupt eines hat. Alles Angelernte blättert ab, die Tünche fällt wie Gips von der Wand, und übrig bleibt ein wie in Kupfer getriebener Ausdruck, stark, traurig und schön.

Apropos, den Kassierer hab ich dann öfter gesehen, und auch in dem langen Zug nach Auschwitz glaubte ich ihn wiederzusehen, aber er war es nicht. Unter den vielleicht hundert Menschen im Waggon, die eng aneinandergepreßt wie Sandsäcke eine Woche lang unterwegs waren, sah ich einige alte Männer, die dem Kassierer ähnlich waren. Erkennen konnte man keinen mehr. Viele sahen aus wie der Kassierer, aber ich hörte den Kassierer nicht lachen, niemand lachte mehr …

Und endlich hält unten ein Wagen, und nun atmet sie auf, ist sofort wie verwandelt. Ganz ruhig packt sie die Waffe wieder ein und verstaut das Bündel in der Lade. Tröste dich, Jossl, sagt sie dann, während sie in einen leichten Mantel schlüpft, ich werde nicht schießen. Auch ich werde nicht schießen, kannst du mir glauben. In einer Woche fahre ich ab!

Sie ist raus. Ich blicke ihr nach. Auf der Treppe wendet sie sich um: Warte auf mich, ruft sie. Warte hier auf mich! Und ihre Augen leuchten.

15

Zwei Stunden warten, und sonst nichts. Auf sie warten, in diesem finsteren Schlauch von einem miesen Hotelzimmer, während sie ... Mit wem traf sie sich, und was zum Teufel mutet sie mir zu, hatte sie mich gerufen, um mit ihr auf ihren Geliebten zu warten? Wenn es aber der Geliebte war, warum kam sie dann zurück? Nichts, was ein vernünftiger Mensch begreifen konnte. Warten in einem Zustand der Ungewißheit und Ohnmacht, und zum erstenmal diese an Wahnsinn grenzende Verwirrung, diese Süße, dieses Gift in mir, das Blut stockte in den Adern, und der Magen krampfte sich vor Wut zusammen, was bedeutet das alles? Sie wollte es mir erklären, hatte aber geschwiegen, hatte es sich anders überlegt. Wollte sie mich prüfen? Seit unserer Begegnung hatte sie mich befragt, taxiert, gemessen und gewogen, und ich hatte nun den Eindruck, sie hatte mich nicht tauglich gefunden. Wofür?

Und nun rennt sie hinaus, sie wird immer wegrennen und dich zurücklassen. Es ist eine von jenen Frauen, die du nie begreifen wirst. Ich war verrückt nach ihr und kannte sie doch erst einen Tag! Ich bedeutete ihr nichts. Ich war Jossl, Jossl ohne Verstand, der auch eine Waffe nicht anrührte. Und ich stand, während ich das alles überlegte, vor dem Fenster und starrte hinaus in den finsteren Hof, in diese schwarze Baumkrone stierte ich, die mich mit ihrem Duft benebelte. Nein, alles, was ich jetzt dazu sagen kann, ist gewiß erst später in mir aufgestiegen, wie Luftblasen im Teich, hat in mir gearbeitet, und wir haben es alle erlebt, haben diesen Film mitangesehen, irgendeinen stupiden Phantasiefilm in unserem Kopf, in dem du deiner Angebeteten folgst und im Dunkeln vor dem Haus stehst, wo sie verschwunden ist, und die Fenster beobachtest, jede Bewegung beobachtest du, die Schatten an den Vorhängen, dein Hirn arbeitet fieberhaft, während Galle in dir aufsteigt und

Krämpfe verursacht, denn du stellst sie dir nackt vor, im Bett des andern, in allen möglichen frivolen Stellungen und in einer wilden Umarmung, oder du siehst sie unten neben einem fremden Wagen stehen, wo ein Typ drinsitzt, und sie reden miteinander, streiten, verhandeln, fluchen, der Kerl beschimpft sie obszön wie ein Zuhälter. Sie weint und schreit, er droht ihr, und du möchtest sie wegholen, streicheln, küssen, schlagen möchtest du sie, ein Kitschfilm, ein in deinem Kopf hundertmal abgespulter Kitschfilm, und was ist eigentlich wirklich geschehen?

Ich konnte einige Fenster durch das Astwerk hindurch sehen, oft nur Ränder von Licht, denn die meisten Leute haben die Jalousie aus schwarzem Papier heruntergelassen, doch manchmal auch eine von Kerzenlicht getönte tintenblaue Höhle und ein Schatten darin oder der helle Fleck eines nackten Körpers, du kannst, wenn du es drauf anlegst, alles hören und sehen, diese Fenster reden, murmeln, stöhnen, und tief unten, rings um den Feigenbaum, auf dem mit großen alten Steinen gepflasterten Hof stehen irdene Töpfe mit Agaven, riesige, ausgewachsene, zum Teil erstorbene Agaven, und die im Halbdunkel leuchtenden Blüten von Margeriten, jemand hat auf einem winzigen Beet Margeriten und Gladiolen angesiedelt, die alten Frauen im Haus, wie in fast allen Häusern, ziehen Blumen und allerlei seltene Gewächse, begießen sie überströmend, pflegen sie sorgsam, als zärtelten sie ihre ausgetrockneten Träume. Der Hof schwimmt an diesen heißen, tintenblauen Abenden von dem aus den Töpfen rieselnden Wasser, die Luft kocht, die Leute genieren sich nicht, und manchmal siehst du eine Nackte am Vorhang ziehen und den Kopf herausstrecken und tief atmen, als sei sie am Erstikken … Du würdest erschrecken, zurückschrecken würdest du, könntest du sie von nahem sehen, doch in deinem Wachtraum ist sie schön, ein junges, blühendes Weib, das sich in deinen Gehirnzellen ausbreiten wird, in Bildern, die das Blut zum Sieden bringen. Und an einem andern Fenster steht ein Mann, halb versteckt, und lauscht gespannt, was sonst sollte er tun, vielleicht ist es der Kassierer, der vorhin so entsetzlich lachte. Jetzt lacht er nicht, er äugt wie erstarrt aus dem Fenster, aber es ist gewiß nicht der Kassierer, es ist ein anderer, er luchst nach wirklichem Leben, das ihm abhanden kam, nach einer Krume vom Tisch der noch nicht Gestorbenen, von denen er zumindest glaubt, sie seien noch nicht zu Leder geworden; versucht einen Ton, ein Wort, einen Seufzer zu erhaschen, einen Blick in ein fremdes Bett zu werfen, das nicht leer ist, Leben aufzuspüren, das nicht nach Friedhof riecht wie dieser Hof, nach Agaven, Geranien und Margeriten, falls Margeriten überhaupt riechen, nach dem Feigenbaum riecht es gewiß, süß und schwer und ein wenig verdorben. Das entschwundene Leben, das nie wirklich war, das du nicht begriffen, nie auf der Zunge gespürt, nie kochend heiß getrunken hast, nur Absud, nur Fusel, nur Schminke, ein falsches Lächeln darauf, ein gezinktes Schmachten, eine bezahlte Umarmung – es war Joschko, der mir erzählte, er habe noch nie mit einem anständigen Mädchen geschlafen, immer nur Huren, immer nur Puff!

Ich besinne mich ein wenig, man urteilt wahrhaft streng, wenn man zwanzig ist, später wirst du es billiger geben, und dann erblicke ich dieses Mädchen, drüben, im Nachbarzimmer der Seitenfront, der Vorhang geöffnet, so daß ich es gut sehen kann, ein unvergeßlicher Augenblick und erstes Erkennen eines bizarren Wesens, halb Kind, Faun und Hexe, vielleicht fünfzehn Jahre, mit bereits prallen, birnenförmigen Brüsten, in blaues Licht getaucht, einem leichenhaft blauen Licht, das so blau ist wie die Gasflamme an ihren zitternden Rändern und kalt wie Gletschereis. Das Fenster wurde eben erst geöffnet, der Vorhang halb zur Seite gehievt, und da hockt sie nun auf ihrem Bett, in einer Stellung, wie nur Kinder hocken können, die Beine gleichsam verschränkt. Und sie streichelt eine weiße Katze, die unter jeder Berührung den Buckel krümmt und mauzt, und sie ist völlig nackt, die Kleine, falls nicht meine Augen mich verführen, Dinge zu sehen, die ich sehen will, wie im Traum. Dann kommt die Mutter herein, ein Baby im Arm, das schreit, und die Mutter wiegt das Kind und nörgelt, weil das Fenster offen ist, der Vorhang schließt sich wieder, die schwarze Papierrolle knistert und reißt, dann ist es still. Ich starre noch eine Weile ins Dunkel, habe mich endlich beruhigt, bin tatsächlich ganz ruhig geworden, dann schiebt sich dieser zause Kopf hinter dem Vorhang hervor, die schwarzen, brennenden Augen sehen mich an und mimen Erstaunen: Ach, Sie sind es? – Sie muß mich längst gesehen, muß mich beobachtet haben. Und gewiß hat sie während der ganzen Zeit gelauscht und auch unser Gespräch mitangehört, sie wußte also, daß Katja weggegangen war, und nun erkenne ich sie, ich habe dieses Kind im Foyer gesehen, unten im Hotel, als wir ankamen, sie hatte Katja überschwenglich begrüßt, auch ein wenig spöttisch und scherzhaft, und hatte mich dabei ins Auge gefaßt und mit Blicken verschlungen, und Katja hatte beim Hinaufgehen gelacht und spitze Bemerkungen gemacht, über meine Eroberung ... Und das ist Judith, hatte sie gesagt, vierzehn Jahre alt, aber sehr entwickelt und hungrig nach Leben, verstehst du?

Ja, so war das. Ich blicke aus dem Fenster, der Kopf der kleinen Judith ist nicht mehr zu sehen, aber ich glaube ihre versteckte Anwesenheit zu spüren, sie will leben, die kleine Judith, und schaut mit brennenden Augen in die Welt; in all den Jahren hab ich diesen Blick nicht vergessen, und bald wird sie selber brennen, in den Öfen von Auschwitz.

In all den Jahren, in Auschwitz und in den anderen Lagern, hab ich diese Bilder vor mir gesehen, hab sie mir nachts an die schwarze Barackenwand gespannt: Die Tür öffnet sich, und Katja steht da, sie steht im Türrahmen und lacht, vom

Ganglicht umrahmt, das in ihren nassen Haaren brilliert – war sie denn auf dem Meer gewesen?

Sie freut sich kindisch, daß ich gewartet habe, es ist vielleicht drei Uhr früh, oder ist es bereits am Morgen ... Alles verwirrt sich in meinem Kopf, und in der tintenblauen Tiefe dieser Nacht sehe ich sie glücklich lächeln, mit Wassertropfen an den Wangen, ein anderes Gesicht, sie hat hundert Gesichter! Und nun soll ich diese Minuten zeichnen, den Versuch wagen, diesen Augenblick nachzubilden in Worten, in dem Abgrund der Zeit und der Fülle des Grauens ... Sie fällt mir um den Hals, ganz schlicht, etwas müde vielleicht und abwesend, wie immer, was ich ihr jedoch in diesem Moment verzeihe ... Sie tritt näher und umschlingt mit ihren kühlen, von Tang und Meerwasser duftenden, feuchten, mich vor Glück erstickenden Armen meinen Nacken und küßt mich, einfach so, küßt mich auf den Mund. Ein richtiger Kuß, atemlos und saugend, nicht mit jener schwesterlichen Zärtlichkeit, die ich bisher an ihr zu spüren glaubte.

Das sind Dinge und Wendungen, die Männer meist nicht verstehen, wie ich annehme, für die sie nie eine Erklärung finden werden, und vielleicht gibt es in solchen Augenblikken nichts zu erklären. Ich drücke sie fest an mich, wahnsinnig erregt, fast schon in Ekstase, ziemlich linkisch, wie ich fürchte – und sie horcht hinaus. Merde alors, denke ich, wird sie denn niemals auch nur für eine Minute mir gehören? Doch es ist die Kleine von nebenan, die ruft: Katja, darf ich zu dir kommen?

Natürlich darf sie. Katja gibt ihr ein Zeichen und lacht resigniert, überläßt mir für Sekunden ihre Lippen, ihren Hals, ihre Brüste, denn sie hat die Bluse weit geöffnet, ihre Augen sind geschlossen, der Kopf nach hinten gebeugt, und die Süße der geschlossenen, zitternden Augenlider, dieses schmelzende Entzücken, das ich in ihrem Gesicht zu lesen glaube – wem gilt es, gilt es wirklich mir? Davon werde ich lange zehren, völlig erschlagen fühle ich mich und wirr, aber auch schwer wie ein Stein; ein elender Vergleich, ich weiß, aber wie soll ich dieses innere Ungenügen, die nagenden Zweifel, das Versagen des Jünglings beschreiben?

Da drängt sie mich bereits zur Tür, die Augen immer noch geschlossen, ich spüre in dieser kurzen Umarmung ihren Leib, den Busen, und es ist wie ein Donnerschlag, der mich lähmt ... Dann hat sie mich bereits aus der Tür gedrängt, sanft, aber bestimmt. Und draußen steht die Kleine, eine frühreife, verhexte Jüdin, sie trägt den Kimono ihrer Mutter, der sie verhüllt und eine Wolke von einem schwülen Parfüm verströmt. Sie schlüpft hinter mir in Katjas Zimmer, mit jenem brennenden, auf mich gehefteten Blick, und dann renne ich hinauf in den sechsten Stock, Joschko schläft fest, und ich bin erleichtert, beglückt, vernichtet. Ich hatte ein Entzücken gespürt, das bisher vor mir zu flüchten schien, von dem ich glaubte, daß ich es nie im Leben schmecken werde. Einer wie du, dachte ich immer, stirbt vorher, einer wie du krepiert, ehe er das wirkliche Leben erfährt. Dieses Glück, einen schönen und geliebten Frauenkörper zu küssen, ihn zu trinken, sich in ihn zu stürzen, war mir wohl nicht bestimmt. Oder doch? Aber es ist noch nicht die Zeit dafür, dachte ich, noch nicht deine Zeit!

16

Draußen dämmerte es bereits, Joschko schnarchte erbärmlich, redete, ächzte, weinte im Schlaf, die Stadt krümmte sich wie erstickt unter einem grauen, mit elektrischer Spannung geladenen Himmel. Ich werde den Rest dieser Nacht nicht pennen, werde am Fenster stehen, hin und her driften oder auf dem Bett ausgestreckt dösen und diesen Steppenbrand auskosten, den Katja in mir entzündet hat. Der Lärm des Hurenviertels da unten versickerte allmählich, nur da und dort ein schrilles Auflachen und Geschrei. Im Hafen hörte ich Maschinen stampfen, es klang dumpf über die Dächer hinweg, und ich glaubte manchmal die brutalen Rufe der Hafenarbeiter beim Ausladen der Schiffe zu hören, gelegentlich auch den geisterhaften Baß eines vor den Inseln liegenden Kargos, der auf den Lotsen wartete. Auch die Kräne arbeiteten bereits fieberhaft, und das nervenzerfetzende Quietschen der stählernen Trosse auf dem Pont Transbordeur über dem Becken des Vieux-Port, das Klopfen schwerer Hämmer an einem Schiffsrumpf, all das steigerte nur meine Erregung, meine Begierde, mein Glück, meine Wut.

Und dann der anwachsende, bösartig ratternde Lärm von vielen schweren Löschwagen der Feuerwehr und von Polizeifahrzeugen, die alle in eine Richtung rasten, in den nördlichen Teil von Marseille, und das ineinanderwirbelnde höllische Aufheulen von vielen Sirenen in allen Tonlagen ... Joschko sprang aus dem Bett, wir starrten beide hinaus. Es war diese unvergeßliche Nacht vom 13. auf den 14. Juli jenes Jahres, wo, wie wir später erfuhren, Tausende Bürger mit Freude erwachten, weil sie glaubten, ein verspätetes Abbrennen von Feuerwerkskörpern zu hören, jenes Dröhnen über der Stadt, zum Nationalfeiertag des 14. Juli, wie sie es von früheren Jahren kannten. Ein Irrtum. Um fünf Uhr früh war das Lagerhaus der alten Zündholzfabrik im Norden der Stadt in Flammen aufgegangen. Darauf folgte das Geknatter von vielen kleinen und schließlich das Donnern einiger größerer Explosionen, die alle Fenster von Marseille erzittern ließen. Erst später sollte ich begreifen, daß es nicht in meinem Kopf war, wo es von Lichterscheinungen krachte!

Sofort hatte sich das Hotel in ein Tollhaus verwandelt: Die Deutschen sind da, die Nazitruppen sind einmarschiert, es wird geschossen!

Ja, es wird geschossen, hört ihr? Sie werden aufgehalten!

Träumt ihr, wovon faselt ihr, sagte Sascha, der Schwarzseher, wer soll auf sie schießen? Wer wird sie aufhalten, man wird sie mit Blumen empfangen!

Einige waren leichenblaß, die meisten schwiegen. Sie hatten nicht verstanden, würden nie etwas verstehen und nur in Panik geraten. Einige Frauen rannten barfuß die Treppen hinauf und hinunter, wer wußte Bescheid, welcher von den alten Männern hörte gerade BBC London, es gab immer einen, der nachts wachte und Nachrichten hörte. Aber auch London wußte offenbar noch nichts, niemand wußte etwas. Auch in den Nachbarhäusern wußte man nichts, und einige Leute, die auf die Straße gerannt waren, zeigten sich ebenso verstört und ahnungslos.

Marseille lag noch im Koma seit jenem Schock des Massenaufgebots der Légionnaires de Pétain, jener ominösen Miliz der Vichy-Regierung, vom August des vergangenen Jahres. Die Lage war ziemlich gespannt, zwar hörte man bereits von Aktionen des Widerstands im Norden Frankreichs, vor allem in Paris, hier aber im unbesetzten Teil des Landes gab es fast nichts. Vielleicht die ersten geheimen Treffen eines noch völlig spontanen und kaum erfaßten Maquis, auf der anderen Seite jedoch die straff organisierten Formationen der Parti Populaire Français und einiger anderer angeblich patriotischer, in Wahrheit faschistischer Gruppen, die von den Nazis gleichgeschaltet waren und dem Einmarsch der Deutschen den Weg bereiteten. Am 31. August 1941, genau vor einem Jahr, hatten Zehntausende Uniformierte die Canebière und den Vieux-Port gefüllt, militärisch angetreten, und hatten den greisen Marschall Pétain und seinen Troß mit dem faschistischen Gruß der ausgestreckten Hand empfangen.

Aber zurück zum 14. Juli 1942. Erst später, im Laufe des Tages, sollte Monsieur Haschami, der Hotelbesitzer, ein paar beruhigende Worte zu uns sagen, er habe eben mit dem Polizeichef telefoniert, es sei nichts geschehen, nichts von Bedeutung, ein Raubüberfall jugendlicher Banditen! Genau so stand es dann in der Zeitung, eine Bande jugendlicher Krimineller sei in die Villa des Fabrikdirektors eingebrochen, sie hätten Geld und Schmuck gesucht, dann aber, um ihre Spuren zu verwischen, hätten sie im Lagerhaus, das voll war von explosivem Material, ein Feuer gelegt!

Bei uns im Hotel jedoch sollte das Gerücht vom Widerstand nicht mehr verstummen: Das sei die erste Aktion des Untergrunds von Marseille, und man werde sehen, wie es weitergeht! – Nein, entgegneten andere, die erste Aktion habe bereits im Februar stattgefunden, damals hatten Unbekannte die Gasfabrik in der Rue de Lyon gesprengt!

Die Hotelbewohner hatten sich auf der Treppe und im Foyer versammelt und erörterten aufgeregt das Ereignis. Nein, hieß es, die Öffentlichkeit werde wie immer belogen, es seien vielleicht deutsche Deserteure gewesen. Nein, es waren geflüchtete Fremdenlegionäre oder gar mit dem Fallschirm gelandete englische Kundschafter. Das Baalbek platzte schier von gewagten Hypothesen und Gerüchten, gewisse Nachrichten erreichten uns früher als die Öffentlichkeit, durch welche Kanäle, wußten wir nicht.

Ein Latrinengerücht sagte, zwei gegnerische Banden von Schmugglern hätten sich auf dem Fabrikgelände einen privaten Krieg geliefert. Nein, später verhärtete sich die Version vom Untergrund. Mehrere Frauen und Männer sollen es gewesen sein, Widerstandskämpfer, sie hätten einen Lastwagen voll mit Fässern erbeutet, chemisches Material zur Erzeugung von Sprengstoff. Danach hätten sie, wie schon beschrieben, das Lagerhaus angezündet, um die Spuren zu verwischen!

Ich kann heute nicht mehr sagen, ob wir diese Details noch am gleichen Tag oder erst später erfuhren, und damit gelange ich an einen Punkt, wo die Darstellung der Ereignisse jener Tage der Arbeit von Archäologen gleicht, jenes tastende und gefährdete Vorgehen, wenn sie eine Stadt ausgraben, die lange Zeit unter Vulkanasche verschüttet lag. Der Erzähler kann sich nicht nur an die fotografisch getreuen Details einer Chronik halten, sie täuschen oft. Und er gräbt immer tiefer, Schicht um Schicht. Es geht einfach darum, die Bilder, die ich damals mit meinen unerfahrenen Augen wahrnahm, mit anderen Bildern zu vergleichen, die sich in den folgenden Monaten und Jahren herstellten, und diese wiederum mit späteren Erkenntnissen und Aussagen von Zeugen zur Deckung zu bringen.

Sascha war kurz vor dem Einmarsch der deutschen Truppen in den Untergrund gegangen, dann erst, mit Beginn des Jahres 1943, setzten die wahren Aktionen der Résistance im Süden Frankreichs ein, und von ihm erfuhr ich im Herbst 1962 – jawohl, es sollen doch Katja, Alain und die anderen gewesen sein, die jenen ersten Anschlag verübten. Alles sei gut vorbereitet gewesen, mit Hilfe von einigen Arbeitern der Fabrik, man mußte bei all diesen Unternehmungen sorgfältige Vorbereitungen treffen und geeignete und zuverlässige Informanten und Partner finden. Die Fässer wurden noch im Morgengrauen umgeladen und der gestohlene Lastwagen ins Meer versenkt, um die Polizei zu verwirren, was auch gelang, der Fall wurde nie geklärt!

Aber zwei Stunden nach dem Feueralarm kamen bereits die Beamten der Sûreté ins Baalbek, mehrere Uniformierte, aber auch zivile Flics, sie suchten Franz Dolezal und einen gewissen Gustl Kranz. Dieser Kranz hatte bis vor kurzem im Baalbek gewohnt, war danach verschwunden, niemand hatte ihn gesehen. Natürlich logen unsere guten Leute, Gustl Kranz kam noch manchmal vorbei, das Baalbek war ja ein beliebter Treffpunkt für viele Emigranten. Auch ich hatte Gustl gesehen, den Tag zuvor hatte ich ihn gesehen, ich kannte ihn von Wien und war überrascht, als Katja mit ihm redete, auf dem Weg vom Konsulat zum Hotel hatte Katja sich mit ihm getroffen.

Die Polizisten durchsuchten routinemäßig das Haus, Katja war jedenfalls nicht hier, was mich beruhigte und auch wiederum irritierte, und obschon der Hotelier den Flics bestätigte, Gustl Kranz sei vor einem Monat ausgezogen, suchten sie weiter und nahmen schließlich Dolezal mit, ebenso einige von den jüngeren Männern, auch ich hatte das Vergnügen, dabeizusein.

Zwei Stunden lang ließen sie uns warten, in einem fensterlosen, stinkenden Raum, dann wurden wir einzeln zum Verhör geholt. Die Beamten waren kurz angebunden, und offenbar nicht ganz bei der Sache, ob ich die beiden Österreicher Dolezal und Kranz denn nicht kenne, wurde ich gefragt, es seien Landsleute von mir. Nein, log ich, ich kenne sie nicht! Darauf wurde ich ohne weiteres und ziemlich barsch entlassen. Ich trieb mich danach aufgewühlt und neugierig im Hafen herum.

Und es gab viel zu sehen, die Bürger, die vom Glanz der Eroberer oder von Angst noch nicht völlig umgekrempelt waren, veranstalteten an verschiedenen Plätzen spontane Feiern zum 14. Juli, die wie erste, schüchterne Protestaktionen wirkten – es war das nationale Fest der Franzosen, zum Gedenken an die Erstürmung der Bastille von 1789 und den Beginn der Französischen Revolution. Ein merkwürdiger Tag, mit düsterer Spannung geladen, nachdem sich der Lärm der frühen Morgenstunden gelegt hatte. Vielleicht hundert kleine Boote voll mit Kindern, mit Flaggen und Luftballons geschmückt, schaukelten auf dem Gewässer des Vieux-Port. Auch einige von den Luxusjachten, die ich während meiner langen Spaziergänge oft betrachtet und beobachtet hatte, waren festlich geschmückt und voll von Menschen. Viele schöne Mädchen konnte man zwischen den geschniegelten Typen auf den Decks der Schiffe sehen; wem gehörten diese weißen, chromglänzenden Jachten, berühmten Schauspielern und Filmproduzenten vielleicht oder den lokalen Industriellen, gewiß auch den Spekulanten und Waffenschiebern, verschiedenen obskuren Existenzen jedenfalls, die hier ihre privaten Feste feierten. Diese Schiffe waren offenbar der Sammelplatz der schönsten Frauen im Lande, Schönheit war auch in Kriegszeiten eine gängige Ware und hoch im Kurs!

Ich tippelte mehrmals um das Hafenbecken herum, überall wurden Langusten verkauft, gebackene Krabben und Fisch, Früchte, Blumen und Luftballons. Ich leistete mir eine Pizza und Rotwein in einer Bar am Hafen. Und da sah ich sie ... Katja und Alain. Sie gingen eingehängt und leise, aber heftig debattierend an dem Lokal vorbei, blieben dann stehen, sie hatten mich offenbar gesehen. Alain verabschiedete sich in Eile und verschwand in der Menge. Ich war noch völlig verwirrt von den Erlebnissen der Nacht und voll Scheu, ihr wiederzubegegnen. Und nun stand ich vor ihr, ich wartete, kannte mich nicht aus, dann gab sie mir spöttisch lächelnd ein Zeichen, endlich näher zu kommen und sie zu begleiten.

Es ist besser, wenn Alain und ich nicht miteinander gesehen werden, sagte sie zerstreut. Dann nahm sie mich bei der Hand, und wir spazierten an dem Ufer entlang, als wären wir verabredet gewesen und ein Paar. Ich versuchte meine Gefühle zu verbergen. Man muß sich die Szene vorstellen, das Hafenbecken von einer ungewöhnlichen Menschenmenge umsäumt, auf dem Wasser die Fischkutter, die Jachten, die buntgeschmückten Ruderboote, der Sonnenglanz über der Stadt, und über dem Hafen wie ein Diadem leuchtend die Basilika von Notre-Dame-de-la-Garde. Ich betrachtete Katja heimlich von der Seite, sie wirkte müde und abgespannt, während ihre Augen unauffällig, aber wachsam die Vorübergehenden streiften. Fühlte sie sich verfolgt? Und ich werde erst viele Jahre später erfahren, wie dilettantisch die Unternehmungen dieser kleinen Gruppe waren und daß sie rechtzeitig gewarnt wurde. Es war unser Hotelier, wie Sascha mir erzählte, der ihre frühzeitige Verhaftung verhindert hatte.

Wir aßen dann in einem kleinen Restaurant ein köstliches Fischgericht und tranken Weißwein dazu, Katja war wie ausgehungert und hatte sich beruhigt. Ich erinnere mich nur an dieses wahnsinnige Glücksgefühl, bei ihr zu sein, mit ihr in einem hübschen Lokal zu sitzen, sie heimlich betrachten zu können. Sie erkundigte sich sachlich nach den Vorfällen im Hotel an diesem Morgen und was die Polizei bei dem Verhör von mir wissen wollte. Sie hatte also das Hotel am frühen Morgen noch einmal verlassen? Und daß die Flics nur nach Gustl Kranz und Dolezal gefragt hatten, schien ihr ein gutes Zeichen!

In meinem Kopf arbeitete es fieberhaft, während ich sie betrachtete und sie meine Blicke belustigt quittierte. Was war eigentlich geschehen in dieser Nacht? Aber ich durfte auch nicht fragen, sie hatte mir verboten, Fragen zu stellen. Je weniger du weißt, um so besser für dich!

Ich war in einer Zwangslage, ich liebte Katja, wie ich glaubte, und war ihr innerlich völlig zugetan, schreckte aber doch zurück. Vielleicht weil ich an Lily dachte? Nicht einen Augenblick hatte ich Lily vergessen. Ich spürte die Ungereimtheiten von Katjas Verhalten, blieb jedoch ruhig, von einer tiefen Neugier, einer Faszination wie gebannt, begehrte nicht auf, forderte nichts, vielleicht weil ich sie genauso zappeln sah wie den Fisch im Netz. Sie liebte diesen Mann, aber auch sie beide befanden sich in einem Konflikt. Und vielleicht, wie ich es viel später zu sehen begann, verweigerten wir uns jedem tieferen Gefühl, jeder starken Bindung im vagen Bewußtsein der kommenden schrecklichen Dinge!

Alain war eine Art Abenteurer und hatte viele Länder bereist, war seit Jahren geschieden, hatte Frau und Kind verlassen, mußte sich jedoch in diesen Tagen um die beiden kümmern, traf sich mit seiner Frau, liebte dieses Kind. Katja war hin- und hergerissen von Mitleid und Zorn, aber gewiß mußte auch sie empfunden haben, wie unter den Bedingungen des Krieges die menschlichen Beziehungen oft verblaßten. Jeder hatte seine Zwangsjacke, und alle lebten wenigstens stundenweise in der Fiktion, es gäbe noch menschliches Glück. Grund genug für jede Art von Verzweiflung, einschließlich der ekstatischen Freuden, die aus dem Widerspruch des Lebens erwachsen.

An einem der Nebentische im Restaurant hatten mehrere Männer Platz genommen, Muskelprotze, in viel zu enge, helle Anzüge gepreßt, Schmuggler vielleicht oder geheime Flics, die das Lokal sofort mit ihren hohlen Witzen und lautem, aufgeblasenem Gerede füllten. Sie warfen freche, begehrliche Blicke auf die jungen Frauen im Saal, auch auf Katja, was mich jedoch kaltließ. Aber es erweckte erneut mein Staunen über die starke Wirkung ihrer Schönheit, denn immer, wenn sie herüberblickten, diese Kerle, verstummten sie für eine Weile. Ich fühlte mich stark und gesammelt, weil mich Katja warmherzig ansah und mich bat, ihr von mir zu erzählen. Sie hörte zu, spottete nicht mehr, ich spürte, wie sie mich auf eine neue Art betrachtete und wie sich die im Raum schwirrenden Stücke meines Wesens zu einem Ganzen fügten.

Wir gingen dann auf Umwegen zum Hotel zurück, an einer Ecke kam uns Gustl Kranz entgegen, aber sie redeten nicht miteinander, wie tags zuvor, als wir vom Konsulat kamen. Gustl gab Katja ein stummes Zeichen, worauf wir rasch weitergingen. Gustl und ich hatten einander gegrüßt, mit einem trockenen Nicken. Katja fragte nicht, wunderte sich nicht. Sie wunderte sich offenbar über nichts.

Ich kannte Gustl aus Wien, Volkshochschule Hernals, dort trafen sich fast täglich, wie ich wußte, weil es nicht auffiel, zwei oder drei von meinen Freunden, die illegale Kommunisten waren. Gustl war schon damals eine legendäre

Gestalt, hatte unter dem Schuschnigg-Regime mehrmals im Gefängnis gesessen, er war klein, lustig und verwegen, blondes, krauses Haar, blaue, listig blickende Augen, ein Arbeitertyp. Und was hatte Katja mit ihm zu tun, woher kannten sie sich? – Am Bassin des Vieux-Port setzten wir uns eine Weile hin, Katja legte beide Arme um meine Schultern, betrachtete mich, dann küßte sie mich. Wußte sie denn, was sie tat, was sie damit anrichtete? Oder hatte sie sich beobachtet gefühlt und mit mir nur ein Spiel gespielt.

Dann drängten wir uns weiter durch die Menschenmenge der Canebière, ich war glücklich und von einer wilden Zärtlichkeit für alle Lebewesen erfüllt, aber auch auf eine schlichte Weise sehend geworden und wach. Der Tod hing als eine rosarote Wolke über der Stadt, was ihren Glanz jedoch nur verstärkte.

Gustl Kranz war übrigens bald danach – im Jänner oder Februar 1943 – in einen ähnlichen Überfall verwickelt und wurde bei der Verfolgung erschossen. Ich habe sein grausames Ende erst nach dem Krieg erfahren, es war auf dem Cours Belsunce, mitten im Zentrum von Marseille, und er hatte sich geopfert, war lachend mit seiner Knarre aus einem mit Maquisards besetzten Wagen gesprungen und hatte mit seinem Sperrfeuer die Wagen der Verfolger aufgehalten, so daß die Kameraden entkommen konnten. Er wurde, wie berichtet wird, von Kugeln buchstäblich zerfetzt. Und es war eine der ersten größeren, bekannt gewordenen Aktionen der Résistance von Marseille. Ich dachte an Katja, als ich davon hörte, hatte sie in jenem Wagen gesessen, vielleicht auch Alain?

Franz Dolezal kam am Morgen des 16. Juli ins Baalbek zurück, er war am Abend zuvor aus dem Arrest entlassen worden, hatte sich die Nacht im Hafen herumgetrieben und war betrunken. Niemand konnte erfahren, was geschehen war, und niemand konnte ahnen, daß sie ihn finden würden, wenige Tage später, in seinem Bett erwürgt.

17

Jemand sollte diese Geschichte erzählen, der imstande ist, eiskalt zu bleiben, die Bilder, Zeichen und Farben in Worte und Sätze zu gießen, wie man aus kochendem Blei die Lettern gießt, die dann erstarren werden, mit klarem Verstand sollte er sie setzen, mit Gleichmut und Bedacht. Denn nur im zweifachen Erinnern, vorwärts und rückwärts gewandt, sind die Ereignisse zu erkennen, wir leben nicht in der Gegenwart, leben in einem Nebel aus geronnener Zeit, gefrorenem Blut, Vergangenheit und Zukunft sind darin vermischt, und er sollte die Bilder zurechtrücken und einordnen, von diesen Menschen, die wir gesehen haben, und die wir wiedersehen sollten, erschlagen, auf dem Boden ausgestreckt.

Die Züge nach Auschwitz waren bereits unterwegs, auch auf uns wartete solch ein Zug, nur wenige Wochen trennten uns davon. Die Viehwaggons vollgestopft mit Menschen. Wenn wir Glück hatten, jeder mit einem Stück Brot und einer Tüte voll reifer Birnen bedacht, für eine lange Fahrt. Für die Notdurft stand eine leere Konservenbüchse bereit, man konnte sie während der Fahrt durch eine winzige Luke leeren. Vielleicht neunzig oder hundert Menschen in jedem Waggon, einige Tausend an jedem Tag, die in dem großen Sammellager Rivesaltes bei Perpignan aufgerufen worden waren. Schon beim namentlichen Aufrufen wurden Familien zerrissen, aber Schreien und Weinen nützte nichts, die offenen Waggontüren gähnten wie der Abgrund, dem wir nicht mehr entrinnen sollten. Die Menschen konnten in den Waggons nicht stehen, nicht sitzen, nicht liegen, einige von den Alten sanken bald zu Boden, und es war schwer, nicht auf ihnen zu stehen. Als die ersten Toten auf der Seite lagen, legten sich andere, völlig erschöpfte und ins Schicksal ergebene Menschen auf sie drauf. Alles in ihnen war bereits erstickt und ausgelöscht. Unterwegs gaben Eisenbahner auf den Rangierbahnhöfen zu verstehen, sie werden euch umbringen, ihr fahrt alle in den Tod!

Die Zeit hatte aufgehört zu schlagen, jeder Hoffnungsschimmer war vernichtet, sie hatten uns alles genommen, die Deutschen hatten uns die letzten Sachen, auch Uhren und Ringe, abgenommen, selbst die Haare hatten sie den Männern geschoren. Räder müssen rollen für den Sieg, stand außen an den Waggons in großen weißen Lettern geschrieben. Und der Zug hielt manchmal auf den Rangierbahnhöfen sauberer deutscher Kleinstädte stundenlang, auch nächtelang, man konnte die Bürger sehen, die von einer Brücke her den langen Zug betrachteten, neugierig und kalt. Zwei- oder dreimal auf der wochenlangen Fahrt wurden die Schiebetüren geöffnet, aber die Toten nicht entfernt, die Sterbenden nicht gehört, ihre Rufe nach einem Schluck Wasser ertranken im Lärm der Ketten und Räder. Es wurden neue Waggons angekoppelt, mit Menschen vollgestopfte Waggons, je weiter wir fuhren, um so länger wurde der Zug.

Und nun die Bilder dieser Stadt, Marseille, lebendig, lachend und gleichgültig, im Verrecken schön. Die Bilder der alten Häuser, Häuser, die Gesichter haben wie Menschen, die schmunzeln konnten und mit den Kiefern mahlen, den Mund voll Asche. Die Bilder der jungen Mädchen und Burschen auf den Straßen, ihre frechen, süßen Lippen, die schnatterten, in ihren Augenwinkeln die Wachträume, an denen sie langsam verblühten. Denn es gab auch die anderen Bilder auf unserem Augenhintergrund, das Bild etwa eines gehenkten Partisanenmädchens, zwischen mehreren Männern in einen Baumwipfel gehievt, vor einem mazedonischen Dorf, der Grieche hatte uns davon erzählt, sie arbeiteten sich schon voran, die Söldner des Abdeckers, zermahlten eine blühende Jugend in den Ländern des Widerstands. Und gleichzeitig die Bilder jener Jeunesse dorée, wie wir sie nannten, die Kinder der wohlhabenden Geschäftsleute und Beamten dieser Stadt, sie promenierten am Nachmittag durch die Hauptstraßen, füllten mit ihrem unwissenden Geplauder die Cafés auf der Canebière und auf dem Quai des Belges.

Aber nun weiter die Chronik jener heißen Tage, zwischen dem 14. Juli und dem 1. August, als die Deventer abfuhr und Katja aus meinem Leben entschwinden sollte. Aber sie verschwand nicht wirklich, sie hatte mich völlig umgemodelt. Und ich habe es schon oft gesagt und sage es noch einmal – sie hat mich benützt, hat meine Zuneigung, mein blindes Vertrauen für ihre Zwecke benützt. Und doch hatte sie mir viel gegeben, auch Zuneigung und Wärme. Ich war in jenen Tagen zu verwirrt, um die Lage zu durchschauen, ich war es gewöhnt, nicht beachtet und übergangen zu werden, schon von Kindheit an. Ich war kein geliebtes Kind und bin in zerrütteten Verhältnissen aufgewachsen. Nicht nur Geborgenheit und Mutterliebe können fürs Leben eine Kraftquelle sein, auch das Losgelassenwerden! In meinem Fall betrachte ich die ärmliche und karge Kindheit als ein Glück, ich lernte früh, Entbehrungen zu ertragen und eine Art Beobachterposten zu beziehen. Wenn andere besser dran waren und mehr Beachtung fanden, dann machte mich das ganz wach und aufmerksam. Warum war das so? Was war verfehlt an mir? Alles Dinge, die einem gesunden jungen Menschen einen geschärften Blick und wache Sinne beschaffen können.

Aber was wollte Katja von mir? Was suchte sie? Sie suchte Mitverschworene, nichts anderes, sie suchte Kerle, die mit dem Schießeisen umgehen konnten und bereit waren für einen tödlichen Kampf. Ich wurde einmal Zeuge einer geheimen Besprechung und erinnere mich an einen Satz, der sich mir eingebrannt hatte: Wir müssen den Faschisten Schläge versetzen, damit sie erfahren – man kann nicht alle Menschen kaufen!

Was mich von diesen Leuten unterschied, Katja miteingeschlossen – sie besaßen eine heilige Wahrheit, während ich an allem zweifelte. Sie waren Kommunisten, hatten den monolithischen Glauben an ein Dogma, das ihnen genau sagte, was sie zu tun hatten. Die Partei schickte sie an die geheime Front. Und man muß es immer wieder sagen – wo immer in Europa Widerstand gegen die Nazis geleistet wurde, waren die Kommunisten führend. Jedoch nicht nur Kommunisten gingen in den Untergrund, die soziale Palette des französischen Widerstands war sehr breit angelegt. – Und es gibt nicht nur die einen oder die anderen, dachte ich damals, die Natur hat nicht nur Augenmenschen oder Tatmenschen hervorgebracht, die beste Variante war wohl eine ausgewogene Mischung. Und Gott, wie Sascha sagte, hat klugerweise niemals etwas Einseitiges erschaffen wollen, falls er sich nicht eben manchmal irrte. Er legt krasse Widersprüche in jede seiner Gestalten und stattet sie mit Kräften aus, die polar gegeneinander gerichtet sind, immer im Kampf mit den anderen, aber auch mit sich selbst.

Ich sitze auf der Terrasse des Select am Quai des Belges und blicke auf die flimmernde Wasserfläche des Alten Hafens, ich bin allein, ich trinke einen Calvados mit Eiswasser, um die Nerven zu beruhigen, aber es blubbert an den Schläfen, die Hitze liegt wie ein Sandsack auf den Schultern. Katja ist fort. Sie hat sich mit Alain getroffen!

Und als ich gegen Abend gereizt und überwältigt von starken Eindrücken, aber hundemüde ins Hotel komme, habe ich eine Eingebung, habe ich den wahnsinnigen Wunsch, sofort mit Katja zu reden, sie zu sehen, mir irgendeine Klarheit zu verschaffen. Merde, es gibt keine Klarheit. Die Mutter erklärt mir, Katja habe sich in ihrem Zimmer eingeschlossen, sie sei erschöpft und wolle in Ruhe gelassen werden. Natürlich lügt die Frau. Da renne ich wieder auf die Straße, wütend und völlig verdreht. Ich renne vielleicht zum fünften Mal durch die Canebière, wo alle Cafés überfüllt sind und das Geturtel der Mädchen und Burschen mir in den Ohren saust. Vor dem Roxy-Kino stehen Hunderte junger Leute Schlange, sie spielen dort Romance de Paris mit Charles Trenet, und alle singen und summen bereits seine Lieder. Im Majestic-Studio spielen sie La Symphonie fantastique, und auch dort stehen Hunderte Schlange vor den Kassen. Sie drängen in die Kinos, um im Dunkeln zu schmusen, die Luft ist von Musik und Begierde erfüllt, eine nervöse, vielleicht von verborgener Angst vergiftete Lust. Das Roxy war früher ein Theater, und in den gepolsterten Logensesseln oben in den Rängen kann man die Mädchen leise wimmern hören ... Wer kein Zimmer für die freie Liebe hat, geht ins Roxy oder ins Metropol. Und ich renne weiter in Richtung Bahnhof, der Bahnhof Saint-Charles hat eine starke Anziehungskraft, und eigentlich hat es mich schon als Kind gelockt, auf einer Eisenbahnbrücke zu stehen und unten die Züge davonrauschen zu sehen.

Und während ich also den Boulevard d'Athènes hinauflatsche und an der breiten Freitreppe zum Bahnhof vor einem Plakat stehe, auf dem ein Konzert der Edith Piaf angekündigt ist, umfaßt mich jemand von hinten. Es ist Katja. Sie lacht. Sie ist nicht allein, sie ist umringt von drei oder vier ihrer Copains, darunter der Lange mit dem Büffelkopf, Alain, ihr Liebhaber! Ob ich denn nicht mitgehen wolle, sie haben Karten, haben genügend Karten fürs Konzert, und es ist das erste Konzert der Piaf in Marseille!

Vor dem Odeon-Theater stehen vielleicht fünfhundert junge Leute, die keine Karten mehr bekommen haben. Und gewiß sind ringsherum zwei Dutzend geheime Flics verteilt, merde alors, aber wir sind bereits in der Menge völlig verkeilt. Ich kannte bisher nur ihre Stimme, aber von dieser Stunde an sollte ich ihr Gesicht und diese kleine, unauffällige Gestalt nicht mehr vergessen. Edith Piaf steht allein auf der riesigen Bühne, keinerlei Dekoration, und nur ein Klavierspieler begleitet sie. Sie steht da wie eine Prostituierte, breitbeinig und ziemlich ordinär. Fast rührend schmal steht sie vor einem in geballter Spannung lauschenden Publikum und schmettert dann mit metallisch harter, aber melodischer Stimme ihre Lieder in den Raum, daß dieses Haus erzittert. Ich habe nie wieder eine so starke Wirkung einer kleinen Person erlebt, die Askese dieser Gestalt und die Orgie ihrer Stimme wirken wie ein Rauschgift, das die Menschen in einen Taumel versetzt. Sie sang ihr berühmtes Surabaya-Johnny, auch zwei oder drei moderne Chansons von Brecht und Weill, dann sang sie Le grand voyage du pauvre nègre, was frenetischen Jubel auslöste, und als Höhepunkt L'accordéoniste!

Ich sitze neben Katja, auf der anderen Seite sitzt Alain. Katja weint vor Entzücken und drückt meine Hand, drückt sie in einer unbewußten Bewegung an ihr Gesicht und an ihren Busen, es macht mich verrückt, macht mich wahnsinnig vor Verlegenheit und Glück …

Nach dem Konzert, das nicht enden wollte, tobten die Zuschauer, weigerten sich, das Theater zu verlassen, riefen immer wieder nach Edith Piaf, die dann ohne ein einziges Lächeln und in ihrer schlichten und fast einfältig wirkenden Haltung vor die Rampe trat. Ihr Vortrag zeigte bereits wahre Größe, sie selbst als Person trat völlig in den Hintergrund, aber alle Schönheit der Gestaltung legte sie in ihren Gesang! Die Zuschauer schrien, applaudierten, stampften mit den Füßen und gebärdeten sich wie wild. Die Polizei mußte schließlich das Haus räumen, da bereits Stühle und Fenster zerbrachen. Wir gingen schweigend und wie betäubt durch die verdunkelten Straßen zum Hotel zurück, ich weiß nicht mehr, was um uns herum geschah, wie wir dahin kamen, ich hielt sie umschlungen, um sie zu wärmen, denn sie zitterte. Die drei Copains waren verschwunden, zu viele Flics in der Nähe. Und ich sollte also Katja unbehelligt ins Baalbek bringen …

Und dann diese Nacht, wir waren beide verstummt, in einer zu Eis erstarrten Ekstase. Ich bringe sie an ihr Zimmer, es ist weit nach Mitternacht, und das Haus ist still. Sie steht an den Türpfosten gelehnt, die Augen geschlossen, als habe sie nicht die Kraft, die Schwelle zu übertreten. Ich versuche sie zu küssen, sie wehrt sich nicht, zieht mich mit hinein.

Dann fällt ihr Kleid, sie wäscht sich hinter dem Paravent und schlüpft schweigend ins Bett, mit dem Laken bis zum Hals zugedeckt. Ich soll hierbleiben, bedeutet sie mir, soll zu ihr kommen. Sie deutet auf den Platz neben ihr in dem breiten Bett: Aber rühr mich nicht an!

Und ich rührte sie nicht an. Ich schlief nicht. Ich wollte keine Sekunde missen, ihren Atem zu hören, im Dämmerlicht ihre Brust zu sehen, die sich hob und senkte, ihre braunen Schenkel, die sich vom Laken befreiten. Ich habe geglüht und gefroren und gedarbt, wie nie wieder in meinem Leben.

Und nun doch ein Wort zu Alain, dem Büffelkopf, wie ich ihn bei mir nannte, Franzose, ein Mann von vielleicht dreiundvierzig Jahren, groß, breitschultrig, bulliger Schädel, buschige Augenbrauen über ungewöhnlich hellen, blauen Augen. Ein gepflegtes, undurchdringliches Gesicht, viel zu auffällig für einen Maquisard. Un poilu, ein Mann mit Haaren auf der Brust, das Hemd stand immer offen, man konnte seinen braunen Pelz sehen. Ich haßte ihn, aber wie konnte ich ihn hassen, da Katja ihn liebte? Alain ist 1944 in Buchenwald gestorben.

Und Jahre später beging ich den Fehler, Sascha von jener Nacht zu erzählen. Er lachte. Dann schwieg er und kratzte sich nachdenklich im Gesicht. – Sie hat dich geliebt, sagte er. Aber du warst zu jung, um zu verstehen. Wenn eine Frau sich auf diese Weise verweigert, dann lügt sie. Es ist ein Spiel, ein Liebesspiel, verstehst du, und sie wartet, sie wartet auf die Offenbarung einer überzeugenden, männlichen Kraft!

18

Am nächsten Morgen gibt es wieder Lärm im Haus, mehrere Neue sind angekommen, finden aber keinen Platz im Baalbek, müssen in anderen Hotels untergebracht werden bis zur Abfahrt der Deventer, dann werden Zimmer frei. Ein Mann, eine Frau und ein Kind haben sich durchgeschlagen, haben Paris vor sechs Tagen verlassen und den 14. Juli genützt, um unbehelligt über den Fluß zu kommen. Die Bauern schippern jede Nacht Hunderte Flüchtlinge über die Loire und die Garonne. Und nun sind sie hier, sind mit Freunden und Verwandten vereint. Und wie stehen die Chancen? Warum kommt ihr ausgerechnet nach Marseille, höre ich einen Alten bitter sagen. Sie haben einander heftig begrüßt, haben gelacht und geweint. Aber warum nach Marseille, es ist eine Falle. Wir kommen von hier nicht mehr weg!

Sie analysieren sorgfältig die Situation, reden, debattieren, prüfen alle Möglichkeiten. Wenn du nicht einige tausend Dollars in der Tasche hast, um verschiedene Beamte zu bestechen, um die vielen Papiere zu besorgen, vor allem Transitvisa für Spanien und Portugal, oder den Mut nicht aufbringst, illegal über die Berge zu gehen, kommst du nicht weg. Die Franzosen geben uns kein Visa de sortie, weil sie glauben, alle Männer gehen nach England zu General de Gaulle!

Und habt ihr vielleicht Zeitungen mitgebracht? Was schreiben diese verpißten Gazetten in der besetzten Zone? Sie lügen auch nicht besser als die Zeitungen von Marseille, immer nur Vormarsch der Deutschen und Japaner und nirgends auch nur die kleinste Niederlage in Sicht?

O doch, hier, eine Schlappe bei El Alamein, die Engländer rücken in Nordafrika vor!

Sie rücken vor? Wo steht das, wo hast du das her, hier bitte, das Führerhauptquartier meldet, britische Truppen bei Sidi Aissa zurückgeschlagen, voilà!

Kleine Pause, dann sagt der andere: Wenn sie aber erklären – die Engländer zurückgeschlagen, dann muß es doch einen Vormarsch gegeben haben, eine Offensive, etwa nicht?

Sie schweigen eine Minute, ziemlich verblüfft. Tatsächlich! In einigen Gesichtern blitzt Freude auf, so kann man es auch sehen!

Die Zeitungen werden herumgereicht. Die Japaner haben den Hafen von Quen-Tschau genommen, die Deutschen stehen mit einem riesigen Heer nur noch 190 Kilometer vor Stalingrad … Ja, Stalingrad, wir wissen es noch nicht, wir wissen nicht, daß Stalingrad die große Niederlage der Deutschen und die Wende bringen wird. Jetzt sind sie noch im Vormarsch, im Siegen, und sie haben bei den Azoren einen feindlichen Geleitzug versenkt, wie sie schreiben, sechzehn Schiffe mit Waffen und Material für die Briten. Und im Mittelmeer haben sie in den letzten drei Tagen sieben Handelsschiffe auf Grund gesetzt. Was für eine Nachricht. Und gerade jetzt. Eine Weile schweigen sie wieder, woran denken sie, an die bevorstehende Abfahrt der Deventer?

Und was bedeutet der plötzliche Anstieg der Preise auf dem schwarzen Markt, welche weltpolitischen Ereignisse haben den Marktwert von Nudeln, Margarine und Trokkenfisch so drastisch erhöht? Hinter der Treppe, im Foyer des Hotels, studieren einige Männer die täglichen Hafenberichte der Zeitung. Heute sind drei Schiffe eingelaufen, eins davon, die Saint-Fernand aus Algier, mit 12 Tonnen Feigen, 9 Tonnen Dattelmus, 12 Tonnen Schaffleisch und 150 Passagieren an Bord. Und womit fährt sie übermorgen wieder ab? Weißt du etwas darüber, Moritz? Moritz Lederer ist der Experte, er hat sich auf Hafennachrichten verlegt, hat Verbindungen aufgenommen, streng geheim. Also redet nicht so laut. Für 300 Dollar kannst du eine Überfahrt nach Algier haben, willst du es riskieren? Schwarz natürlich, im Laderaum, und nicht sehr bequem zwischen Kisten und Fässern versteckt. Sie versorgen dich mit Trinkwasser während der Fahrt, aber das ist alles!

Verrückte Geschichten, Menschengeschichten, da ist ein Junge angekommen, einer, der nicht viel redet, den man anbohren muß wie einen Wassertank, dann aber sprudelt es aus ihm heraus.

Ich war vor fünf Tagen noch in Paris!

Und wann schlagen sie dort los?

Jeden Tag schlagen sie dort los.

Jeden Tag platzen dort Bomben, erzählt er nun, meist handgefertigte, noch wenig taugliche Bomben, aber es gibt eine Menge Scherben und Lärm und manchmal einen toten Besatzungssoldaten. Und vor fünf Tagen, da sei eben solch ein Knaller losgegangen, in seinem Hotel, in der Rue Pigalle. Es platzen, wie gesagt, jeden Tag solche Knaller, aber diesmal war es unten im Bistro oder in einer Kneipe nebenan. Er hat nicht lange überlegt, hat sofort seine Klamotten in den Koffer getan und ist getürmt, hat gewußt, sagt er, was passieren würde!

Und was ist passiert? Haben sie einen deutschen Offizier an der Bar gekillt? Vor ein paar Tagen erzählte man sich die phantastische Geschichte, ein sechzehnjähriger Junge, der auf dem Rad gefahren kam, habe einen deutschen General erschossen, mitten unter seinen Gefolgsleuten und auf offener Straße, irgendwo in einer kleinen französischen Stadt!

Er weiß nicht, was wirklich passiert ist, jetzt nichts wie weg, hat er zu sich selbst gesagt. Und dann hat er den Lärm gehört, kaum zwanzig Minuten später, während er zum

Bahnhof rannte, hat er den Lärm der Wagen gehört. Mindestens dreißig Wagen voll mit deutscher Feldpolizei, aber auch französischen Uniformierten, sie fuhren die Rue La Fayette hinauf, in Richtung Pigalle. Und dann in Lyon hat er es erfahren, hat gehört, wie es sich einige Leute erzählten: Die Deutschen haben das ganze Viertel abgesperrt, und haben alle Bistros und die kleinen Hotels durchsucht. Sie haben vielleicht hundert Leute mitgenommen, die ihnen nicht gefielen, und gewiß haben sie viele gefoltert und ins KZ geschickt!

Ja, das ist wahr, erzählt ein anderer junger Mann, genauso ist es, du mußt den richtigen Augenblick erwischen, mußt den Riecher haben. Ich hab ihn gehabt, aber meine Leute nicht!

Du kommst aus Wien?

Ja.

Und was er gesehen hat, wollen sie nun wissen. Er hat mit eigenen Augen zugesehen, berichtet er wortkarg und ohne eine Gefühlsregung zu zeigen – er hat es schon zu oft erzählt –, er hat gesehen, wie sie seinen Vater, die Mutter, die Großmutter und drei kleine Geschwister abgeholt haben, aus ihrem Haus. Verschleppt, weiß der Teufel wohin, in ein Getto im Osten, wie Hunderttausende anderer Juden. Zur Umsiedlung, wie es hieß. Sein Vater hatte nicht den Instinkt, hatte nicht den Riecher! Freunde hatten ihn gewarnt, schon Jahre früher hatten sie ihn gewarnt, aber er hat gelacht. Ich bin ein anständiger Mensch, jeder in unserer Straße weiß das, hat er gesagt, warum soll ich weglaufen? – Hat nicht geglaubt, was man sich in der Stadt erzählte, was die Nazis mit den Juden machen, und in Wien war es besonders schlimm! Sie holten sie aus den Häusern, in Gruppen, ließen sie niederknien und die Straße mit Zahnbürsten waschen, verprügelten sie unter dem Gelächter der Zuschauer, einfache Straßenpassanten. Sein Vater glaubte es nicht, bis es mit ihm selbst geschah. Man durfte den richtigen Augenblick nicht versäumen zu flüchten! Sein Vater hatte ein kleines, aber gutgehendes Kleidergeschäft im 2. Bezirk, das wollte einer von denen haben, wollte es sich unter den Nagel reißen und die Wohnung dazu. Es war für sie ganz leicht, man mußte nur eine Geschichte erfinden und dem Juden etwas anhängen. In Wien haben sich Tausende an den Juden gesundgestoßen, haben sie denunziert, verjagt, getötet, um sie zu beerben. Und er war auf dem Dachboden, bei Freunden im Nachbarhaus versteckt und hat alles gesehen.

Und du bist Kommunist und hast dich versteckt, hast zugesehen, bist aber nicht runter, um ihnen zu helfen?

Was hätte es für einen Zweck gehabt?

Und was er nun tun will, nach Amerika fahren? Nein, einen Schießprügel will er sich besorgen und in die Berge gehen!

Ein paar Monate später werde ich mit Friedländer auf einem langen Marsch darüber reden, über alles werden wir reden, auch über die Ereignisse im Baalbek.

Sind wir denn blind gewesen und taub, man hätte sofort verschwinden müssen!

An dem Abend, als die Flics nach Dolezal fragten, hätte man verduften müssen, das war der Moment. Die Polizei sucht nach Waffen, und bei keinem von uns klingelt es. Das war der Augenblick, wo du den Riecher haben mußtest. Aber wir haben geschlafen. Und nicht wie jener schlaue Bursche aus dem Pigalle …

Als wir uns das erzählten, waren wir vom Hauptlager zu jener Baustelle bei Beuthen unterwegs, wo Friedländer sterben sollte. Es muß im Jänner 1943 gewesen sein, und sie hatten uns im Hauptlager gesagt, wir würden beim Bau eines Kraftwerkes eingesetzt. Die Gefangenen rissen sich darum, zu diesem Transport eingeteilt zu werden, denn dort würden wir genug zu essen bekommen, dachten wir, Schwerarbeiter müssen essen, merde alors! Wir hatten nicht mit dem System gerechnet, das KZ-System hatten wir zu jener Zeit noch nicht kapiert. Man kann Menschen zu Tausenden auch durch Arbeit vernichten und durch Hunger!

Und nun war es Nacht, und die Kolonne von vielleicht zweitausend Häftlingen bewegte sich nur ruckweise weiter, aus irgendeinem Grund war eine Stockung eingetreten, mal standen wir, dann wiederum mußten wir rennen, um aufzuholen. Wer nicht rennen konnte, bekam seinen Schuß, viele waren schon gefallen, sie waren zu schwach, also waren sie auch für die Arbeit nicht zu gebrauchen.

Auch Friedländer war bereits zu schwach, wir schleppten ihn weiter, er schien aufgeben zu wollen. Und dann, in einer kurzen Ruhepause an einem Flußufer, die Sterne spiegelten sich im glitzernden Wasser, im Osten wurde es hell, und Friedländer schaute in den Himmel, schaute wie verzückt auf die Sterne und das Wasser, betrachtete die Welt, als würde er gleich umsinken. Da begann ich das Gespräch, um ihn munter zu machen, ihn aus seinem Traum zu wecken.

Redet nicht soviel, rief uns ein Häftling zu, ein Alter, der schon Jahre im Lager war, haltet die Augen offen!

Ich wußte das bereits, wer die Augen nicht offenhielt und die Posten beobachtete, wer sich gehenließ, wer aufgab oder im Stehen schlief, war verloren!

Marseille war eine Falle, sagte ich.

Friedländer lächelte.

Für mich hat es keine Wahl gegeben, sagte ich, weil ich kein Geld hatte!

Er lächelte und sagte: Ich hatte auch keine Wahl.

Er war wach. Er konnte denken. Er würde die Nacht überstehen. Und dann sagte ich: Wir haben den richtigen Moment verpaßt, hatten nicht den Riecher, verstehst du?

Ja, sagte er, wir hätten rechtzeitig verschwinden müssen, aber wohin?

19

In jenen Tagen brannten die Buschwälder auf den Bergen, rings um Cassis und La Ciotat, ganz nahe von Marseille, entlang der ganzen Mittelmeerküste brannten die Wälder, die Zeitungen waren voll davon. Dörfer wurden vom Feuer eingeschlossen, einzelne Gehöfte abgeschnitten, irgendwo war eine Frau mit drei Kindern in einem Lastwagen vor den Flammen geflüchtet, hatte sich verirrt, und alle erstickten im Rauch. Manchmal drang der Brandgeruch bis nach Marseille, der würzige Duft von brennendem Wacholder und Salbei lag wie ein Schleier über der Stadt und benebelte die Menschen.

Ich war von ganz anderen Reizen benebelt, Katja wollte mit mir reden, es war kurz vor ihrer Abreise, komm herein, sagte sie zu mir, wir brauchen dich, brauchen eine Gefälligkeit von dir! Und während sie redete, es ging angeblich um eine Ladung Schmuggelware, die man aus der Stadt heraus in ein sicheres Versteck bringen wollte, zog sie sich um, sie wusch sich hinter dem Paravent, ich konnte sie im Spiegel sehen.

Du lebst nicht richtig, sagte sie, als sie mein Zögern merkte. Ihr lebt alle nicht richtig, wie kann man so ein lahmes, feiges Leben führen, sagte sie nachdenklich und trocknete dabei ihr Haar, das Gesicht, den Busen. Mir stockte der Atem beim Anblick ihrer schönen, vollen Brüste, die sie langsam und sorgfältig mit dem Handtuch massierte. Das Hellblau des Handtuchs und die satte Bräune ihres Körpers kontrastierten erregend, es duftete von guter Seife und Frauenhaut, und das Bild ihres in Unordnung geratenen Zimmers, der herumliegenden intimen Kleidungsstücke raubte mir den Verstand, ich war völlig atemlos und verstummt. Sie mußte verrückt sein, sie war in einer Art schamlos, die ich nicht verstand, die mich völlig ratlos machte, und ich muß wie ein Idiot dagestanden haben. Ich dachte in diesem Augenblick aufrichtig, ich würde Frauen nie im Leben begreifen, ich hatte auch Lily nicht verstanden, und vielleicht war Katja nicht schamlos, sondern verzweifelt, alles in ihr war auf eine schier unlösbare Entscheidung gerichtet, auf ein schwieriges und gefährliches Unternehmen.

Du verstehst nicht wirklich zu leben, wiederholte sie lachend und wie immer in meiner Gegenwart ein wenig abwesend, während sie in ein weißes Hemd schlüpfte, das beinahe durchsichtig war.

Ich schwieg immer noch, drehte mich aber auch nicht um, ich blickte auf ihre Brüste, in ihr Gesicht blickte ich, das mich plötzlich in seiner bizarren Fremdheit entzückte. Ich verstand sehr gut, was sie meinte, war aber unfähig, darauf zu reagieren.

Du steckst noch im Kokon, bist nicht ausgeschlüpft, sagte sie, während sie sich weiter anzog. Wer wirklich lebt, würde lernen zurückzuschlagen, wenn es darauf ankommt, sich zu wehren und nicht blind ins Messer zu rennen, verstehst du?

Sie hatte gerade ein schwarzes Kleid angezogen, offenbar ein Kleid ihrer Mutter, das ihr zu weit war, sie betrachtete sich amüsiert im Spiegel, zog das Kleid in der Taille zusammen, probierte passende Schuhe und trippelte hin und her.

Dann sagte sie: Ich gehe zu einer Beerdigung, alle gehen mit, kommst du auch? Du könntest uns nützlich sein, hättest nichts anderes zu tun, als einen Angehörigen zu spielen und die Augen offenzuhalten, und wenn du willst, bezahle ich dir deine Zeit!

Ich hob abwehrend die Hände.

Gewiß wurde ich auch bezahlt, es gab viel zu tun für Joschko und mich, ungefähr ein Dutzend Leute im Baalbek bereiteten sich auf die Abreise vor. Mit der Deventer würden sie abfahren, auch Katja würde abreisen, sie hatte ihren Koffer schon gepackt, und es war unerträglich, daran zu denken, ich nahm es einfach nicht zur Kenntnis. Aber auch die beiden alten Sterns packten ihre Sachen, baten uns jedoch, nicht darüber zu reden. Mehrmals brachten wir Pakete zur Post, sie verschickten Bücher, Dokumente, Andenken, schickten sie nach Brüssel und Paris, zu Freunden, wie sie sagten. An einem dieser Tage werden sie uns eröffnen, sie brauchten nichts mehr, sie würden nach Spanien und Portugal gehen, illegal wollen sie über die Berge gehen, mit Hilfe von Schleppern, und ihre Koffer tragen könnten sie dann nicht!

Also halfen wir ihnen, ihre Sachen sortieren, verpacken, verschenken oder in der Bodenkammer des Hotels verstauen. Und wir merkten nichts. Niemand hatte gemerkt, was sie vorhatten zu tun.

Wir schleppten auch für andere Leute Koffer und Pakete, ich erwähnte es schon, jeder wollte Ballast abwerfen, und einige von den ärmeren Leuten im Baalbek genossen das zweifelhafte Glück, Kleider geschenkt zu bekommen, Bettwäsche und Geschirr. Sie freuten sich dennoch, freuten sich mit nachdenklichem, bitterem Gesicht, die anderen waren die Glücklichen, sie werden abreisen, werden Amerika sehen und gerettet sein!

Ich erinnere mich an eine sehr frühe Stunde bei den Sterns, sie hatten uns um sechs Uhr früh geweckt, um ihnen zu helfen, ein paar Sachen zu packen und fortzubringen. Ein Mann aus dem Hotel wolle zurück nach Paris, verrückt! Erst später erfuhren wir, daß Kommunisten von ihrer Partei den Auftrag hatten – ich sagte es schon –, zurück nach Paris zu gehen, um dort im Untergrund zu arbeiten. Sie würden in geheimen Druckereien Flugzettel erzeugen, Aufrufe zum Widerstand gegen die Faschisten, in Fabriken würden sie arbeiten, um Sabotage zu organisieren, und, mit gefälschten Papieren ausgestattet, sogar in den Büros der Besatzungsmacht!

Als wir das Zimmer betraten, durchs Fenster drangen die ersten warmen Strahlen der über den Dächern aufsteigenden Sonne, da sahen wir die beiden Alten in Schriften kramen, Familienfotos betrachten und abgelegte Briefe lesen. Ursula Stern war in seltsam angeregter Stimmung, sie hatte uns ein Frühstück bereitet, eine Kanne Tee, viel weißes Brot mit Butter und Marmelade, ein köstlicher Empfang. Wir aßen und tranken und hörten die beiden Alten leise miteinander reden, während sie einige Fotos und Briefe zusammenpackten.

Das ist Athen, hörten wir den Professor sagen, und das hier war in Korfu, oder ist es Kreta? Wann waren wir auf Kreta?

In Korfu waren wir glücklich, sagte die Frau. Dann schwiegen sie eine Weile, und dann sagte der Mann: Wir waren überall glücklich!

Und nun blätterten sie weiter, warfen die meisten Fotos und Briefe in den Abfallkorb zum Verbrennen, dann sahen sie sich einige Landschaften an. Sie hatten eine Badehütte besessen in Heringsdorf an der Ostsee, dort hatten sie meist ihre Ferien verbracht.

Am glücklichsten waren wir in Heringsdorf, sagte die Frau, erinnerst du dich an unsere langen Spaziergänge am Meer, bis in die Nacht.

Wir haben gut gelebt, sagte der Mann.

Wir haben immer ganz einfach gelebt, wir brauchten nicht viel!

Es war ein schönes Leben!

Darauf meldete sich Joschko zu Wort, er hatte nicht genug Verstand, in diesem Augenblick zu schweigen, er war neugierig, war scharf darauf, ein Gespräch anzufangen, wann hatte man schon Gelegenheit, mit gebildeten Leuten zu reden.

Aber das Leben ist nicht einfach, sagte Joschko, es ist wahnsinnig kompliziert!

Der Professor lächelte nachsichtig. Du hast recht, Joschko, sagte er, aber gerade weil es so ist, mußt du etwas Gewichtiges dagegensetzen. Alles in der Welt hat zwei Seiten, Tag und Nacht, Leben und Tod, und wenn das Leben auch schwierig ist und undurchschaubar, erhalte dir einen Raum in deinem Bau, wohin du dich zurückziehen kannst, wo alles einfach, klar und rein ist!

Und ich habe oft mit Friedländer über die Sterns gesprochen, im Lager haben wir über die beiden Alten gesprochen, Friedländer war sehr schwach, aber seltsam verklärt und in sich gekehrt, ein Zustand, der mich ungeheuer beeindruckte, und vielleicht hatte ich es von ihm gelernt, mich in manchen Stunden völlig zurückzuziehen in die letzten Schlupfwinkel meines Seins. Im Lager hatte ich mir eine Decke zusammengenäht zu einem Sack, in den ich mich nachts zum Schlafen verkroch, auch den Kopf zog ich ein. Die Decke reichte nicht, wir froren und hungerten ständig, aber dieses Hineinkriechen quasi in mich selbst wurde zu einer Gewißheit, einer Fiktion von tiefer Geborgenheit. Und wenn die Gewehrkolben auf unsere Schädel niedersausten oder uns die Rippen brachen, du konntest den Schmerz ertragen, die Raserei der Gestiefelten überhören, konntest zu jener unbewegten Mitte in dir finden, die dich überleben läßt.

Rippenbrüche hatten wir öfter, und sie schmerzten monatelang, hinderten dich bei der Arbeit, beim Grubengraben oder Schleppen von Holz. Und schlechte Arbeit konnte wiederum die Aufmerksamkeit des Gestiefelten auf dich lenken und weitere Schläge bedeuten, vielleicht sogar deinen Tod. Gefangene wurden mit dem Gewehrkolben erschlagen, mit einem Prügel oder mit einem Schuß zu Boden gestreckt, die Kugeln saßen locker in den Gewehrläufen unserer Bewacher, junge Männer oft, manchmal gutaussehende, rotwangige deutsche Männer. Und manchmal reizte es die jungen Stiefelträger, sich die Zeit mit einer Hasenjagd auf Häftlinge zu vertreiben und herumzuballern …

Ich erinnere mich an Friedländer, kurz vor seinem Ende, ich komme immer wieder darauf zurück, es war auf jenem Marsch, von dem ich gesprochen habe, und kurz nachdem jener Alte uns gewarnt hatte: Haltet die Augen offen! – Aber ich wollte Friedländer wach halten, deshalb redete ich auf ihn ein, er war schon halb tot und auf eine unbegreifliche Weise heiter. Ein anderer Kamerad half mir, ihn zu schleppen, und wir glaubten, daß er es schaffen würde, diese Nacht zu überstehen, damals redeten wir auch über die Sterns.

Er war mein Lehrmeister, weißt du, sagte Friedländer, das Sprechen fiel ihm sehr schwer. Er war ein Zaddik, sagte Friedländer, vielleicht ein Chassid, aber er wußte es nicht …

Und während wir über Vergangenes redeten, hielt ich die Augen offen, beobachtete die Posten, beobachtete ihre Gesichter, ihre Bewegungen, man konnte in ihren Gesichtern lesen, wie man am Himmel die Zeichen lesen kann, wenn ein Unwetter aufzieht. Und auch Friedländer schaute um sich, betrachtete die Welt und die Menschen, von weit her, ungeheuer weit. Er sah die Gefangenen, ihre schrecklich heruntergekommenen Gestalten sah er, aber auch die jungen Männer in Uniform betrachtete er mit einem Blick der Verwunderung und ohne Haß, wie einer, der schon drüben ist, betrachtete er die Welt, wollte noch einmal das Leben umfangen.

Es sind die Geborenen, die er sieht, die aus dem dunkeln Nichts zum Leben Auserwählten und wie von königlichem Geblüt, von Müttern geboren, von liebenden Frauen zärtlich genährt, lebende Wesen mit Menschengesichtern, auf dieser Welt noch Wandelnde. Er betrachtete sie mit einem stolzen Lächeln, ein Anblick, von dem er noch zehren wollte, eine Ewigkeit lang.

20

Das waren verrückte Tage, an denen wir schon am frühen Nachmittag ins Kino gingen, um uns abzukühlen und bald wieder zu verschwinden. In den Cafés auf dem Boulevard hockten wir und taten so, als ob wir die geheimen Flics nicht sahen. Es waren schöne Tage für mich, Katja hatte genügend Geld, sie gab mir zu essen und zu trinken, verwöhnte mich, ich sollte jedoch keine Fragen stellen und nichts wissen. Sie wirkte zerstreut und manchmal unruhig, wofür ich Verständnis hatte. Es ging offenbar um die siebzehn Gewehre, oder nicht? Sie wollten die Waffen in die Berge bringen, man brauchte dazu verläßliche Helfer, brauchte einen ausgeklügelten Plan. Man konnte oft bei ganz einfachen Leuten, bei Handwerkern und selbst bei Geschäftsleuten ein geneigtes Ohr finden, aber man mußte sie prüfen, wie weit konnte man gehen?

Wir stiefelten durch die Stadt, und Katja redete mit verschiedenen Personen, ich war nur ihr Begleitschutz, sonst nichts. Ich wußte, daß ich Katja verlieren würde, daß ich sie nie besitzen würde, daß sie einem andern gehörte, daß sie keinem gehörte, und ich liebte sie.

Es war geradezu ein Rausch, in dem ich die Stadt erlebte, trotz der allgemeinen Lähmung, die wir zu spüren glaubten, jener tiefsitzenden Gleichgültigkeit bei vielen Menschen. Marseille kochte und gärte in einer Art Fäulnis, die Straßen glühten, die Menschen waren äußerst beschäftigt und süchtig nach heftigen Genüssen. Wir standen manchmal lange am Quai, beobachteten die Fischer beim Netzflicken und betrachteten die Kisten voller Fische, Krabben, Aale, die von einem Kutter ausgeladen wurden, um sogleich verkauft zu werden, staunten über das stachlige, bizarre Leben, das sich in den Kisten im Todeskampf wand. Auch Katja und ihre Copains, die mir fremd erschienen, waren süchtig nach Leben, ständig schlürften sie in irgendeinem

Bistro einen Café arrosé oder Apéritif und aßen Pizza, gegen Brotmarken, die man auf dem Schwarzmarkt kaufte; knabberten Erdnüsse, genossen überreife Früchte, hockten an einer Bar am Quai des Belges und rauchten gute englische Zigaretten. Der Umgang mit Katja hatte meinen Blick geschärft, erfüllte mich mit Neugier und Zweifel, und ich beobachtete sie und alle Leute, mit denen sie zu tun hatte, mißtrauisch und gespannt.

Sie hatte wohl meine Skepsis gemerkt, ja, schau sie dir alle an, sagte sie spöttisch, den Mund und die Augen mußt du dir merken, Verräter erkennt man an ihrem unsteten Blick. Sie lachte laut, ich hatte ihr schon bei unserem ersten Gespräch meine Leidenschaft verraten, nämlich wie aus einem Versteck heraus die Menschen zu betrachten. – Wir saßen im Select, und sie visierte, während wir uns unterhielten, unauffällig die Runde der Leute um uns herum. Sie war sehr schön in dieser Haltung, halb über den Tisch gebeugt, auf der Terrasse des Cafés, und sie trug ein schlichtes, marineblaues Kleid, selbst genäht, wie sie mir sagte, das sehr locker an ihren goldbraunen, runden Schultern hing, als würde es gleich wie ein Vorhang fallen. Eine verruchte Art, nett und einfach gekleidet zu sein, wie ich fand, aber dabei fast nackt! Ich mißtraute all diesem Getue, der Geschäftigkeit, der Wichtigkeit, wer weiß, dachte ich, ob diese Schießprügel überhaupt existieren. Sie konnte offenbar Gedanken lesen, oder hatte ich mich mit einer abfälligen Bemerkung verraten, sie stieß ein paar Rauchkringel aus, dann flüsterte sie, immer noch lachend: Du bist völlig naiv, glaubst alles, was man dir sagt, und doch zweifelst du. Stell dir vor, ich bin wie eine Spinne, sitze in meinem Netz und spüre am Zittern der Fäden, wenn sich eine Mücke fängt, verstehst du? Wir proben den Krieg, noch scheint es dir überflüssig, aber es wird eines Tages ernst!

Ich bin heute nicht mehr sicher, ob sie es mir genau mit

diesen Worten sagte, oder war es vielleicht Gustl Kranz, der mich auf ähnliche Weise narrte. Immer wenn wir einander begegneten, zog er mich auf, er nahm mich nicht für voll, warf mir mit schnippischen Worten einen Brocken hin, an dem ich Unwissender kauen sollte, er war gewiß ein politischer Kopf von Format, hatte auf alle Fragen eine fertige marxistische Antwort parat. Ich erinnere mich deutlich an sein helles, gespielt unschuldiges Gesicht, seine klaren, harten, ehrlichen Augen mit einem Schuß Verschlagenheit darin und Witz. Es kann auch Sascha gewesen sein, der mich aufklärte, ich hatte damals ein ernstes langes Gespräch mit ihm, und er war, wie ich fand, überraschend gut über alle Vorgänge im Baalbek informiert. Und die Dramaturgie des konspirativen Widerstands, wie Sascha es nannte, war auch später oft der Inhalt unserer Debatten. Ach, wie faszinierte mich seine Redekunst, ich brauchte nur ein Stichwort zu nennen und erhielt einen Vortrag geliefert, voller Sentenzen, über eine Stunde lang. Man kann die Menschen nicht in den Widerstand zwingen, versuchte er mir zu erklären, man kann im Leben überhaupt nichts erzwingen. Die einen haben den gerechten, lodernden Zorn, die andern essen gern Butterkringel mit Quark. Wie in der Strategie einer großen Schlacht hat die Natur verschiedene Abteilungen aufgestellt, solche für die Attacke, andere für die Seitenfront und wiederum welche, die in die Büsche verschwinden. Und selbst jene, die davongelaufen waren, arbeiteten für den großen Plan Gottes, nämlich diese Art zu erhalten. Voilà, das waren ungefähr die Formulierungen Saschas und seine ganze Philosophie!

Im Lager Buchenwald traf ich dann einige richtige Maquisards, einer von ihnen war Jacques, der oft darüber grübelte – was haben wir falsch gemacht, wem haben wir zu früh vertraut? Und welcher Kamerad hat unter der Folter gesprochen und uns alle verraten? Sechzehn Männer und eine

Frau aus seiner Gruppe waren erschossen worden, in Paris, auf dem Mont Valérien. Nur er war der Hinrichtung durch Zufall entronnen und in einen Transport von Deportierten geraten.

Mir waren sie im Grunde fremd und rätselhaft, aber auch sehr nahe, diese Typen wie Jacques, Gustl Kranz oder Alain, sie schienen mir wie von einem Dämon getrieben, fanatisch zu Übermaß und Selbstentäußerung neigend, zu wahnsinnigen Taten fähig.

Aber zurück nach Marseille, wir mischten uns in das Gewühl des Griechischen Viertels, wo sich die über der Gasse aufgehängte Wäsche im Wind bauschte und wo die Dirnen und Kuppler uns mit den Augen mißtrauisch folgten. Wir waren Fremde und verdächtig in dieser Stadt, die Armen in den Elendsvierteln, deren Unglück in ihren Gesichtern geschrieben stand, lebten wohl von ihren Augen, jeder beobachtete jeden. Und Katja und ich schlenderten danach wiederum leichten Schrittes und wie ein Liebespaar verschränkt die Canebière hinauf zu einem Ort, wo sie sich mit den anderen traf.

Und wer wurde eigentlich beerdigt? Ein uns Unbekannter, eine Sache, die mir irrsinnig gewagt erschien, ging es wirklich um Waffen? Einige Leute, die Katja angeheuert hatte, die Copains und ich, gingen ein Stück hinter dem Leichenwagen und den Angehörigen des Verstorbenen her, dann stiegen wir in einen zweiten Wagen. Arme Leute, die den Aufwand mit Pferd und Wagen und zwei uniformierten Pompes funèbres nie hätten bezahlen können. Die Fahrt ging am Zentrum vorbei über den Boulevard Jeanne d'Arc zu jenem Hügel hinaus, über den sich der Friedhof erstreckt, dahinter erheben sich die Berge und Felswände an der Straße nach Aubagne, später ein berüchtigter Schlupfwinkel der Résistance. Und kurz vor der Friedhofseinfahrt geschah es dann – zwei Autos fuhren vor, mehrere Polizisten hielten die Wagen an, durchsuchten alles blitzschnell, fanden nichts und verschwanden wieder.

Es sei eine Generalprobe gewesen, wurde mir später gesagt, ein Experiment, eine Belastungsprobe, und es gab also tatsächlich ein schwaches Glied in der Kette, einen Verräter?

Der Verstorbene soll ein stadtbekannter Mann gewesen sein, ein Hafenarbeiter und Gewerkschafter, ein Kommunist. Es gab nur eine kurze Einsegnung durch einen jungen Pfarrer, keine Ansprache, nur wenige Blumen, und danach saßen wir mit den Trauernden in einem Wirtshausgarten, dem Friedhof gegenüber, von wo man das ganze Gebiet gut überblicken konnte. Katja und die Copains verhielten sich ruhig und abwartend, gab es etwa einen zweiten Akt in dieser Komödie? Die Familienangehörigen des Toten waren bald von Essen und Trinken benebelt und erzählten verwegene Anekdoten aus dem Leben des Verstorbenen. Ich kochte innerlich vor Ungeduld und heimlichem Zorn, die anderen waren Akteure, ich zum Zuschauen verurteilt, in meiner Vorstellung spielten sich ungeheure Dinge ab …

Und diese ungeheuerlichen Dinge geschahen auch, aber erst später, als wir anderen bereits auf der großen Reise waren, auf Deportation. Und Jahre danach werde ich Sascha fragen, was ist eigentlich damals geschehen? Nur soviel wußte er, wie schon erwähnt, sie waren gewarnt worden, vor dem Zugriff der Polizei, und konnten sich entsprechend vorsehen. Einige von ihnen verschwanden kurz danach, das Marseiller Pflaster wurde ihnen zu heiß, und vermutlich gingen sie nach Paris. Im besetzten Norden Frankreichs gab es bereits blutigen Kampf, im Süden jedoch hatten sie noch Zeit, Verbindungen und Stützpunkte zu schaffen. Alain sei einer der führenden Köpfe gewesen. Der Büffelkopf war es auch, mit dem ich mich in Gedanken emsig beschäftigte.

Er war die Nummer eins, ich nur der Ersatzmann, voilà

c'est tout! Ich latsche zum Beispiel zum Vieux-Port hinunter, die Café-Terrassen sind nachmittags bereits von Menschen gefüllt, solchen, die über abgelaufene Transit-Visa und Pässe reden, und anderen, die unter der Tischplatte Handel treiben. Da sehe ich Katja mit Alain unter einem Sonnenschirm sitzen und eisgekühlte Limonade trinken, sie beugt sich leicht vor, ihr Gesicht ist seinem sehr nahe, als erwarte sie einen Kuß. Er jedoch hat mich bereits gesehen, er sitzt lässig da, den schönen Kopf erhoben, die Arme seitwärts auf die Lehne des Korbstuhls gestützt, und gibt Katja ein Zeichen, er will gehen, er benützt offenbar jede Gelegenheit, um zu verschwinden. Sie winkt mich heran, und der Büffelkopf geht.

Er hat wie die Nummer eins dagesessen und steht auf wie die Nummer eins, und wenn er geht, mit seinen langen Beinen lässig ausschreitend, bewegt er sich wie die Nummer eins. Und Katja blickt ihm nach, mit verschleiertem Blick. Ich habe seinen Platz eingenommen und genieße das zweifelhafte Glück des Jünglings mit sonnigem Gemüt. Scheiße!

Tief in der Nacht habe ich dann noch ein Gespräch mit Joschko, dem ich meine bitteren Gefühle nicht verhehlen kann. Joschko trinkt eine Kanne Wasser vom Hahn, unbegreiflich, wie er diese warme, nach Chlor schmeckende Pisse schlucken kann, dann lacht er: Du bist ein Schlemihl, sagt Sascha, aber auch ein Glückskind, was willst du eigentlich noch? – Zu ihm habe Sascha heute das gleiche gesagt, er sei ein Lahmarsch, ein verdammter Idiot, aber er soll das Unvermeidliche akzeptieren! Verstehst du, Jossl, wenn du ein Narr bist, dem alle Leute auf den Kopf kacken, mußt du es einfach wissen, mußt dich gelegentlich schütteln und dich selbst annehmen!

Weißt du, erzählt er mir etwas später, was mir heute passiert ist? Ich bin um fünf Uhr früh besoffen nach Hause gekommen, und meine Taschen waren leer. Das ganze schöne Geld, das mir Sterns geschenkt haben, war futsch. Muß ziemlich viel gewesen sein, genau weiß ich es nicht, hab es nicht gezählt!

Apropos, die Menschen betrachten, ihre Gesichter, ihre Bewegungen beobachten – um im Lager zu überleben, brauchst du deine zwei Blinker, die Augen, sonst nichts. Eigentlich darfst du nie aufhören, sie zu gebrauchen, zu sehen, prüfen, spähen, welcher Posten geht heute mit uns zur Arbeit auf den Holzplatz der Zellwollefabrik? Es wäre gut, wenn es einer ist, den du bereits kennst, den du lange genug aus dem Augenwinkel heraus beobachtet hast, ein Alter vielleicht, ein Stiefelträger, der sich auskennt, der seine Erfahrungen mit Häftlingen hat. Die jungen SS-Männer sind gefährlich, und alle jene, die neu sind, ihre Unsicherheit uns gegenüber ist die größte Gefahr. Natürlich brauchst du auch deine Hände, sie müssen gelernt haben, das Meterholz richtig anzufassen und manchmal die Hebelwirkung zu nützen, sonst bist du heute abend erledigt. Aber die Augen sind wichtiger. Immer wissen, wo sich der Gestiefelte gerade aufhält, aus welcher Richtung er wiederkommen wird, wenn er sich kurz entfernt hat. Quatscht er mit dem Nachbarposten, oder ist er allein und langweilt sich. Raucht er eine Zigarette, dann ist alles in Ordnung, und du kannst ein paar Minuten lang Pause machen, Atem schöpfen und Kraft sparen. Klopft er aber nervös mit dem Finger auf seinem Gewehrkolben, dann solltest du dich in Alarmstimmung versetzen, er wird sich etwas ausdenken. Hat er zum Beispiel eine Weile herumgeschrien und die Gefangenen, die kaum noch kriechen können, zu schnellerer Arbeit angetrieben und hat vielleicht einen von ihnen, einen Alten oder Kranken, zu Boden geschlagen, dann ist für eine Weile Ruhe, er hat Dampf abgelassen. Du darfst dich aber nicht blind darauf verlassen, er mag Spaß daran gefunden haben zu prügeln und sucht bereits das nächste Opfer.

Es sind meist die Alten und Schwachen, die er prügelt, die halb Verhungerten, er verachtet sie, sie sind nichts mehr wert, denkt er, man kann sie beseitigen. Er hat gelernt, hat gelernt, sich erhöht zu fühlen, wenn man einen anderen die Treppe hinunterwirft!

Was für Drecksäcke das sind, die Gefangenen, denkt er, sagt es auch oft, schreit es aus sich heraus, vielleicht auch aus seinem tief verschütteten schlechten Gewissen, das sich manchmal regt und das er als Schwäche deutet. Und immer, wenn er Brutalität gezeigt hat, fühlt er sich stark und erleichtert. Guck sich doch einer diese Figuren an, verlaust, in schlechter Haltung, eitrige Wunden an den Händen und im Gesicht. Es sind Untermenschen, hat er gelernt. Schon richtig, sie zu vernichten. So ungefähr mag es hinter seiner Stirn arbeiten und in den Händen jucken, sie zu betätigen und einem von diesen eins auf den Schädel zu hauen.

Und du mußt wissen, was sie denken, mußt ihre Gesichter gesehen, lange betrachtet und sie dir eingeprägt haben. Wenn du dich dem Schicksal überläßt, bist du verloren, das Schicksal ist gegen dich, deine Augen aber sind für dich!

21

Marseille war verkommen und schön im magischen Licht einer von feinen Rauchschwaden verklärten Sonne, und durch die engen, von Fisch riechenden Gassen des Vieux-Port wälzte sich eine unglaubliche Mischung von Menschen, Weiße und Afrikaner, Araber, Vietnamesen, Malaien, Korsen, Portugiesen, Italiener; Marseille war sozusagen eine noch offene Hintertür Europas. Aber auch die große Flüchtlingswelle aus dem Norden Frankreichs, 1940, nach dem Debakel der französischen Armee und dem Einmarsch der Deutschen, hatte einen menschlichen Bodensatz zurückgelassen, ähnlich wie der große väterliche Strom Le

Rhône in seinem Deltagebiet. Den Schlamm und das Geröll von Jahrtausenden ließ der Fluß zurück, als eine ins Meer vordringende Landschaft, die Crau und die Camargue, ein Sumpfland voll von seltenen Blumen und Vögeln. Und wie die ungeheuren Mückenschwärme im Delta das Licht verdunkelten, so lag über Marseille ein Dunst von dunklen Geschäften und Gewalt. Und immer noch sah man Soldaten in zerfetzten Uniformen, wie die verwilderten Gestalten von Flüchtlingen, die nicht wieder zurückgefunden hatten in geordnete Verhältnisse.

Apropos, geordnete Verhältnisse – die Bewohner der vornehmen Viertel der Avenue du Prado oder vom Boulevard Michelet feierten Hochzeiten wie zu allen Zeiten, mit allem erdenklichen Glanz. Es gab in der Stadt Empfänge und Festlichkeiten jeder Art, in den Schaufenstern der Rue Saint-Ferréol sah man kostbare Schuhe aus Schlangenleder und wunderschöne geblümte Seidenkleider, die Kinder der Reichen küßten und zärtelten sich offen und überschwenglich auf den Terrassen der teuren Cafés und redeten mit Vorliebe von den horrenden Preisen der Kleider und Schuhe, die sie zur Schau trugen. Eine absurde Welt, eine Welt, welche die Wirklichkeit leugnete. Aber auf den Café-Terrassen minderer Art wurde mit falschen Papieren gehandelt, mit Stempeln, Formularen und Adressen von Stellen, wo man ein gezinktes Transit-Visum erwerben konnte; mit Brotmarken wurde gehandelt, mit guten englischen Zigaretten, mit Hosen, Soldatenstiefeln und Haschisch.

Zwischendurch ein Heer von Spitzeln und Häschern, die Behörden hatten in diesem Jahr versucht, den menschlichen Absud zu filtern, Soldaten zu demobilisieren und möglichst viele Fremde in Lager zu stecken. Aber sie kamen wieder zurück, flüchteten in die Anonymität der großen Stadt, die versprengten Söldner und Fahnenflüchtigen, auch die politischen Emigranten. Jegliche Art von Menschenhandel, in dem die Deutschen bereits tüchtig mitmischten, sie fahndeten auch hier, im unbesetzten Frankreich, nach jüdischen Prominenten und Kommunisten, die Gestapo errichtete ihre Stützpunkte und Büros.

Wer wirklich lebte, würde versuchen seine Selbstachtung zu bewahren, würde etwas tun und sich wappnen, hatte Katja einmal im Gespräch gesagt. Aber lebten wir denn nicht wirklich? Ach, das Glück zu leben war den Menschen ins Gesicht geschrieben, so schien es mir, sie alle lebten in Rage, heißblütig lebten sie, und doch lag eine merkwürdige Schlaffheit über dieser Stadt, fraßen Angst und Ratlosigkeit an ihrem Lebensnerv. Die Welt hatte Hitlers Vormarsch scheinbar stillschweigend akzeptiert, sie sah der Unterwerfung Europas und allen Greueltaten ohnmächtig zu.

An jenem letzten Abend mit Katja – ich wußte noch nicht, daß es der letzte war – saßen wir beide auf der Terrasse des Café Rigaud, an der Ecke zur Canebière. Man konnte von hier den Alten Hafen überblicken, bis zur Ausfahrt unter dem Fort Saint-Jean konntest du sehen, auf der anderen Seite die Quadern und Zinnen von Saint-Victor, der ältesten Kirche von Marseille, ein Bau wie eine mittelalterliche Festung; davor das ungeheure und bizarre Gestänge des Pont Transbordeur, unter dem die Plattform voll mit Menschen und Wagen hin- und herschwebte. Auf dem Wasser schaukelten gerade zwei Polizeiboote, verschwanden zwischen den Bordwänden der an den Stegen vertäuten Jachten, kamen wieder hervor.

Der Kellner stand hinter mir: Eine Limonade gefällig, Monsieur?

Nein, sagte Katja, warten Sie, bringen Sie zwei Ricard mit Eis und Kaffee!

Wir haben eine Belohnung verdient, flüsterte sie mir lachend zu, und dann erfahre ich, es ist alles gut gelaufen, die Gewehre sind auf dem Friedhof angekommen, während wir auf der Beerdigung waren. Also ein Manöver, sie hatten die Polizei an der Nase herumgeführt. Und sie fährt, während sie mir das mitteilt, mit den Fingern leicht über meinen Mund, eine Geste, die Schweigen bedeuten soll, auf mich jedoch wie ein elektrischer Schlag wirkt. Merkt sie denn nicht, wie dieses Spiel mich verwirrt. Sie schaut mir dann nachdenklich und wie aus der Ferne ins Gesicht, ein paar Minuten lastenden Schweigens, an die ich noch lange denken werde.

Und dann überkommt es mich. Fährst du nun, oder fährst du nicht, frage ich abrupt.

Natürlich fahre ich, sagt sie, und blickt sich zerstreut nach etwaigen Beobachtern in unserer Nähe um. Ich bin fertig zur Abreise, fügt sie hinzu, nach Amerika werde ich fahren, was denkst denn du?

Ihr Gesicht trocknete plötzlich aus, wir hatten beide Sascha erblickt, der eilig über die Straße gerannt kam und uns Zeichen gab. Er faßte uns bei den Händen und zog uns fort, ich hatte gerade noch Zeit, ein paar Münzen auf den Tisch zu legen. Auf der Canebière sei eine größere Razzia im Gange, gab uns Sascha zu verstehen. Wir mischten uns unter die Menge auf dem Quai du Port, man konnte von hier die Polizeiwagen sehen und die Flics, die eine Café-Terrasse umstellten. Die Leute zeigten ihre Papiere, einige wurden mitgenommen, mußten einsteigen, drei oder vier schwarze Polizeiwagen standen bereit.

Sascha zog uns weiter, dann betraten wir ein Bistro, Sascha grinste zufrieden und entfaltete eine Zeitung. Was glaubt ihr, was in der Welt los ist – Maiski, der sowjetische Gesandte in London, fordert von den Amerikanern eine zweite Front. Eine zweite Front fordert er, begreift ihr, was das bedeutet, und in Kanada versammeln die Amerikaner bereits große Truppenkontingente, voilà, ist das eine Neuigkeit? – Wir konnten damals nicht einmal ahnen, daß es noch zwei Jahre dauern sollte bis zur Eröffnung der zweiten Front!

Die Polizeiwagen fuhren vorbei, mit lautem Tatüüü und vollgestopft mit eben eingesammelten Zivilisten, Sascha verabschiedete sich ebenso eilig, wie er gekommen war, und verschwand in der Menge. Katja legte den Arm um meine Schulter vor Freude über diese Nachricht, sie drückte mich in einem Anfall von Zärtlichkeit, küßte mich, drückte mich wieder. Später drängte ich sie in eine Tornische und küßte sie, wie ich es nie zuvor gewagt hatte, durchaus nicht mehr wie Schwester und Bruder, und sie ließ es geschehen.

Spätabends begleitete ich sie bis an ihr Zimmer.

Willst du bei mir bleiben, fragte sie, aber ihr Gesicht blieb undurchsichtig und kalt.

Nein, sagte ich, zögerte noch eine Weile, dann küßte ich sie wieder auf den Mund. Irgend etwas drängte mich zu verschwinden. Ich spürte den Abgrund wachsen zwischen uns. Und sie öffnete die Tür, und ich warf noch einen Blick in ihr Zimmer, bevor ich ging. Und diese halbe Einladung, diese Ungewißheit und Verzweiflung würden noch lange in mir bohren. Der Anblick ihres Zimmers, als ein Traumbild, ein Bild der Verlockung und des Versagens. Das alte Messingbett, die Kissen, das Laken halb aufgeschlagen. Der alte Waschtisch mit Marmorplatte und der weißgerahmte Spiegel darüber, an den Rändern blind. Die leichten Gewänder und ein paar herumliegende Wäschestücke, alles atmete Leben, jenes starke Leben, das ich noch nicht kannte. Ein paar Kunstpostkarten von van Gogh und Matisse mit Nadeln an die Wand geheftet, aber auch den gepackten Koffer sah ich stehen. Dieser Anblick wird mich noch lange mit Trauer erfüllen und mit Freude, wenn ich nachts im Lager daran denke, eine Stimmung, ein Wachtraum, der an Verrücktheit grenzt und mich zum Leben auffordert, leben, leben!

Und dann rannte ich hinauf in den sechsten Stock, und

da Joschko nicht im Zimmer war, lief ich wieder hinunter und suchte ihn. Es war eine Stunde, in der ich nicht allein sein konnte und nach einem Menschengesicht gierte, nach einem Gespräch, irgendeinem Trost. Ich lief durch sämtliche Straßen und Kneipen, wo ich ihn zu finden hoffte, ich fand ihn nicht, er mochte gerade bei seiner Geliebten weilen, und ich würgte an meinem Schmerz und meiner Einsamkeit. Ich habe mich in jener Nacht wohl betrunken und war wieder in unserem Zimmer gelandet und auf mein Bett gefallen ... Ich erinnere mich verschwommen an Joschko, er saß im Morgengrauen an meinem Bett und weinte. Ich aber war selbst so elend, daß ich ihn nicht befragte und ihn nur halb besinnungslos betrachtete. Plötzlich kratzte es an der Tür, und Katja kam herein, Joschko verschwand. Katja war angezogen und für die Abreise bereit, sie setzte sich an mein Bett und schaute mir in die Augen: Ich fahre mit meiner Mutter nach Aix, sagte sie, frag nicht, warum, stell bitte überhaupt keine Fragen mehr ...

Sie küßte mich. Ich solle nicht zum Schiff kommen, wenn es soweit sei, genug der Sentimentalitäten. Sie würde mir schreiben. Wir würden uns gewiß bald wiedersehen. Noch ein Kuß, dann ging sie rasch zur Tür hinaus. Ich war überwältigt von Gefühlen, war zu verwirrt, um irgend etwas zu sagen.

Im Baalbek herrschte in diesen Tagen vor Abfahrt der Deventer eine emsige Geschäftigkeit, eine Stimmung aus Aufbruch und Resignation. In einigen Familien gab es Trennungsschmerz, einige Leute würden nach Amerika fahren, die meisten aber hierbleiben, in Ungewißheit und Angst, ob es überhaupt noch eine Möglichkeit geben würde, Europa zu verlassen. Und immer wenn ich das Hotel betrat, stieß ich schon im Foyer auf Gruppen von Leuten, die beisammenhockten und die Lage berieten, Zeitungen herumreichten und die letzten Nachrichten von BBC London analysierten: die Deutschen im Vormarsch bei El Alamein, im Atlantik haben sie neuerlich fünf Schiffe versenkt und vor der Küste siebzehn englische Flugzeuge abgeschossen, sollte man das glauben? An allen Fronten Sieg!

Manchmal artete dieses Beisammensitzen zu einer kleinen, stillen Familienfeier aus, wo Frauen Kuchenstücke verteilten, Tee oder Wein herumgereicht wurde und jemand ein Lied zu singen begann, in das dann andere einstimmten. Und dann lachten sie wieder, und sofort fing einer der alten Männer an, Anekdoten zu erzählen, Geschichten aus dem Getto, aus der alten Zeit, und dann wiederum Gelächter, Tränen, Schweigen.

Im ersten Stock, halb im Zimmer der Großmutter, halb auf der Treppe, feierte die kleine Judith ihren Geburtstag. Den wievielten? Den sechzehnten Geburtstag? Du lügst. Alle wußten, daß sie erst fünfzehn war, und lachten, ließen es gelten. Judith bewirtete ihre Gäste mit Tee und Makronen, aus Erdnüssen gebacken. Sie sangen französische und polnische Lieder und zitierten Verse von Mendele. Und Mendele Trachtenberg saß dabei und sah das schöne Kind mit traurigen Augen an, dann las er einen Vers von Baudelaire oder Verlaine oder vielleicht von Saint-John Perse:

... Einsamkeit! Das blaue Ei, das ein großer Meervogel legt, und die Buchten am Morgen überdrängt von goldenen Zitronen! – Das war gestern! Der Vogel entflog!

Morgen die Feste, der laute Taumel, die breiten Straßen mit Schotenbäumen bepflanzt und die Schinderkarren, die im Frühlicht große Stücke welker Palmen, Reste riesiger Flügel, fortschleifen ... Morgen die Feste,

die Wahlen, die Hafenbehörden, die Stimmübungen in den Vorstädten und, unter dem lauten Brüten des Gewitters,

die gelbe Stadt, im Helm des Dunkels, mit der Unterwäsche der Mädchen in den Fenstern.

Als ich dann in den sechsten Stock eilte, um nach Joschko zu sehen, stand jemand hinter mir: Es ist Judith, vom schnellen Treppensteigen schwer atmend, und die Hände ratlos über der Brust gekreuzt, als wolle sie etwas verbergen, ihre bebenden, für ihr Alter ziemlich entwickelten Brüste, so steht sie da und zittert. Sie schaut mich an, und ich erkenne im Halbdunkel ihre Verlegenheit, ihren Mut, ihren kindlichen Stolz, aber auch Spott in den Augenwinkeln: Du könntest mir wenigstens einen Kuß geben, zu meinem sechzehnten Geburtstag!

Du bist erst fünfzehn, warum lügst du, sage ich und muß lachen. Und bin entzückt von dem Ausdruck unbeschreiblicher Anmut in ihrer kleinen Gestalt.

Ich lüge nicht, sagt sie, manchmal fühl ich mich schon wie vierzig!

Und dann küsse ich sie, und sie schlingt, wie sie es bei Katja gesehen hat, die Arme um meinen Nacken und preßt für einen Augenblick ihren kindlichen Körper an mich. Dann wendet sie sich rasch um und rennt hinunter.

22

Und es liegt nicht daran, daß ich etwa die Daten durcheinanderbringen könnte, die Abreisen, Erinnerungen, Charaktere, das Grundgefühl, auch bei dem plötzlichen Wandel der Szene, über den ich nun berichten werde, war das gleiche geblieben. Als ob ich Katjas Verschwinden aus meinem Leben nicht zur Kenntnis nehmen wollte, als ob sich vor dem Hintergrund eines Höllenschlundes alles glättete und gleichgültig wurde, die Gleichgültigkeit des Meeres. Als ob nichts geschehen wäre, als ob alles bereits geschehen wäre. Katja war fort, aber auch gegenwärtig, ein Teil von ihr war in mir zurückgeblieben, starke Persönlichkeiten färben uns, wie unsere Finger getönt sind, wenn wir die

Flügel eines bunten Falters berühren. Diese Menschen prägen uns, und wenn sie weggehen, werden wir noch lange ihre Farbe tragen.

Einige Tage nach Abfahrt der Deventer, nachdem wir die Nachricht von ihrem Untergang erhalten hatten, sollte etwas geschehen, einer von jenen rätselhaften Zufällen, wie es dir vielleicht nur einmal im Leben widerfährt, eine Begegnung wie ein Blitzschlag und eine Wende in deinem Dasein. Ich lief auf der dunklen Treppe des Baalbek hinunter und traf auf eine Gestalt, die mir sofort bekannt vorkam, eine junge Person, die sich gerade in einen dünnen Mantel hüllte, als friere sie in dieser heißen Nacht, wir stießen beinahe zusammen, blieben stehen und sahen uns an …

Lily!

Das war sie. Es war Lily, von der ich die letzten zwei Jahre geträumt hatte. Ein unerfüllter Traum, denn sie war die Frau meines Freundes Franz, den ich, wie ich bereits erzählt habe, vor kurzer Zeit in Avignon getroffen hatte, vor dem Postamt lief ich ihm über den Weg, wo er gerade eine Nachricht von ihr bekam, ein Lebenszeichen, eine Postkarte mit Adresse. Und wo wir sofort ein Fest feierten, mit Essen und Trinken, und mich sein unerhörtes Glück und meine Einsamkeit beinahe erstickten. Aber auch mein erzwungenes Schweigen hatte mich gewürgt, mein bittersüßes Geheimnis, denn ich liebte Lily. Ich hatte sie in Paris getroffen, damals im Mai 1940, im ersten Kriegsjahr, als ich aus dem Lager kam, wo Franz zurückgeblieben war. Lily und ich hatten zwei wunderschöne Tage miteinander verbracht!

Jetzt stand sie auf der Treppe des Baalbek vor mir, wir schauten uns eine Weile atemlos an, dann brach es aus ihr heraus, eine Art Schock, ein lange zurückgehaltenes, krampfhaftes Schluchzen. Sie war so fertig, daß sie beinahe in Ohnmacht fiel und ich sie halten mußte. Und dabei umschlangen wir einander wie zwei Ertrinkende, und sie zog mich weinend und nach Atem ringend in ihr Zimmer, nur drei Schritte von der Treppe entfernt. Es hatte sie hinausgetrieben, wie sie mir später erzählte, die Hitze, die Einsamkeit und eine dumpfe Angst hatten sie hinausgetrieben, um auf der Straße ein paar Menschen zu sehen.

Und wo ist Franz, fragte ich, warum habt ihr euch wieder getrennt?

Sie antwortete nicht, hatte die Sprache noch nicht wiedergefunden, hatte keine Zeit für ein einziges erklärendes Wort, wir umarmten uns in einer wahnsinnigen Freude des Wiedersehens, sanken aufs Bett und lagen lange da, uns schweigend an den Händen haltend. Und dann kochte plötzlich das Blut, dieser Brennstoff hatte schon lange Zeit in uns vorbereitet gelegen, hatte schon damals in Paris geknistert und geschwelt, es bedurfte nur noch eines Funkens, um dieses Feuer anzufachen. Da war nun das halbdunkle Zimmer, sie hatte das Fenster weit geöffnet, um etwas kühle Luft hereinzulassen und Dämmerlicht, genug, um uns zu sehen, da war das breite Bett, weiß und duftend, und plötzlich balgten wir uns in einer jähen und völlig unerwarteten Ekstase. Die Kleider streiften wir ab und zerrissen sie beinahe, ich bedeckte ihr Gesicht mit Küssen, ihren Mund, ihre Brüste ... Es war Katja und Lily in einem, es war das Leben selbst, das ich umarmte, das einzig wahre Leben, das ich aufsaugte und gierig trank, wie ein Verdurstender und so, als ob ich die Schönheit des Daseins zum erstenmal mit Staunen entdeckte.

Es ging alles sehr schnell, ein wenig zu schnell, aber mit zwanzig Jahren erneuern sich die Kräfte rasch, und nach einer Weile, in der schönen und heiteren Ermattung, findet der Körper wieder Ruhe, ein wenig Würde und das richtige Maß. Wir lagen nach jeder neuen Umarmung schweigend und tief atmend da, einander im Dunkeln entzückt betrachtend.

Im Morgengrauen erzählte sie mir dann ihre schier unwahrscheinliche Geschichte, kurz, atemlos und stockend redete sie, sie hatten sich in Bordeaux getroffen, nach monatelanger Trennung, Franz hatte inzwischen alle Papiere für die Ausreise fertig, aber für ein Schiff in Lissabon. Sie gelangten nach vielen Schwierigkeiten glücklich nach Lissabon, aber einen Tag vor der Abfahrt erreichte sie ein Telegramm – die Mutter von Franz liege sterbend in einem Krankenhaus in Nizza. Es folgten vierundzwanzig Stunden aufwühlender Debatten und eines Kampfes, in dem sie ihn zu überzeugen versuchte, er könne nichts mehr für seine Mutter tun, jedoch sie als Frau sei dazu imstande. Und es wäre seine Pflicht, ihrer beiden Leben nicht zu gefährden, nämlich dieses verdammte Europa hinter sich zu lassen, er würde bei der Ankunft in Argentinien allein besser weiterkommen, würde alles regeln können, bis zu dem Tag, vielleicht nur ein paar Wochen, wo auch sie kommen würde.

Nach langem Zögern willigte er ein, und sie blieb zurück. Es war abends, als das Schiff abfuhr, und ein unglaublicher Tumult im Hafen und auf dem Pier, wohin sie ihn begleitet hatte. Was für ein verrücktes Leben, und sie hat diese Entscheidung sofort als ihre Bestimmung erkannt.

Weißt du, ich bin katholisch erzogen und glaube an eine höhere Bestimmung, Gott hat mich gestraft, weil ich meine eigene Mutter verlassen habe!

Und wieder nach einer längeren Pause, während ich sie küßte und streichelte, sagte sie: Aber es ist nicht schlecht, einmal im Leben ganz unten, auf dem Grund, anzukommen. Weißt du, ich war verzweifelt, ich bin nicht so mutig, wie du vielleicht denkst, ich verbrachte die Nacht nach seiner Abreise im Hotel, in einem Zustand, als würde ich wahnsinnig werden. Dann beruhigte ich mich und fing an, die Dinge anders zu sehen, in einem neuen Licht. Verstehst du, du erkennst von ganz unten viele Zusammenhänge, wie sonst nie im Leben, entdeckst vieles, was du vorher nicht gesehen hast, siehst dich selbst, deine Schwächen, deine Blindheit, deine dir noch unbewußten Kräfte …

Sie war nach Nizza gefahren, wo ihre Schwiegermutter bereits in Agonie lag und sie nicht mehr erkannte. Sie hat bis zum Ende an ihrem Bett gesessen und ihre Hand gehalten, hat Gewißheit und Ruhe gefunden. Es war gut, einmal ein Opfer zu bringen, und es mußte schrecklich sein, völlig verlassen zu sterben. Sie ist dann noch wochenlang in Nizza geblieben und erst gestern in Marseille angekommen, um das Visa de sortie zu erneuern, in wenigen Tagen fährt sie ab. Franz wartet in Buenos Aires auf sie, und sie hat eine Schiffskarte, wiederum für eine Überfahrt von Lissabon.

Und nach dieser Eröffnung, die sich wie ein Traum anhörte, ein in seiner Präzision absurder Traum, schlief sie ein. Ich stieg zu unserem Zimmer hinauf in den sechsten Stock, ich machte mir Sorgen um Joschko, hatte ihn seit vierundzwanzig Stunden nicht gesehen.

Lily war schöner als Katja, dunkelhaarig, große dunkle Augen, olivenfarbener Teint, eine Wienerin italienischer Herkunft, Katja war dennoch vitaler und geheimnisvoll, wie mir schien. Lily war in den drei Jahren, seitdem sie in Frankreich lebte, vollständig zur Französin geworden, redete meist nur Französisch und ohne Akzent, sie war in einer Weise offen für die Welt, wie selten eine Person, die ich kannte. Katja dagegen war in sich geschlossen, hart und unbeugsam, und diese Menschen faszinieren uns, auch wenn sie irren!

Lily war die erste Frau, die ich bis auf den Grund ihres Seins erleben durfte, sie verschenkte sich, war ganz gegenwärtig, durchsichtig und unverstellt. Es gab in diesen Stunden mit ihr keinen Zweifel, Tage und Nächte eines scheinbar unberührten Glücks, gedämpft nur von jenem halb verdrängten Gefühl einer heraufkommenden Gefahr und einer grausamen Trennung. Wir bummelten plaudernd und vergnügt durch die malerischen Viertel rings um den

Vieux-Port, ähnlich wie ich es mit Katja getan hatte, und doch war alles anders, viel vertrauter und gleichzeitig verfremdet aus dem vagen Bewußtsein der Vergeblichkeit. Wir scherzten viel, mogelten uns über die Tatsachen hinweg, denn wir wußten, sie würde abreisen, sie wird aus meinem Leben verschwinden, wie Katja, nur wenige Tage, dann ist sie fort. Das ständige Gefühl des Abschieds zerfetzte uns, versüßte die Stunden, erzeugte eine verzehrende Glut, aber auch eine Leere. Alles wie schon vor zwei Jahren, im Mai 1940, ich sagte es schon, ich kam damals aus dem Lager von Meslay und hatte einen militärischen Marschbefehl in der Tasche, mich in ein Prestataire-Lager zu begeben, ein Arbeitslager, und eine Permission de séjour besaß ich, für zwei Tage Aufenthalt in Paris. Ein überwältigendes Erlebnis, nach acht Monaten Gefangenschaft. Und dort hatte ich Lily getroffen, vor einem Emigrantenhotel hatte ich sie erblickt. Wir zogen Hand in Hand die Champs-Elysées hinauf und wieder hinunter und küßten uns unter den Bäumen der Tuilerien.

Und wir gingen auch jetzt Hand in Hand oder umschlungen durch die Straßen von Marseille oder die Corniche entlang und hockten dann, die Vorübergehenden betrachtend, in einem Café, übten uns in Menschenkunde, versuchten spielerisch und mit Bitterkeit im Mund dem andern auf den Grund der Seele zu sehen, liebst du mich denn wirklich? Und da wir auch glücklich waren, liebten wir alle Menschen, die dichtgedrängt über den Boulevard zogen, verziehen ihnen ihre Häßlichkeit, ihre Schönheit, ihre Unwissenheit, ihre Banalität.

Daß Lily alles bezahlte und mich auch ins Basso einlud, eines der teuren Restaurants, ärgerte mich, machte mich verzagt, aber wenn ich in die Tasche griff, sagte sie: Laß es sein, ich hab ziemlich viel Geld, und ich fahre weg! – Alles erinnert uns, wir können nicht einen Augenblick vergessen. Sie hat von ihrer Schwiegermutter dreitausend Dollar geerbt. Immer wenn sie ein Unglück trifft, sagt sie, fließt ihr Geld zu!

Ein andermal fragt sie: Hast du mich schon in Paris geliebt? Und warum hast du damals mit mir nicht geschlafen?

Ich schlucke, ich suche nach einer Antwort, die nicht trivial klingt. Ich erinnere mich deutlich, ich hatte Skrupel, hatte Scheu, hatte noch die jungenhafte Angst vor dem Geschlecht, und ich hatte an Franz gedacht, er war im Lager geblieben, nicht alle Häftlinge meldeten sich in ein Arbeitslager, viele gingen zur Fremdenlegion, andere warteten auf eine baldige Entlassung aus dem Lager, wir waren schließlich keine Feinde Frankreichs, es war absurd, uns zu internieren. Und Franz war Lilys Mann, er war auch mein Freund, ich mußte immer daran denken.

Sie lacht, sie lacht jetzt nach zwei Jahren über meine damalige Schwäche und küßt mich schnippisch: Du hast wirklich ständig an Franz gedacht?

Ja, sage ich, ich konnte das alles nicht verstehen …

Du konntest was nicht, sagte sie darauf ziemlich spöttisch, il ne faut pas toujours chercher à comprendre. Man muß nicht immer versuchen zu verstehen!

Und wiederholte es mehrmals, auch kurz darauf, als wir wieder miteinander im Bett lagen und sie mein Zögern merkte, meine lächerliche Scheu, wurde sie wütend, dann lachte sie: Man muß nicht immer verstehen!

Und nun lache ich ebenso und küsse sie und werde diese tiefe Erkenntnis nie wieder vergessen. Es ist ein Ausdruck französischen Lebensgefühls, dieses savoir-vivre, das sich in keine andere Sprache übersetzen läßt, nicht etwa die Lüge darin, sondern das Gegenteil von Heuchelei, als würde man sagen wollen, vergiß alles, vergiß die Welt, in einem Augenblick, der so schön ist!

Es war nämlich so, daß wir bis zum Morgengrauen wach im Bett lagen, nackt, die Glieder ineinander verschlungen, und redeten, erzählten. Sie schüttete sich aus, wie ich es schon von früher kannte, und ich erzählte mit glühendem Eifer meine Erlebnisse und Geschichten. Ein kühler Wind wehte durchs Fenster herein, bauschte den weißen Batistvorhang, wir schauten zu, wie sich der Vorhang drehte, wölbte und wand, wir schauten einander ins Gesicht, im Halbdunkel, neugierig und beglückt. Sie hatte den Batistvorhang mitgebracht und selbst am Fenster befestigt, sie liebte weiße Vorhänge aus zartem Stoff. Man kann das machen, verstehst du, sagte sie, man kann mit ein paar Handgriffen jedes häßliche Zimmer verwandeln und bewohnbar machen!

O ja, sie konnte das, sie konnte vieles machen, hatte ich herausgefunden, auch was sie selbst betraf, ihr Leben, ihre Gestalt, ihr Gesicht, sie konnte alles verwandeln.

Ich war ein wahnsinnig verwöhntes Kind, sagte sie, und ich war furchtbar dick, eigensinnig und arrogant. Glaubst du das? Meine Eltern waren reiche Geschäftsleute und wollten aus mir ... weißt du, sie wollten ein Luxusgeschöpf aus mir machen. Es ist das Schlimmste, was einem Kind passieren kann, als wäre Reichtum meine natürliche Welt und als gäbe es keine Zweifel ... Und dann haben sie alles verloren.

Auch du hast alles verloren.

Aber ich habe etwas dafür gewonnen, was ich für keinen Reichtum der Welt tauschen möchte. – Ich ahnte, was sie meinte, wir hatten schon in Paris ähnliche Gespräche geführt, irrsinnige, jugendliche Gespräche. Auf unseren langen, schönen und quälenden Spaziergängen entlang der Seine hatten wir uns alles erzählt, alles gebeichtet, als wir einen Fleck suchten, wo man sich ungestört küssen konnte, anstatt auf ihr Zimmer zu gehen, was viel vernünftiger gewesen wäre. Aber was heißt schon Vernunft. Auch in den eleganten Cafés auf den Champs-Elysées, wohin sie mich geführt hatte, redeten wir, diskutierten wir über das Leben und die Welt.

Du hast mir das alles schon in Paris erzählt, sage ich, aber ganz anders!

Gewiß habe ich damals alles ganz anders gesehen, in den zwei Jahren bin ich um zehn Jahre älter geworden, verstehst du, es ist soviel geschehen. Und wir arbeiten an unserer Kindheit. Alle Menschen arbeiten ein Leben lang an ihrer Kindheit, und die meisten werden nie fertig damit, werden die Verpackung nicht los.

Die Verpackung?

Die Kinder kommen auf die Welt in ein fertiges Bett aus Daunendecken und Lügen. Die Leute wollen aus ihren Kindern etwas machen, was sie nicht sind. Aber der Mensch wird gezeugt und ist bereits ein Charakter, alles ist da, es muß nur rechtzeitig aus der Verpackung gelöst werden. Du mußt selbst herausfinden, wer du bist! Mich hatten sie eingewickelt wie Schweizer Sahnebonbons, in Silberpapier, mit rosa Bändchen und Maschen. Ich hab viele Jahre gebraucht, um die Maschen loszuwerden!

Und nach einer längeren Pause, in der wir uns neuerlich lieben, dann glühend und schwer atmend daliegen und ich sie streichle, fangen wir ein neues Gespräch an: Ich glaube, sage ich, du fliehst, du bist deinen Eltern entflohen, und ebenso fliehst du vor Franz. Liebst du ihn denn? – Und ob es denn notwendig war, frage ich, in dieser schwierigen Situation vom Schiff weg zu seiner Mutter zu fahren?

Es war keineswegs unbedingt notwendig, antwortet sie kalt. Man kann die Menschen auch sterben lassen, ohne sich um sie zu kümmern! Franz wollte sofort die Reise sausenlassen und hinfahren, es habe sie genug Mühe gekostet, ihn zur Vernunft zu bringen.

Und war doch eine Flucht!

Natürlich war es eine Flucht, antwortet sie. Ich liebe ihn. Aber er ist nicht reif für ein Zusammenleben, er ist ein Macho, ein Egoist, er besitzt auch Charme und Humor, und man kann ihm schwer widerstehen. Gleichzeitig ist er äußerst verletzlich, kann überhaupt keine Kritik vertragen, und das sind seine Waffen. Er biegt dich um. Genau wie mein Vater. Ich habe meinen Vater sehr geliebt, aber auch gehaßt, alles ging nur nach seinem Kopf. Solche Männer verbiegen dich, sie können dich zerstören. Er hat auch meine Mutter zerstört!

Aber jetzt fährst du hin, um dich wieder seinem Charme auszuliefern!

Natürlich, wir sind nun mal ein Paar und lieben uns. Und ich habe keine Angst mehr um mich, er weiß, daß ich auch ohne ihn leben kann, und ich bin eine andere geworden!

An einem dieser Tage hieß es, der Kassierer sei verschwunden. Es war kurz vor dem Selbstmord der Sterns und all den anderen Ereignissen, über die ich schon berichtet habe. Dieser seltsame Kauz, vielleicht fünfzig Jahre alt, den keiner kannte, der immer nur in seinem schäbigen schwarzen Anzug durch das Haus schlich, sich im Hafen herumtrieb, eine alte Ledertasche unter den Arm geklemmt, weshalb sie ihn den Kassierer nannten, er war verschwunden. Ein armer Teufel und nicht ganz dicht im Kopf, immer stumm, gekrümmte Haltung, freundlich und servil, sie hatten ihn seit einigen Tagen nicht mehr gesehen. Sein Zimmer stand offen, verwunderlich, denn er hatte niemals jemanden bei sich empfangen und die Tür immer sorgfältig verschlossen, selbst wenn er nur auf die Toilette ging. Und nun die Nachricht, man habe seine Ledertasche aus dem Wasser gefischt, irgendwo im Hafenbecken habe man sie gefunden, von Tang und Unrat bedeckt, von ihm selbst jedoch keine Spur. Gewiß war er tot, und in der Tasche, in der er vielleicht sein Geld oder Dokumente verborgen hatte, fand man nur ein vom Wasser aufgeweichtes Papier mit seinem Namen und der Adresse des Baalbek. Ein Polizist kam ins Haus, um in seinem Zimmer nachzuforschen, man vermutete einen Unfall, aber auch Selbstmord oder ein Verbrechen waren nicht von der Hand zu weisen. Niemand trauerte um den Kassierer, einige Leute sagten kalt, es sei besser für ihn.

Nur Lily hatte den Kassierer schon früher gesehen, nämlich in ihrem Hotel in Nizza, aber auch sie konnte über ihn nichts aussagen, auch dort war er immer mit kleinen, eiligen Schritten herumgezottelt, ziellos und verkrümmt, die Ledertasche ständig an die hagere Brust gepreßt. Wir haben nichts mehr von ihm gehört, und auch seine Leiche wurde nicht gefunden, aber einige Baalbekmenschen wußten es besser, man habe den Verrückten irgendwo geschnappt und in ein Lager gesteckt. Und obschon wir ihn nicht kannten und nichts für ihn empfanden, verfinsterte sich ein wenig die Welt. Es war ein böses Omen, und es führte dazu, daß wir uns für die kurze Zeit, die uns noch blieb, noch stärker verbunden fühlten, wir liebten uns heftig und mit verzweifeltem Mut und achteten nicht auf die scheelen Blicke im Hotel, wenn wir kamen und gingen. Der Tod hatte das Baalbek gestreift.

Aber kurz darauf geschahen all jene schrecklichen Dinge, von denen bereits die Rede war, der Tod der beiden Sterns und Dolezals, doch laßt uns wieder einen Blick in die Zukunft werfen, zwanzig Jahre voraus.

23

Und wo sind die Jablonskys geblieben, werde ich im Herbst 1962 meinen Freund Sascha befragen, und was ist aus Katja geworden. Hat sie denn keiner gesehen? – Gewiß hat man sie gesehen, höre ich jetzt. Zwei oder drei Leute, von den wenigen, die noch da sind, haben sie gesehen!

Sascha wirft mir einen Packen vergilbter Hefte auf den Tisch, seine Aufzeichnungen von mehreren Jahren. Er hatte das alles, wie er sagt, in einem Koffer zurückgelassen, in der Bodenkammer unseres Hotels, und nach der Befreiung wiedergefunden. Er geht ans Fenster, blickt lange über die Dächer gegenüber, man kann dort ein paar Baumwipfel sehen, vielleicht die alten Platanen vom Jardin du Luxembourg, und ich denke daran, wie diese riesigen, schönen Bäume all die vielen Jahre dort gestanden haben, von nichts als vom Wind bewegt. Es ist September, wir befinden uns in Saschas Zimmer, in unserem alten Hotel in der Rue Saint-André-des-Arts, und er macht eine Handbewegung, deutet zerstreut auf die Hefte, schau sie dir an, such selbst, grab die Toten aus! Er hat eine Fülle von Schriften aufbewahrt, vollgeschriebene Schulhefte, Mappen mit Zeitungsartikeln und Bildern vom Befreiungskampf in Paris und Marseille. Es ist alles sorgfältig untergebracht in dem kleinen Hotelzimmer und säuberlich geordnet. Und ich erkenne den Teppich von damals, den er täglich bürstet, jawohl, er ist ein Maniaque, wie die Franzosen sagen, ein Pedant, ein manischer Krümelkacker, und er hatte sein Schmuckstück, den Perserteppich, wohl auch über die Jahre im Baalbek versteckt. Was für ein Mensch ist Sascha, frag ich mich?

Immer noch die schmächtige Figur eines Jungen, nur etwas dürrer geworden und leicht nach vorn geneigt, so sehe ich ihn, die müde Haltung, die tiefe männliche Stimme und die Zigarre im Mund. Der Kopf sitzt wie schutzsuchend zwischen den eckigen, etwas angehobenen Schultern, die Augen sind farblos geworden, aber immer noch seine Augurenaugen, scharfblickend und konzentriert. Er ist immer geschäftig, kann keine Minute müßig sein und trägt wie früher ein kleines Schulheft mit sich herum, das er oft herausholt und in dem er mit winziger Schrift seine Aufzeichnungen macht, als ob es Zahlenreihen wären oder rätselhafte mathematische Formeln. Nur wenn er einen Vorübergehenden beobachtet, ein fremdartiges Gesicht, eine merkwürdige Gestalt, wird er still und zieht sich wie eine Schnecke in seine Schale zurück. Er hat nie mit einer Frau gelebt, besucht aber in regelmäßigen Abständen eine Prostituierte, angeblich seit Jahren die gleiche, wie seine Freunde einander traurig grinsend zuflüstern. Er könne sich keine Familie leisten, behauptet Sascha, er sitze auf gepackten Koffern, und die einfachste Lebensform sei genau sein Stil, totaler Verzicht auf jeden Besitz, auf jeglichen Komfort, der die Menschen versklavt! Und was er denn eigentlich schreibt, fragen seine Freunde und necken ihn, pinselst du etwa einen fünfteiligen historischen Roman? Er schweigt dazu oder grinst, bin ich denn verrückt?

Wir sitzen bei einem guten Essen, Sascha und ich, in einem der vielen indonesischen, arabischen oder jüdischen Restaurants, nahe dem Boulevard Saint-Michel, winzige Familienlokale, die er seit Jahren kennt und täglich aufsucht. Einmal am Tag ein gutes Essen und eine halbe Flasche Wein ist alles, was er braucht, die Menschen vorübergehen sehen und dabei Aufzeichnungen machen, Eingebungen, Gedanken. Vielleicht eine Art Chronik, überlege ich, Nachrichten aus einer versunkenen Welt, Schichtaufnahmen der Metastasen unserer kranken, blutbesudelten und parfümierten Zivilisation. Die kleine Rue Racine, wo wir diesmal essen, riecht aufreizend nach Knoblauch, die ganze Straße duftet von scharfen Gewürzen und gebratenem Lamm. Ah, das gute Leben, das nur derjenige wirklich auf der Zunge schmecken kann, der von den Toten kommt, aus einem Abgrund, der eben aus dem Kokon gekrochen ist, wie Sascha manchmal lachend erklärt, ein Falter, der ekstatisch die Fühler bewegt, sich streckt und in die Lüfte erhebt …

Und es ist nur ein Aufschub, ein Zwischenakt, ein kurzes und letztes Erinnern an ein früheres Leben. Du kommst heraus aus dem Loch, und was machst du? Setz dich in ein Bistro auf dem Boulevard Montparnasse, schauen, nachdenken, sich erinnern, sonst nichts, die Welt noch einmal wie durch eine Glaswand betrachten.

Und während seine Augen über die Gesichter der Vorübergehenden streifen, zusammengekniffen, traurig und abwesend, redet eine Stimme aus ihm, eine fremde, hohl klingende Stimme: Schau sie dir an, alle diese Figuren. Sind verlöscht. Waren nie wach. Sind nicht fertig geboren worden! – Ich erinnere mich, Sascha hatte auch in Marseille ähnliche Anfälle von Melancholie und Sarkasmus. Er ist trotzdem nicht der gleiche geblieben, hat sich gewandelt, ist mürbe und weniger ätzend.

Er sagt zum Beispiel: Erinnerst du dich an den Kassierer? – Er hat ihm nachgeforscht, dieser Unglückliche hatte bis zu seinem fünfzigsten Jahr mit der Mutter gelebt. Der Vater, ein bekannter Wiener Arzt, ist rechtzeitig vor all den schrecklichen Ereignissen gestorben. Er hat Glück gehabt, wie Sascha bemerkt. Die Mutter ist mit dem kranken Sohn von einer Stadt zur andern gezogen, nach Prag, nach Bukarest, dann nach Paris. Dort ist die Mutter in einer Nacht plötzlich gestorben. Freunde kümmerten sich zunächst um den Sohn, nahmen ihn nach Nizza mit, dann aber fuhren sie weiter nach New York. Der arme Narr stand völlig allein da, rannte hilflos herum. Sein Ende in Marseille wurde nie aufgeklärt.

Während Sascha erzählt, erkenne ich sein von Barmherzigkeit tief durchdrungenes Wesen, hinter Zynismus versteckt. Immer wenn er über Benachteiligte, Getretene, Verspottete spricht – er, der selbst von Spott trieft –, verwandelt sich etwas in ihm, er wird traurig und ernst. Er sieht keinen Ausweg für die Menschheit und steht ganz auf seiten der Unterdrückten. Für sich erwartet er nichts. Und dann wiederum, nach einem Augenblick der Öffnung, verschließt er sich hinter seiner Maske.

Und diese fast alljährlichen Treffen mit ihm oder vielleicht zwei anderen Baalbekmenschen, die wie durch ein

Wunder noch da sind und gierig nach Luft schnappen, die wenigen lebendigen Toten, wie Sascha es sieht, unter einer Masse von toten Lebenden, diese Zusammenkünfte entwickeln sich jedesmal zu einem langen Gespräch ohne Anfang und Ende, oft nur jeder für sich allein, am andern vorbei, ein Monolog, eine Bestandsaufnahme, ein Ritual. Und das inmitten des bunten Völkergemischs der Rive gauche, dem berüchtigten linken Ufer der Seine, zwischen Beamten und Huren, kleinen Textilhändlern und Jongleuren, die Studenten und Maler nicht zu vergessen. Und auch was sie reden ist nicht wichtig, eher die langen Pausen, das Zuhören und stumme Ausharren neben dem andern, die leisen Zwischentöne und Seufzer, das Unausgesprochene. Haben wir denn nicht gelernt, in einem Stirnrunzeln zu lesen, einem versteckten Seitenblick, einem müden Räuspern, einem Nichts. – In den Atemzügen ist manchmal Wahrheit, heißt es in einem Vers von Mendele Trachtenberg, und in unserem Schweigen findest du das gültige Wort!

O doch, erinnert er sich plötzlich, zwei oder drei Leute haben Katja gesehen, auch Aschenbrenner, der im Gefängnis überlebt hat und jetzt in Lyon wohnt, will sie erkannt haben. Im März 1943, in den Bergen, nahe bei Nizza soll es gewesen sein, während der Vorbereitungen zu einer Aktion, sie habe in einem Lastwagen voll von Kindern gesessen, jüdische Kinder, die sie vor der Deportation retten wollte. Sie habe einen fremden Namen getragen und sei völlig verändert gewesen, dennoch habe er sie erkannt! Und Sascha wird nun auf mein Drängen, wie ich sie denn finden könnte, Katja, oder einen von jenen Typen, die solche Sachen erzählen – da wird er wieder lange schweigen und grübeln, sich auf dem Handrücken kratzen, aber er wird längst an andere Dinge denken oder einer hübschen Frau nachsehen, die eben das Lokal verläßt, und dann wird er leise und spöttisch einen Satz von Rimbaud zitieren oder diese Zeilen von Perse:

Ah, ja, alle Dinge aus den Angeln gerissen! Verkündet
sei dies unter Lebendigen!
In den Vierteln des Volks vor allem – die Sache ist von
Wichtigkeit
Und ihr, neue Menschen, was wollt ihr tun mit den
schweren aufgelösten Flechten über der Stirn der
verstoßenen Stunde?

Sascha ist voll von Zitaten, ist mit Worten bewaffnet wie ein Wegelagerer mit fünf handlichen Pistolen, er lebt in der Literatur, es ist sein einziges wahres Leben, und hat Säcke voll von Sprüchen bereit. Ein Gedächtnis wie ein Elefant, zwanzigtausend Verse, taxiere ich. Ein Mensch mit solch einem Gedächtnis muß verrückt sein. Aber plötzlich verstummt Sascha, und während er sich Mund, Wangen und Stirn mit der Serviette trocknet und sich noch einen Schluck Wein in die Kehle kippt, blickt er unauffällig, doch gespannt auf einen der beiden Männer am Nebentisch.

Sie haben reichlich gegessen und getrunken und fangen gerade eine hitzige Debatte an, inmitten des allgemeinen erregten Gemurmels der vielleicht dreißig Gäste im Lokal haben wir ihre in Spanisch geführte Unterhaltung schon eine Weile mitangehört, ohne zu verstehen, aber es ist wie Musik, wie Trommelwirbel, manchmal hören wir auch ein paar Brocken in einem harten Französisch, wenn sie mit dem Wirt reden. Und nun betrachte ich diesen Kerl, den auch Sascha aufs Korn genommen hat, ein breites, ockerfarbenes Gesicht, wie mit der Machete in Holz gehauen, mit unverkennbar indianischem Schnitt, darüber schwarzes, störrisches Haar und grüne Augen, die von Zorn und Lustigkeit blitzen. Es ist etwas Erfrischendes und zugleich Verzweifeltes in dem Gesicht, und die Hände sprechen für sich, geben sakrale Zeichen, würdevoll, drohend und voll unbewußter Poesie. Sascha hat sich an mein Ohr gebeugt: Siehst du diesen Kesselschmied, er lebt, er kocht innerlich von Leben, weil er voll Haß ist und weil er kämpfen will, wo wir bereits abgedankt haben, das Salz haben wir verschüttet, was willst du in Europa eigentlich noch tun, in Wahrheit haben die Nazis gesiegt!

Er kennt diesen Mann, der jetzt redet, der so redet, wie man Bäume fällt, Worte wie Beilhiebe. Der Kesselschmied habe sieben Jahre im Gefängnis gesessen, erzählt Sascha, irgendwo in Peru, wurde gefoltert, zum Tode verurteilt, ist geflüchtet und lebt seit einem Jahr in Paris. Aber die Ruhe bekommt ihm nicht, er hält es nicht aus. Und wovon redet dieser Mensch, was glaubst du wohl, wovon ein zum Tode verurteilter Kesselschmied redet, er wird zurückkehren, sagt er, wird zurückkehren, um im Stadtdschungel von Lima zu sterben. Aber vorher, sagt er lachend, vorher wird er es ihnen geben, wird ein Dutzend von ihnen mitnehmen, ein Dutzend Faschisten wird er mitnehmen in die andere Welt!

Und wir! Haben aufgehört zu hassen und zu kämpfen, sind müde geworden und versöhnlich, haben vergessen, wie es schmeckt, wie Blut schmeckt, das Blut unserer Kameraden, und wie Scham schmeckt auf den Lippen haben wir vergessen, angesichts der Folter und des Hungers in der Welt. Und plötzlich, in einem Anfall von Zorn und Bitterkeit: Die Faschisten haben allenthalben gesiegt, kein Zweifel, erst haben die Macher Hitler in den Sattel gehievt, dann haben sie sich seiner entledigt, aber nicht etwa, um reinen Tisch zu machen! Die Amerikaner haben Deutschland umarmt und buhlen um die Nazis, holen sich die schlimmsten sogar ins Land, weil sie diese noch brauchen, als Spezialisten im kalten Krieg. Deutschland hat Karriere gemacht!

Wir werden dann einen langen Spaziergang hinter uns haben, an den Ufern der Seine und vollgesaugt mit Bildern, die wir lieben, Kirchen und Warenhäuser, Paläste und Bordelle, vor allem aber die alten Häuser voll von Menschengeschichten, Häuser mit Gesichtern, die vom Leben reden und vom Tod. Ich habe auch unterwegs nicht geschwiegen, das öde Gestein habe ich angebohrt wie Moses in der Wüste nach einem Tropfen Wasser. Was haben sie mit unseren Leuten gemacht, frage ich, was haben sie mit Jablonsky gemacht, ist es wahr, daß sie ihn henkten?

Jemand hat es ihm hinterbracht, jemand hat den Namen Jablonsky gesehen auf einem jener Anschläge an den Wänden, wo die Deutschen die Hinrichtung von Widerstandskämpfern verkündeten. Ich weiß, daß Sascha gründliche Nachforschungen betreibt und daß zum Beispiel die drei Kinder der Familie Schapiro, die damals nicht aufs Schiff gegangen waren, daß sie überlebt haben. Bei französischen Bauern versteckt, haben sie überlebt, in einem Dorf im Luberongebirge. Monsieur Haschami, unser Hotelier, hat sie dorthin gebracht. Die Eltern der Kinder jedoch gingen in den Untergrund und wurden bei einer Aktion in Lyon erschossen. Auch Jablonsky und Hanna gingen in die Résistance, beide waren eines Tages aus dem Baalbek verschwunden. Mendele Trachtenberg hat sich aus dem Fenster gestürzt, aus dem Fenster seines Zimmers hat er sich hinuntergestürzt, am 11. November 1942, dem Tag, als die Deutschen Marseille besetzten. Die meisten anderen wurden deportiert.

Sascha hat den Rest des Krieges in den Cevennen verbracht, in den Bergen versteckt, als Funker einer Abteilung Partisanen. Sascha ist nicht festzunageln, über gewisse Dinge redet er nicht gern, sein völlig in sich verkrochenes Ich macht jeden Dialog äußerst schwierig, ihn nach Tatsachen befragen ist wie Fische fangen mit bloßen Händen im Bach.

Und er ist eben noch vom Anblick schöner alter Häuser behext, die wir gerade auf der Ile Saint-Louis gesehen haben, er lebt auch in der Vergangenheit Frankreichs und in der Welt von Stendhal und Balzac. Und wir sind wieder in seinem Zimmer angekommen, darin ist alles eingebuchtet wie in einer Schiffskabine, die Schreibmaschine Marke Underwood aus dem Jahre 1930, die er ebenso schlau gerettet hat wie sein gesammeltes schriftliches Material. Auch die Dunkelkammergeräte und Fotoapparate seiner Jugend besitzt er noch, sie lagen bei Freunden in Paris verpackt und erlaubten es ihm nun, von der Erzeugung von Postkarten zu leben. Er fotografiert Häuser, Geschäftslokale und Villen für die Besitzer, aber er macht nur soviel, wie er zum Leben braucht. Und was braucht er schon? Er trägt von Freunden abgelegte Kleider und Schuhe, die Küche ist in dem winzigen Raum versenkbar angelegt, das Bett an der Decke mit Schnüren hochgezogen, wie in einem der verrückten Filme von Charlie Chaplin. Sein Archiv nimmt den größten Platz ein, und wenn das Bett abends herunterkommt, schläft Sascha sozusagen auf seinem unveröffentlichten Werk. Material für ein Buch? Er wird niemals ein Buch schreiben, sagt er, wer schreibt schon ein Buch, schreibst du vielleicht ein Buch?

Er hat in seiner Jugend Karl Kraus gelesen, verschlungen und aufgesaugt, hat ihn persönlich gesehen und bei seinen Vorlesungen in Berlin und Wien gehört, kennt jede Zeile von ihm, jedes Wort. Wer Karl Kraus wirklich gelesen hat, wird nie wieder schreiben können. Kraus, der Gralshüter der deutschen Sprache und Großinquisitor der Mittelmäßigkeit. Wir sind Durchschnittsmenschen, verstehst du, haben gelernt, die Augen zu gebrauchen, sonst nichts. Und davon reden, was wir gesehen haben, können wir nicht. Also schweigen wir. Um die adäquate Sprache zu finden, müßte man Dante heißen oder Tolstoi.

Für ihn gibt es nur zwei Arten von Schriftstellern, nämlich das Genie oder den Handwerker! Das Genie konnte immer schon schreiben, und der Handwerker braucht zwanzig Jahre, um es zu erlernen, wenn überhaupt. Wer kann heutzutage schreiben? Und du, frage ich ihn, warum schreibst du?

Er antwortet nicht, er seufzt und setzt ein trauriges Lächeln auf. Sascha kennt nur ein Thema: Wie der Mensch lernte, nein zu sagen. Widerstand leisten gegenüber der Macht. Und Schweigen. Vielleicht auch Schreiben. Aufzeichnungen machen, ein Augenzeugenbericht. Auch das, falls es ihm gelingen sollte, wäre Widerstand. Er glaubt nicht wirklich an den Sieg des Widerstands, wie er auch nicht an Gott glaubt, von dem er ständig redet. Aber Widerstand gegenüber der Macht und der Gewalt ist die einzige moralische Entscheidung des Menschen, um nicht seine Selbstachtung zu verlieren!

24

Das Baalbek war zwar nur ein schäbiges Hotel, aber es war eigentlich sehr viel mehr als das, und das Grübeln über jene Zeit, das unermüdliche Forschen, auch die Träume kehren immer wieder dorthin zurück, und bestimmte Tage und Phasen dieser verrückten Geschichte haben nie aufgehört in mir zu arbeiten. Zum Beispiel das Gefängnis im Hafen von Marseille.

Es war ein windiger Dienstagmorgen, als wir ohne weitere Erklärung aus dem Frauengefängnis entlassen wurden. Sie gaben uns die Papiere zurück, die nichts taugten, und öffneten das Tor, das zur Kathedrale hinausführte und zum Hafen, zur Joliette, Umschlagplatz für heiße Ware, so einfach war das. Geblieben ist mir die Erinnerung an die wächsernen Gesichter der eingesperrten Frauen am frühen Morgen, an das erste Gezanke im Kellergewölbe und den Gestank, denn die Polizei hielt die Menschen wie Tiere gefangen. Dann der lange Weg durch unterirdische Gänge, quer über geisterhaft öde Gefängnishöfe und an den vielen Türen toter Büros vorbei, der Verwaltungstrakt war halb leer, das Polizeigebäude offenbar für große und geschäftige

Zeiten erbaut, wie sie vielleicht noch kommen sollten. Und schließlich die feisten und selbstzufriedenen Gesichter der Beamten, die uns entließen.

Ich ging nicht mit den anderen Männern geradewegs zum Baalbek zurück, wollte den Augenblick auskosten, mich sammeln, unbehelligt von neugierigen Fragen der Leute im Hotel. Wollte dann unbemerkt zu Lily hinaufgehen, war sie denn noch da? Sie mußte drei Tage vor Abfahrt des Schiffes in Lissabon sein, mußte auch noch die spanische Grenze passieren, und die Fahrt dorthin war unsicher, alles in diesen Tagen war von vielen Zufällen abhängig. Mein Anerbieten, sie bis zur Grenze zu begleiten, hatte sie energisch abgelehnt, sie reiste mit zwei anderen Hotelbewohnern, die gleichfalls nach Lissabon fuhren.

Ich nahm einen Calvados in einem Bistro am Hafen, wie um mir Mut zu machen, und blickte ausgehungert nach Leben auf die Straße hinaus, triefendes Leinenzeug über die Gasse gespannt, Kindergeschrei und Blechgerassel. Der Wind hatte nachgelassen, die Morgensonne vergoldete die Häuserfassaden an der Westseite des Vieux-Port, diese schönen, häßlichen alten Häuser mit kleinen Fenstern, hinter denen Menschen wohnten, die von vielem nichts wußten, vielleicht nichts wissen wollten, ein Leben lang dort ein und aus gingen ... Man mußte verrückt werden, dachte ich, in einem solchen Haus. In mir meldete sich jener atavistische Zug des Nomaden, der Angst bekommt, wenn er längere Zeit an einem Ort verharrt, den es hinauszieht in eine grenzenlose, fremde Welt. Nur im Wechsel und der Herausforderung aller seiner verborgenen Kräfte findet der Nomade jene tiefe innere Ruhe, die ihn festigt und wappnet für das Leben in Freiheit und Unabhängigkeit, für die unendlichen Viehweiden in den Steppen und auch für den Dschungel der großen Städte. Auch diesmal, wie schon oft vor einem unabwendbaren Ereignis, packte mich Ruhe. Erst jetzt ging ich zum Hotel, schlich mich hinauf, die anderen wurden im Foyer, wie ich erwartet hatte, von den Baalbekmenschen befragt: Wo wart ihr? Was haben sie mit euch gemacht?

Auf der Treppe kam mir Joschko entgegen: Sie wartet oben auf dich! flüsterte er mir neidvoll grinsend zu und verschwand. Er war ein Freund, hatte Taktgefühl, hielt mich nicht auf, hatte Verständnis für meine Lage. Und dann sah ich sie in der Tür stehen, sie hatte mich erwartet, hatte aus dem Fenster gesehen. Und an dem Aufleuchten ihres Gesichts erkannte ich mein unsagbares Glück, mein Elend, denn jetzt würde jede Geste, jedes Lächeln, jeder Kuß der letzte sein!

Lily hatte gewußt, daß ich kommen würde, die Leute im Haus hatten es von Monsieur Haschami erfahren, er habe bei der Polizei angefragt, es läge nichts gegen uns vor, reine Routine, man würde uns Dienstag früh entlassen. Ihre gepackten Koffer standen in der Tür, sie hatte ein wunderbares Frühstück vorbereitet, hatte Kaffee gekocht, mehrere Konserven geöffnet und eine Flasche Wein. Wir redeten nicht viel, jedes Wort hatte einen hohlen Klang. Wir waren bereits getrennt, eine Ewigkeit weit. Ihr war zum Weinen zumute, und dann, als ich sie fest in die Arme nahm, brach es los, sie weinte herzzerreißend und heftig, dann lachte sie plötzlich, noch unter Tränen. Und wir liebten uns. Warteten das Frühstück nicht ab.

Ich betrachtete immer wieder ihr schönes Gesicht und ihren mädchenhaften Körper, ich trank ihren Duft, labte mich an der makellosen Reinheit ihrer Haut, an der Tiefe und Aufrichtigkeit ihres Wesens, sie war ganz offen, ohne Reserven, und voll kindlichem Hunger nach animalischer Wärme.

Am nächsten Tag brachten wir sie und die anderen Leute zum Bahnhof, Joschko und ich kümmerten uns um das Gepäck, halfen ihnen, Plätze in einem Abteil zu finden; es war schwierig, alle Züge waren von bepackten Menschen belagert und überfüllt. Rings um uns verzweifelte Abschiedsszenen, es waren oft Reisen ins Ungewisse, und es gab Trennungen vielleicht für immer. Lily und ich sahen uns an, weinten nicht, redeten nicht, alles in uns war ausgetrocknet und erstarrt, die Versteinerung der Welt hatte auch uns ergriffen.

Als Joschko und ich ins Hotel zurückkamen, bat uns der Hotelier in sein Büro, er faßte sich kurz, erklärte ohne Umschweife, es wäre leichtsinnig für uns junge Männer, noch länger in Marseille zu verweilen, er würde uns raten, sofort zu verschwinden. Er habe herumgehorcht und herausgefunden, was das Beste für uns wäre, nämlich freiwillig in ein Internierungslager zu gehen, in das Lager von Agde, er habe dafür gesorgt, daß man uns binnen zwei Tagen auf ein großes Weingut oder in eine Fabrik schicken würde, auf Détachement, wie es hieß. Dort würden wir vor dem Zugriff der Deutschen sicher sein, wenigstens für einige Zeit. Wir sollten uns möglichst nicht verabschieden bei den anderen Leuten im Hotel, um keine Unruhe zu erzeugen, sondern morgen früh abreisen, wenn alle noch schliefen. Auch für den Transport sei gesorgt, wenn wir einverstanden wären, würde uns ein Wagen abholen. Natürlich ein Polizeiwagen, aber es war uns egal. Wir vertrauten Monsieur Haschami und stimmten zu. Auf einmal konnte ich das Baalbek nicht mehr ertragen, keinen Tag länger. Und auf dem USA-Konsulat hatte man mir gerade wieder eine Abfuhr erteilt.

Auch Joschko brauchte nicht lange zu überlegen, und wie sich am nächsten Morgen herausstellte, waren noch einige andere junge Männer aus dem Hotel dabei. Ich kannte übrigens das Lager von Agde, von einem früheren Aufenthalt, ich kannte ungefähr dreizehn französische Lager und wußte Bescheid, man konnte sich im Lager helfen, konnte sich debrouillieren und Lebensmittel besorgen, konnte auch fliehen …

Aber nun möchte ich den letzten Abend schildern, den wir im Baalbek verbrachten, und wie wir uns von schmerzlichen Gefühlen bewegt unter die Leute mischten.

Einige Alte hockten wie immer im Foyer und auf der Treppe beisammen, mit heiseren Stimmen die Lage erörternd, die Gesichter starr. Was war geschehen? Jeder Tag brachte schlimme Nachrichten von drüben, Verfolgungen in Wien und Berlin, auch in Amsterdam, in Paris, in Lyon und Marseille hatte die Menschenjagd begonnen. Man nannte das Rafle, die Polizei umstellte ein Café oder riegelte eine Straße ab, eine Technik wie beim Heringsfang auf dem Meer. Und jeder mußte sich ausweisen, wer verdächtig war oder nur ungenügende Papiere besaß, mußte mitgehen, wurde auf einen Wagen verladen. Und niemand wußte, wohin sie die Verhafteten brachten. Aus dem Osten kamen noch viel schlimmere Nachrichten, von Greueltaten der Deutschen, die keiner glauben mochte. Manchmal auch Nachrichten von der Lage der politischen Häftlinge in den Nazilagern. Und schließlich ein neues Wort, das noch keiner gehört hatte: Auschwitz! Der Name eines Lagers? Ein Vernichtungslager, wie jemand sagte. Gerüchte. Wer hatte das wieder erfunden?

Mendele Trachtenberg saß seltsam bleich und mit geschlossenen Augen dabei, hörte sich alles an, man konnte keinerlei Gemütsbewegung an seinem Gesicht ablesen, nur stille Trauer. Dann öffnete Mendele die Augen, und nach einer Pause, in der wir nur das schwere Atmen der alten Männer hörten, da einen krächzenden Seufzer, dort ein Ach und Oi, begann er leise:

Habt ihr schon die Geschichte von Modche Lemberger gehört? Ihr habt sie nicht gehört?

Ach, wer wird wieder die alten Geschichten vom Schtetl erzählen, um sie abzulenken, die Angst zu lindern, die Gemüter zu beschwichtigen, aber diesmal ist es eine andere Geschichte.

Also, erzählte Mendele, mit seiner ruhigen, eindringlichen und etwas schleppenden Stimme, es ist gewesen ein Kantor in der Synagoge von Sobibór, er hat Modche Lemberger geheißen, und es hat sich zugetragen im Jahr dreiundzwanzig, es war das Laubhüttenfest, Chanukka ist gewesen, und draußen lag schon Schnee. Da sind Männer gekommen und haben Modche verschleppt, haben sich einen Spaß gemacht. Er soll singen, haben sie gesagt, auf dem Wagen, von zwei schnellen Pferden gezogen, haben ihm die Haare abgeschnitten, haben ihn nackt ausgezogen und im Wald ausgesetzt. Er soll singen, haben sie ihm gesagt und haben laut gelacht, dann sind sie davongefahren. Bauern haben das gemacht, aber dann sind andere Bauern vorbeigekommen und haben im finsteren Wald den Modche singen gehört. Haben ihn gefunden, wie er im Schnee kniete und Psalmen sang. Haben ihn gerettet und zurückgebracht ins Dorf. Aber dann standen sie da und staunten, die Synagoge war zerstört und die Häuser der Juden abgebrannt. Und die Frau und die Kinder von Modche waren tot. Wozu also hatten sie ihn gerettet?

Eine Weile schwieg Mendele, auch alle anderen schwiegen. Dann sagte einer: Hiob, immer wieder Hiob!

Warum machen sie das mit uns, warum läßt Gott es zu, daß sie das mit uns machen können, womit haben wir so schwer gesündigt?

Es ist nicht einfach Sühne, sagte Mendele, alles hat einen tieferen Grund, den wir nicht wissen können!

Weil sie uns verfolgen und schlagen, sagte ein anderer, hat das jüdische Volk überlebt, hat sich auf der Welt verstreut. In der Verfolgung haben die Augen einen schärferen Blick bekommen, sind unsere Ohren hellhörig geworden und wach. In einer friedlichen Welt ohne Feinde würden wir aufhören, Juden zu sein.

Sie schwiegen erbittert, als hätten sie diesen Frevel nicht

gehört, und dann sagte wieder einer: Vielleicht gibt es Schuldige unter uns?

Immer gibt es Schuldige. Bei uns und auch bei den anderen gibt es Schuldige!

Aber warum müssen die Unschuldigen mit Schuldigen büßen?

Gott hat Hiob vernichtet, seine Häuser zerstört, seine Viehherden wurden geraubt, die Söhne und Töchter erschlagen. Und Hiob hat den Tag verflucht, da er geboren wurde, und hat geschrien, warum? Hat aber keine Antwort bekommen.

Und dann sagte einer: Vielleicht geschieht das alles, weil wir ausgetrocknet waren in Selbstgefälligkeit, sind Götzenanbeter geworden, ohne es zu merken, und blind für das Elend in der Welt, taub für die Schreie der Hungernden!

Aber das Leben kam zurück zu Hiob, sagte ein anderer, es kam zurück auf seine Felder und in seine Wohnungen, er bekam alles zurück, aber keine Antwort. Nur das Leben selbst ist die Antwort!

So ungefähr ging die Rede noch lange hin und her, und dann verzogen wir uns still und heimlich, Joschko und ich gingen nach oben und wußten, wir würden diese Menschen vielleicht nie wiedersehen.

Am nächsten Morgen verließen wir das Baalbek und fuhren nach Agde, wie es besprochen war. Wir fuhren in das Lager in den Dünen vor der Stadt, am Meer gelegen, wo ich vor ungefähr einem Jahr gearbeitet hatte, in der Saline hatte ich gearbeitet und in einer Düngemittelfabrik, ehe ich türmte. Unter den vielleicht zweihundert Internierten fand ich mehrere Bekannte, die dort geblieben oder von einer Flucht wieder zurückgekommen waren. Und schon zwei Tage später, wie es uns versprochen war, brachten sie zwanzig Häftlinge zu der nahe gelegenen Abbaye de Valmagne, ein riesiges Weingut, wo man Leute für die Ernte brauchte. Joschko, mich und einige andere starke Kerle fuhren sie jedoch in den Steinbruch nahe von Montagnac. Wir hielten zusammen, als wären wir Leute aus einem Dorf. Auch später bin ich immer wieder auf einzelne Baalbekmenschen gestoßen und verspürte jedesmal ein heimatliches Gefühl.

25

Die Arbeiter im Steinbruch betrachteten uns neugierig, ihnen war es egal, wer wir waren. Knastbrüder oder Hergelaufene, sie wollten wissen, ob wir fähig sein würden, den Stein zu zerbrechen. Ein Stein, hörte ich einmal einen von unseren Männern sagen, das ist wie ein Koffer mit doppeltem Boden, der Zauberkünstler holt aus dem Koffer drei lebende Kaninchen heraus, zwei Tauben und einen Hahn, doch aus dem Stein wird man nie alles herausholen können.

Aber ich will der Reihe nach erzählen. Um sechs Uhr früh, ehe die Arbeit beginnt, wird mit Dynamit gesprengt. Der Sprengmeister bläst in sein Horn und achtet darauf, daß niemand ins Schußfeld gerät. Dann kracht es, und eine riesige Staubwolke zeigt an, wo der Berg herunterkommt. Die Arbeiter fahren mit dem Rad zur Arbeit, sie sind noch nicht ausgeschlafen, und manche haben feuchte Haarsträhnen im Gesicht. Während gesprengt wird, bereiten sie sich für den Tag vor, wie man sich für einen Ritt durch die Wüste fertig macht. Als wir Neuen ankamen, blinzelten die Steinbrucharbeiter unter den verbogenen Deckeln ihrer Schirmmützen hervor, sie machten eine kleine Pause, um uns unauffällig zu betrachten. Die beiden Posten, die uns begleitet hatten, zogen sich zurück, und der Patron – es war ein privater Betrieb, eine Klitsche mit vielleicht sieben ständigen Arbeitern –, der Besitzer also, der sich meist in eine kleine Holzhütte verkroch, wo er mit seinen Büchern, Zetteln und mit dem Telefon arbeitete, flüsterte dem Polier etwas ins Ohr. Der Polier kam rüber und betrachtete uns Gefangene freundlich und etwas spöttisch, er fragte nach unseren Namen und schaute uns dabei ins Gesicht und auf die Hände, vor allem die Hände wollte er sehen. Dann verteilte er Werkzeug, und wir fingen an, die Gleise zu verlegen. Dort wo der Berg heruntergekommen war, lagen viele große Blöcke und Haufen von Schutt. Und nun erklärte uns der Polier unsere Aufgabe: Die Blöcke klein machen und auf die Lore verladen. Die Lore wurde dann auf die Rampe geschoben, gekippt, und die Steine fielen auf einen Wagen, der unter der Rampe stand. So wurde der Berg weggefahren, das war alles, aber es hörte sich nur so einfach an.

Der Polier hieß Martini, er war Italiener, fast alle von ihnen waren Italiener. Italiener gelten in Frankreich als gute Maurer und Straßenarbeiter, denn mit dem Stein können sie hervorragend umgehen. Als die Gleise verlegt waren und die Loren bereitstanden, mußten die Blöcke zerbrochen werden. Jeder von uns bekam einen Block und einen Vorschlaghammer, so groß wie ein ausgewachsener Kürbis. Den Vorschlaghammer dreimal heben, und du bist in Schweiß gebadet! Mit diesem Ding, la masse, so hieß der Hammer, mußten wir auf den Stein klopfen, bis er zersprang. Einer von uns, der größte und stärkste, Joschko nämlich, sollte es vormachen. Joschko kam sich sehr verwegen vor, als er in die Hände spuckte und dann den Hammer auf den Stein donnern ließ. Ein paar Mal hob er den Hammer, und jedesmal spritzten nur ein paar Splitter von dem Stein in die Gegend. Die sieben Steinbrucharbeiter hatten noch nicht begonnen und schauten uns zu. Der Patron stand hinter der Tür seiner Baracke, paffte eine Zigarre und kratzte sich am Kopf. Joschko schien nach fünf Schlägen bereits Blasen an den Händen zu haben. Nun gab

Martini mir ein Zeichen, es als nächster zu versuchen. Ich ging etwas umsichtiger ans Werk, das konnte doch, bei Gott, nicht so schwer sein, Joschko stellte sich offenbar sehr ungeschickt an, er hatte jetzt schon große Mühe, den Hammer zu heben, der Schweiß rann in Strömen, aber vom Stein lösten sich bei jedem Schlag nur ein paar Splitter und etwas Staub. Und nie werde ich den Anblick der Männer vergessen, die Steinbrucharbeiter standen da, lässig an die Lore gelehnt, und rauchten. Sie hatten sich behaglich Zigaretten gedreht und angesteckt. Und nun wurde die Zigarette, wie es im Süden üblich ist, mit der Zungenspitze hin- und hergeschoben, man berührt sie nur noch selten, wenn sie einmal brennt, die Hände können dabei viele andere Dinge verrichten. Diese Leute sind Artisten im Hinundherschieben des Zigarettenstummels zwischen ihren Lippen, und an der Art und wie oft die Zigarette den Mundwinkel wechselt, kann man den Grad der Gedankenarbeit ermessen. Sie beobachteten uns unter ihren Schirmmützen hervor, aber so ein Deckel ist wie ein Visier, und darunter bekommen die Augen einen durchdringenden Glanz. Die Gesichter und Hände der Männer waren graubraun und rissig wie der Stein, ihre Gestalten sahen kantig aus, rauh und wild wie der Felsbrocken, der nach einer Explosion den Berg herunterkommt. Nur die Augen waren dunkel, beweglich und unergründlich. Voller Gedanken und Spott waren ihre Augen, und gewiß beobachteten die Männer nicht nur uns, sondern dachten über ihr eigenes Leben nach – wie doch der Stein gebrochen wird!

Nach dem sechsten Schlag gab ich es auf und stützte mich auf den langen Hammerstiel. Nun schaute Martini nach dem Patron aus und nach den anderen Männern. Der Patron verschwand in seinem Büro, und einer der Arbeiter, der älteste, machte ein verächtliches Zeichen. Das war damals eine Zeit, muß man wissen, in der vieles noch mit den Händen gemacht wurde, da es keine Preßlufthämmer gab und die Leute noch das Geheimnis der Pause kannten, die nur wirklich Genuß bereitet, wenn man ehrlich arbeitet. Der Patron trieb seine Leute nie an, das war nicht nötig, er wußte, daß sie Stolz besaßen und die von ihnen erwartete Arbeitsleistung brachten. Sie machten ihre Arbeit, sie machten sie gut, anders ging es gar nicht, niemals ließen sie sich irgend etwas schenken. Das wußte der Patron. Sie mochten ihn nicht besonders leiden, respektierten ihn aber. Er sei kein so schlechter Patron, meinten sie. Der Patron respektierte seine Arbeiter, aber manchmal redete er so, als wären sie sein Eigentum. Doch sie bewiesen ihm jeden Tag, daß sie das nicht waren. Niemals dienerten sie, ihre Sprache war nie unterwürfig, trocken war sie und hart, voll Witz. Sie verkauften ihre Arbeitskraft, aber niemals ihren Stolz!

Und nun war der große Augenblick gekommen, da Martini den Hammer nahm. Er ging ruhig um den Steinbrokken herum, der ihm bis an die Brust reichte, und betrachtete ihn. Seine Augen hatten den gleichen Ausdruck wie vorhin, als er in unsere Gesichter blickte. Er schaute sich den Stein genau an, dann hob er den Hammer und schlug zu. Der Block flog auseinander, wie von einer Dynamitpatrone gesprengt. Man konnte nun die Steinbrocken bequem auf die Lore laden. Martini setzte den Hammer ab, stützte sich auf den Stiel und schob den Mützendeckel aus dem Gesicht. Vor uns wölbte sich der Berg, ausgehöhlt von den Sprengungen wie eine große Arena, eine Schaubühne. Und Martini war jetzt der Held auf dieser Bühne, die Zigarette wanderte zwischen seinen staubgrauen Lippen mehrmals hin und her, was eine gewisse innere Bewegung verriet. Aus den Augen blitzte nur kurz ein Funken Triumph, sonst war da keine Regung zu spüren. Denn der Steinbrucharbeiter weiß sein eigenes Können zu schätzen, besitzt aber genügend Feingefühl, den Unterlegenen nicht zu kränken, er weiß, daß seine Kunst schwer zu erlernen ist. Martini schob den Stummel weiter hin und her, woraus man schließen konnte, daß er nach Worten suchte. Er suchte nach Worten, um uns zu sagen, wie man das macht. Aber ehe er die Worte fand, zerlegte er den nächsten Steinblock, wieder mit einem einzigen Schlag, und dann noch einen. Moritz Lederer stand da, als hätte er gerade im Himmel den goldenen Wagen des Schöpfers gesehen und alle seine Engel. Wir tauschten verlegene Blicke, wie machte Martini das? Auch die Steinbrucharbeiter tauschten Blicke, verschlagene, dunkle, grimmige Blicke. Sie lachten leise, waren nicht mehr ganz nüchtern, das war schließlich ein Anlaß für die Flasche. Einige hatten schon die Flasche gezogen und einen Schluck gemacht. Sie tranken Rotwein, den starken billigen Wein, der ringsum an den Hängen wuchs. Rotwein gibt den Männern Kraft, und damals erkannten wir, daß man ohne die Flasche nicht mit dem Stein arbeiten kann. Der Stein ist staubig, trocken und hart, der Wein aber ist lieblich und vergoldet die Welt. Wer mit dem Stein lebt, muß auch mit der Flasche leben!

Martini hatte nun schon mehrere Blöcke zerlegt, sein Schlag mit dem Hammer wirkte jedesmal wie eine Ladung Pulver. Und dann fand er endlich ein paar Worte, was schwer sein muß für einen Mann, der selbst ein Stück von dem Berg geworden ist, den er zerbricht. Du mußt, sagte er, um den Stein herumgehen, ihn dir gut ansehen und den Punkt finden! – Das genügte. Wir waren doch nicht blöd. Wir hatten verstanden, daß der Stein einen schwachen Punkt hatte, den man entdecken mußte. Wir fingen nun an, um unsere Blöcke herumzugehen, diesen wunden Punkt zu finden. Jeder Stein besitzt ein inneres Netz, wie von Muskelsträngen und Adern, und eben eine Stelle, wo er verwundbar ist, wie Siegfried in der Nibelungensage. Wir hatten all das in Ansätzen verstanden, nicht so genau, wie ich es jetzt berichte. Martini konnte es uns nicht erklären, und vielleicht hatte es uns später ein anderer beigebracht, es mag der Patron gewesen sein. Der Patron hockte den ganzen Tag in seiner Bude und telefonierte, alle seine Geschäfte gingen über den Draht. Der Patron konnte mit Steinen umgehen, auch mit dem Wort.

Und als nun Martini seine Vorführung beendet hatte, sollten wir es neuerdings probieren. Die Arbeiter schauten immer noch zu, verloren aber langsam das Interesse. Wir stapften also vorsichtig um den Block herum und untersuchten ihn. Wir konnten sehen, daß jeder größere Stein sozusagen ein eigenes Nervensystem besitzt, aber jeder ein anderes. Und diesen einen Punkt, auf den es ankam, konnten wir nicht finden. Und weiter strömte der Schweiß.

Die Steinbrucharbeiter gaben das Zuschauen auf und machten sich an ihre eigenen Blöcke. Sie trieben uns nicht an, billigten es schweigend, daß wir nach zwei Stunden völlig erledigt waren und keine Hilfe mehr für sie. Das mußten sie gewußt haben. Das mußten sie schon anfangs erkannt haben, als sie in unsere Gesichter und auf unsere Hände schauten. Aber sie hatten vielleicht darauf gewartet, daß unser Stolz erwachen würde. Gewiß dachten sie das nicht, sie denken nicht, daß sie stolz sind, sie sind es einfach. Sie warteten darauf, daß sich der Fremde schließlich würdig verhält und sich nichts schenken läßt. Denn niemand in der Welt hat mehr Würde als der Mann, der den Stein zerbricht.

Und selbst wenn wir Martini gefragt hätten, wie findet man nun diesen einzigen schwachen Punkt? Er wäre in die größte Verlegenheit geraten, kein Mensch kann sagen, wie man den Punkt findet. Und nun bin ich wieder bei dem Bild mit dem Koffer angelangt, aus dem Koffer mit dem doppelten Boden kann der Zauberkünstler drei lebende Kaninchen hervorzaubern, sein Trick ist zu durchschauen. Um aber aus dem Stein alles herauszuholen, braucht man Jahre, und dann kann man nicht mehr sagen, wie man es macht!

26

Wir waren zu dritt, Moritz Lederer, Joschko und ich. Wir schlichen uns nachts zum Bahnhof von Narbonne. Wir kamen von der Abbaye de Valmagne, wo wir drei Wochen lang bei der Weinernte gearbeitet hatten. Vorher eine Woche im Steinbruch, ein Versuch der Lagerleitung von Agde, der fehlgeschlagen war. Steineklopfen war nichts für uns, aber bei der Weinernte hatte jeder schon seine Erfahrungen. Eines Tages, während der Ernte, erfuhren wir, daß eine Kommission der Deutschen sämtliche Internierungslager in der unbesetzten Zone aufsuchte, um den Nazis verdächtige Personen zu finden, Schriftsteller, Gewerkschafter, Kommunisten. Laut Waffenstillstandsabkommen vom Juni 1940 war die französische Vichy-Regierung verpflichtet, von den Deutschen gesuchte Personen auf Verlangen auszuliefern, was sie in vielen Fällen auch tat.

Wir hockten schon zwei Stunden in einem Geräteschuppen auf dem Rangierbahnhof von Narbonne, wir mußten vorsichtig sein und wußten nicht, ob vielleicht eine Polizeistreife den Bahnhof bewachte. Lederer war drüben gewesen und hatte herausgefunden, daß ein Zug, der um zwei Uhr früh an der Station hielt, in Richtung Lyon fuhr, wir mußten in Valence umsteigen und in Richtung Grenoble und Annecy fahren, um an die Schweizer Grenze zu gelangen, und dann über die Berge gehen. Selbstverständlich getrennt, jeder für sich allein. Wir hatten noch eine halbe Stunde Zeit bis zur Abfahrt des Zuges, hatten viel geredet, hatten uns beraten und darüber diskutiert, wie man sich verhalten sollte, um nicht den überall an den Stationen wachenden Gendarmen und den Boches in die Hände zu fallen, und welche Stelle wohl die günstigste sein mochte, um über die grüne Grenze zu gehen.

Es war dunkel im Schuppen, wir hockten auf einem Bretterstapel, man konnte sich sogar ein wenig ausstrekken. Wir hatten uns die Müdigkeit mit Zigaretten vertrieben und mit frisch gepflückten Weintrauben, von denen jeder einen Beutel voll als Proviant mitgenommen hatte. Wir konnten gerade noch die Umrisse unserer Gesichter sehen und darin forschen – wie nahm es der andre auf? Eine Art Fieberrausch der Befreiung hatte uns erfaßt, als wären wir bereits gerettet. Aber wir wußten auch, wie fragwürdig das war. Wir rechneten mit zwei oder drei Tagen bis zur Grenze, dann mußten wir wohl zu Fuß über die Berge gehen. Wir rauchten gierig die letzten Zigaretten, die wir hatten, machten Witze, schwelgten in Zukunftsträumen, ein verzweifelter Versuch, uns Mut zu machen, sich selber zu beweisen, es lohne sich, alles zu riskieren, das Leben war schön! Aber dann breitete sich ein tiefes Schweigen aus, und wir lauschten hinaus, bis wir den Zug hörten.

Und dann fuhr der Zug langsam ein, jeder sollte in einen anderen Waggon einsteigen. Wir drückten uns noch einmal die Hände, umarmten uns kurz, dann ging jeder seines Wegs.

Jetzt aber überspringe ich einfach die Geschichte dieser Flucht, o ja, es würde sich schon lohnen, sie zu erzählen, verschiedenartige Begegnungen mit Menschen, auch mit einem Uniformierten der Garde mobile, der mich laufenließ, aber mich drängt es, zum Ende zu kommen, drum machen wir es kurz, es ist zu beschämend. Ich gelangte während eines schweren Gewitters in die Schweiz und meldete mich nach einem gefährlichen Abstieg von einem Berghang bei der Schweizer Polizei. Völlig durchnäßt, frierend, aber in wunderbarer Stimmung und in dem naiven Glauben, gerettet zu sein, weil es mir unterwegs gute Leute empfohlen hatten, ging ich geradewegs zur ersten Polizeistation, die ich in der Vorstadt von Genf finden konnte. Man wird Sie dabehalten – so hatten es mir mehrere Leute unterwegs gesagt –, die Schweizer sind gute Menschen, sie werden Sie vielleicht in ein Flüchtlingslager bringen, aber Sie werden bis zum Ende des Krieges geborgen sein! – Aber ich glaubte, bei den Nazis gelandet zu sein, ich wurde wie ein Verbrecher behandelt und mit anderen Flüchtlingen, die in dieser Nacht über die Grenze gekommen waren, in eine Zelle gesperrt. Wir wurden kurz und äußerst grob verhört und mußten die Nacht in einem Keller verbringen, ohne Decken und ohne Stroh, auf dem nackten Steinboden. Am nächsten Morgen wurden wir von Schweizer Polizisten buchstäblich beim Kragen gepackt und in einen Wagen geworfen. Alles, was wir noch an persönlichen Sachen hatten, auch Dokumente, behielten sie zurück. Sie brachten uns, mit Handschellen, zurück an die französische Grenze und übergaben uns dort der Garde mobile. Nach einer schwer zu beschreibenden Reise – sieben Mann an einer Kette –, gelangten wir nach Perpignan und nach Rivesaltes, in das große Barackenlager. Rivesaltes war eines der großen Sammellager der französischen Deportation. Zehntausend fuhren von dort nach Drancy bei Paris und schließlich nach Auschwitz und Treblinka in den Tod.

Und wie sollten alle diese Menschen sterben?

Wenn sie nicht gleich in die Gaskammern kamen, starben sie an Hunger und Erschöpfung. An Tuberkulose und Typhus stirbt der Mensch, an Verzweiflung und Dreck. Der Mensch stirbt allein, er stirbt eingezwängt zwischen Hunderten, aber er ist verlassen, niemand wird ihn trösten, keiner wird ihm einen Schluck Wasser reichen, wenn er mit letzter Kraft lispelt – Wasser, Wasser, denn es gibt kein Wasser. Wir haben gesehen, wie die Deutschen Männer, Frauen und Kinder aus den Häusern holten, sie mußten sich auf den Boden legen, in den Schnee, und darauf warten, bis sie erschossen wurden. Der Mensch stirbt an den Schlägen, die ihm rotwangige deutsche Jünglinge mit dem Gewehrkolben versetzen, sie stehen herum, in ihren schmucken Uniformen, während sie Zigaretten rauchen und lachen, und sehen zu, wie du fällst und stirbst. Aber die meisten Menschen starben auf dem Transport, und es gab ständig Transporte, Hunderttausende Männer und Frauen, Menschen, in Viehwaggons oder zu Fuß, von einem Lager zum andern, quer durch die liebliche deutsche Landschaft, denn überall werden Sklaven gebraucht. Vom Gummiwerk in Buna, der Firma IG Farben, zur Zellwollefabrik Phrixa im Riesengebirge und wiederum nach einem langen Marsch zum Bauplatz einer Elektrizitätsfabrik, nahe bei Beuthen. Dort werden die Leute erschöpft ankommen, vielleicht ein Viertel der Mannschaft unterwegs liegengeblieben und erschossen, und die Firmenleitung wird sich beschweren und weitere zweitausend Juden anfordern, um sie durch Arbeit zu vernichten. So stirbt der Mensch in diesem gepriesenen Land der Dichter und Denker, wie hörte ich manch einen sagen: Wenn Christus wiederkäme, würden sie ihn ins Judenlager stecken und mit der Schaufel erschlagen oder bis zum Zusammenbrechen Steine schleppen lassen!

Und so starb einer von uns, sie nannten ihn Jossip der Feuerschlucker. Weil er nämlich die Lagersuppe fast kochend hinunterschlucken konnte, was ringsherum Staunen hervorrief. Wenn wir nach der schweren Arbeit ins Lager kamen und Essen faßten, dann aber plötzlich wieder zum Appell gerufen wurden, da verschütteten einige Unglückliche vor Schreck den Napf. Und du bist verloren ohne diese Suppe. Du wirst den morgigen Tag nicht überstehen. Andere kippten die Brühe in ihre Mütze und rannten los zum Appellplatz.

Warum rief der Oberscharführer spätabends noch einmal zum Appell? Weil sie vielleicht beim Zählen der hereinkommenden Gefangenen einen übersehen hatten, Ordnung muß sein! Und es wurde neuerlich gezählt und wieder gezählt, manchmal mußten wir viele Stunden lang stehen, im Wind, im Regen oder Schnee, bis der Fehler geklärt war. Daß heute vielleicht zehn Männer bei der Arbeit gestorben waren und eben wieder sechs beim Stehen auf dem Appellplatz umfielen, spielte keine Rolle, wenn nur die Rechnung stimmte. Die Zellwollefabrik zahlte pro Mann und Tag einen Lohn an das Lager, einen Pfennig-lohn, aber Genauigkeit ist eine deutsche Tugend! Und während die ersten Männer vor Erschöpfung, Hunger und Kälte zusammenbrachen und auf dem gefrorenen Boden liegenblieben, zählten die Gestiefelten weiter, angetan mit ihren weißen Lammfellmänteln. Einige von uns brachten es fertig, stehend zu schlafen. Andere hatten die Suppe aus der Mütze geschlürft, wobei die Hälfte übers Gesicht rann und die Häftlingskluft bekleckerte und nasse Flecken hinterließ, die bald zu Eis erstarrten. Einige hatten sich beim Hinauslaufen das Maul verbrannt. Nur Jossip hatte seine Suppe klaglos geschluckt.

Jossip war stark, er war einer von jenen, wie wir dachten, welche diesen Winter und die deutsche Gründlichkeit bestehen würden. Er wirkte in seiner Kraft manchmal wie ein Berber, ein Wüstensohn, war aber nur ein türkischer Jude aus Paris, ein Marktfahrer, einer von einer Gruppe von Händlern, die in Drancy zu unserem Transport eingeteilt worden waren. Breite Schultern, braun und gegerbt das Gesicht, schwarzes, struppiges Haar, die dunklen Augen von Wachsamkeit zusammengekniffen. Und doch sagte er eines Tages bei der Arbeit zu mir, es war ein eisiger Tag im März 1943, da sagte Jossip ganz ruhig: Du wirst sehen, Chawer, in einer Woche wirst du mich finden tot! – Es war fünf Uhr nachmittags, ich konnte die Uhr drüben am Bahnhof sehen. Und das ist schon die ganze Geschichte. Eine banale Geschichte, denn der Tod im Lager, was war das schon.

Nun aber war Jossip genau nach einer Woche wirklich

tot. Ein Mittwoch war es wieder, ich erinnere mich genau, wer würde so etwas vergessen. Um fünf Uhr nachmittags legt er sich hin und stirbt. Auf dem Holzplatz der Zellwollefabrik Phrixa, im Riesengebirge. Heute frag ich mich, wie war das möglich, wie konnte Jossip die Stunde seines Todes wissen? Und immer wieder, wenn ich daran denke, in all den Jahren, finde ich eine andere Erklärung. War er denn ein Zaddik, ein Weiser und ein Prophet? War er vielleicht ein Rabbi und Kenner der mystischen Zahlensysteme der Kabbala? Nein, sagte ich mir schließlich, er hat nicht gewußt die Stunde seines Todes – aber er hat den Tag und die Stunde selbst bestimmt! Man muß nur wissen, wie die Menschen gestorben sind, nicht nur gepeinigt und gequält der Körper, auch gedemütigt und geschändet der Mensch und das Leben in ihm, ehe man ihn tötete.

Der Tod war Erlösung; sich ihm hingeben, sich fallenlassen, diese Verlockung war groß. Jossip, der Feuerschlucker, ein Mann, der ziemlich lustig sein konnte und gern Witze riß, über andere und sich selbst, der uns viele groteske Geschichten erzählt hatte über das abenteuerliche Leben auf den Wochenmärkten zwischen Paris, Pontarlier und Bordeaux, er hatte mit Kleidern gehandelt – hat er nicht damit, daß er das Wagnis beging, noch eine Woche zu überleben, als er das Ende schon spürte, wie es ans Herz griff, hat er nicht damit gesiegt, verwandelte sich in einen freien Menschen, mitten unter Sklaven, träumte noch einmal den Traum der Freiheit, indem er sich selbst dem Tod ergab, dem Erlöschen, genau zu der Stunde, die er bestimmt hatte!

27

Nachts an einem Schloß vorbei, wo du im Schneeregen zwei Fenster leuchten siehst, wie Augen, trotz Krieg und Verdunkelung; auch in den Häusern der kleinen Stadt, durch die wir nun marschieren, sind vereinzelte Fenster hell, kurz vor Tagesanbruch, dort sind eben die Menschen erwacht, machen sich fertig für den Arbeitstag, aber leuchteten sie wirklich, war es nicht bloß ein matter Kerzenschein, und du siehst es in der Erinnerung, jedes kleinste Licht siehst du als Leuchtfeuer, das flimmernde Licht im eisigen Schneeregen, der dich alles verschwommen sehen läßt und verklärt, Licht in der Wüste und der Verlorenheit der Welt.

Nachts an Mietshäusern vorbei, dort liegen Menschen in richtigen Betten und schlafen, vielleicht blickt da und dort jemand durch das milchig beschlagene Fenster, hinter dem Vorhang versteckt, er soll es nicht sehen, niemand soll es gesehen haben, bis heute ist es nicht erwünscht, daß es jemand gesehen hätte!

Und wir marschierten in Formationen, vielleicht tausend Gefangene, in Blöcken zu sechs in einer Reihe oder zu vier, wenn wir durch eine Stadt kamen. Ich weiß noch, wir sind 1942 um die Weihnachtszeit durch Breslau marschiert, ein andermal durch Beuthen oder Gleiwitz und durch andere Städte, später auch durch Weimar, zweimal sind wir durch Weimar marschiert, sogar bei Tag. Durch Weimar kamen täglich Transporte, und sie haben uns gesehen, nicht alle Weimarer haben weggeschaut. Wir haben unsere Sterbenden und Toten getragen, die Blutstraße hinauf nach Buchenwald haben wir sie getragen, manchmal an Kirchen vorbei oder über einen schönen Platz, wo alles ins Stocken geriet, wo alles schwieg. O ja, auch wenn man den Kopf wegdrehte, mußte man es hören, das Scharren der Holzpantinen auf dem nassen Pflaster, das Trippeln wie von einer großen Herde Vieh, auf dem Weg zum Schlachthaus. Und sonst nichts. Und niemand schrie, wenn er gerade zusammenbrach. Sie schwiegen. Waren bereits verlöscht. Hatten aufgehört, menschliche Laute von sich zu geben.

Und dann das Licht im Schneeregen, das du nicht vergessen kannst, aber vielleicht ist es bloß die vage Erinnerung an das flackernde Licht des Lebens, wenn ringsum geschossen wurde, sie schossen auf jene, die nicht mehr marschieren konnten, nicht mehr den Fuß heben konnten, Schritt für Schritt, und nur wenn wir durch eine Stadt gingen, schossen sie nicht, trat Ruhe ein, dann hieß es, die Niedergefallenen zu tragen, zu schleppen, egal wie, bis wir selbst fielen.

Die meisten Häftlinge latschten vornübergebeugt, das Gesicht dem Boden zugewandt und untergetaucht in der Agonie des Leidens, das schon zu lange dauerte und keine Hoffnung ließ. Sie schleppten sich nur noch dahin, angetrieben von den geifernden, haßerfüllten Rufen der SS-Posten. Wahrscheinlich mußte man hassen. Man mußte hassen, um die innere Stimme, falls es noch eine gab, zu betäuben.

Die Gefangenen träumten noch im Gehen, der Traum ist die Nahrung jeglichen Lebens, und in einigen von uns regte sich der lebendige Geist in Fiktionen, in starken Bildern von Landschaften und Gesichtern. Und du siehst das kleine Haus in der südlichen Landschaft, die du liebst, die nicht mehr so ist, wie sie wirklich war, die sich in deinem Kopf zu einem Bildnis geformt hat, das dich für Sekunden in Entzücken versetzt, wenn du die Augen schließt. Und wenn du sie wieder öffnest, kannst du jenes Mietshaus, an dem ihr vorübergeht, aufbrechen und darin das Leben erblicken, Mädchen, die Wäsche aufhängen, Eltern und Kinder bei Tisch, Menschen in weißen, warmen Betten, die kleinen, unbezahlbar kostbaren Dinge des Lebens, das wahre Leben, das dir zu einer mystischen Dimension geschmolzen ist.

In jedem von uns leuchtete solch ein Fenster der Erinnerung, jeder lebte noch einmal in der Phantasmagorie seines vergangenen Lebens. Ich war jung und konnte Strapazen leichter ertragen als viele der älteren Männer, die vielleicht aus einem guten und verwöhnten Leben gerissen worden waren. Ich war noch erfüllt von der Schönheit der vergangenen Monate, war noch trunken von meinem Glück, die Menschen des Baalbek arbeiteten in mir, das Hotel war mir eine innere Welt geworden, ein Universum, eine Schaubühne, auf der ich die Figuren weiterreden hörte. Ich dachte an Katjas Schönheit, an Lilys Zärtlichkeit und erglühte immer wieder von einer verborgenen Kraft.

Ich weiß heute nicht mehr, auf welchem Marsch es war, auf welchem Transport von einem Lager zum andern, als jener alte Mann zu uns trat, ein Russe, ein Sibirjak; wir waren drei oder vier junge Männer, die nebeneinander trotteten, sich gegenseitig stützten und schwiegen, vielleicht schon gezeichnet von Erschöpfung und Untergang.

Warum laßt ihr den Kopf hängen, beugt den Nacken, muß er wohl gesagt haben, ich weiß es nicht mehr genau, sehe nur noch das unvergeßliche Bild dieses Menschen, seine schmale Gestalt, drahtig und ungebrochen; warum schleppt ihr euch so elend dahin, sagte er, wer nachgibt, wer sich krümmt und die Haltung verliert, ist verloren!

Und hat dabei gelächelt, ganz leichthin hatte er es gesagt, ein alter russischer Bauer vielleicht, ein Weiser? Ich habe zwanzig Jahre lang versucht, mich an seinen Namen zu erinnern, den Wortlaut seiner kurzen Rede in meinem Gedächtnis wieder erstehen zu lassen, wie er es gesagt haben mochte; zurückgeblieben ist nur ein vages Gefühl für einen bestimmten Ausdruck in seinem starken Gesicht, ein Gesicht wie aus Erz, mit mongolischem Einschlag. Und was er zu uns sagte, so scheint es mir heute, muß wie eine Droge auf mich gewirkt haben. Man fand immer zwei oder drei

Typen unter den Hunderten von völlig verwahrlosten Gefangenen, die dich durch ihre Gestalt, durch ihre Haltung überraschten, an denen du dich aufrichten konntest. Und ich versuche nun eine Essenz daraus zu ziehen, eine Art Formel, aus langer bitterer Erfahrung gekeltert: Leben ist immer ein Balanceakt, eine Wellenbewegung zwischen den Extremen. Das lebendige Leben ist eine Mischung aus Spannung und Lockerung in ständiger Wechselwirkung, die du nie unterbrechen darfst. Denn Spannung ohne Lokkerung ist Krampf, und Lockerung ohne Spannung wäre Schlaffheit. Leben ist ein polares System, ein Paradox, ein Kreisel, ein Widerspruch in sich, nur aus dem Widerspruch und der Bewegung schöpft es seine Kraft. Stehenbleiben auf dem Marsch und sich beugen wäre der Tod, lege beim Gehen etwas Spannung in die Schultern und richte dich auf. Dann wieder lockerlassen und die leichte Spannung in die Beine verlegen und wieder zurück, und so in ständigem Wechsel. Aber erhalte dir eine unbewegte Mitte, und was immer geschieht, was immer du in Verzweiflung tun wirst, diese Mitte wird dir die Quellen unbekannter Energien eröffnen und dir den Atem geben zu widerstehen!

Das große Thema der Bibel und der Menschheitsgeschichte, es war schon die Rede davon, ist der Auszug der Juden aus Ägypten, wo sie Sklaven waren. Der große Marsch durch die Wüste und wie sie Manna sammelten, das vom Himmel fiel, aber immer nur für einen Tag, weil es ihnen sonst in den Händen verfaulte. Und die Feuersäule nachts, die den Weg zeigte, und tagsüber die Wolke. Wohin führte sie die Wolke? Ins Gelobte Land, das Land, in dem ewiger Frieden herrscht und Milch und Honig fließen.

Welch eine Herausforderung ist dieses Bild für den menschlichen Geist und all seine potentiellen Kräfte, als eine unendliche Bewegung einem Ziel entgegen, das nie erreicht werden kann.

28

Doch wir wollen nicht zu lange abschweifen, ich befinde mich in meinem Hotelzimmer, in der Rue Marignane, und blicke, während ich auf Sascha warte, aus dem Fenster, über die Dächer hinweg. Wie immer habe ich ein kleines Zimmer im sechsten Stock genommen, ein Turmverlies, ein Beobachterposten, den ich nicht missen mag; denn du kannst von hier eine fremdartige Welt aus Dachschrägen, Feuermauern und dunklen Hinterhöfen betrachten, kannst auf das Wesen der Bewohner dieser alten Häuser Schlüsse ziehen, meist kleine Leute, kannst ihren Mut, ihre Verzweiflung ahnen, ihren Hang zur Improvisation bewundern, zu Veränderungen und Brechung des Raumes, zu einer manchmal abenteuerlichen Gestaltung ihrer privaten Umwelt, die bis in die Bodenkammern wirkt. Da ein aufgesetztes Atelier, dort ein zwischen schiefen Mauern und Ornamenten versteckter, mit Pflanzen wild umwucherter Balkon, und all das in jener bizarren Schönheit der Dächerlandschaft von Paris.

Auch Sascha ist umgezogen, weil unser kleines Hotel in der Rue Saint-André-des-Arts verkauft und restauriert werden soll; sie werden ein verdammtes Touristenhotel daraus machen, mit rotem Plüsch und doppelt so hohen Preisen. Für Sascha war der Umzug eine mittlere Katastrophe, mit all seinen Geräten, Büchern und Kisten voll Material, aber er lachte dazu: Du entdeckst plötzlich den Schimmel an den Koffern und den Schimmel im Kopf, jeder Aufbruch rettet dich vor dem Sumpf!

Ich hatte ihn erwischt, ich hatte Sascha dabei erwischt, wie er seine gesamte private Post und alle schriftlichen Erinnerungen vernichtete. Es war an dem Tag, als ich in Paris angekommen war. Ich hatte mich bereits im Hotel Marignane einquartiert, aber Sascha war noch beim Packen. Ich entdeckte ihn in seinem Zimmer in der Rue Saint-André-des-Arts, wie er mitten zwischen seinen verstaubten Kartons und Kisten saß und alles herausnahm, nur manche Briefe oder Fotos kurz betrachtete, das Zeug zerriß und in Jutesäcke stopfte, um diese dann in den Heizungskeller des Hotels zu schaffen. Ich war verblüfft, ich ahnte noch nicht, was es zu bedeuten hatte. Wie immer begrüßten wir uns trocken und spöttisch, als hätten wir uns erst gestern gesehen; Sascha haßte jede Sentimentalität wie die Pest. Und ich merkte eine Veränderung an ihm, schaute ihm eine Weile zu, wie er tabula rasa machte, ich betrachtete mehrere alte und ausgebleichte Fotos, die ihn mit seinen Eltern zeigten oder als Student in Berlin und Wien, auch einige Bilder aus der Zeit in Marseille, wo ich ihn kennenlernte. Und als ich ihn bat, mir ein paar Fotos als Erinnerung zu überlassen, riß er sie mir aus der Hand. Wozu? sagte er barsch. Und stopfte sie mit anderen zerfetzten Bildern in den Sack. Ich verstand nicht, fühlte mich wie von einem eisigen Wind berührt, ich versuchte in seinem Gesicht zu lesen, was es zu bedeuten hatte.

Er hatte sich entschlossen, sein Gepäck vor dem Umzug auf ein Minimum zu reduzieren, was nur vernünftig war. Aber nun fing er mit seinen persönlichen Dokumenten an? Auch Tagebücher und Stöße vollgeschriebener Hefte riß er auseinander, ohne Zorn. In seinem Gesicht, in seinem Gehabe erkannte ich nur eine müde Entschlossenheit, aber nicht etwa den heiligen Zorn des Fanatikers, der sich selbst verbrennt. Und doch schien es auf den gleichen Effekt abzuzielen. Sascha machte Generalinventur, eine totale und erbarmungslose Abrechnung mit seinem Leben. Du mußt alle Spuren verwischen, sagte er sarkastisch lächelnd, als er meinem fragenden Blick begegnete. Er mußte an einem Punkt angelangt sein, an dem er die Weichen stellte – ins Nichts. Aber ein Vorgang, der ihm offenbar Genugtuung verschaffte, als ob's ein neuer Anfang wäre. Ich spürte, daß dies ein Punkt war, wo die Sprache versagt und jedes Wort vergeblich ist.

Ich half ihm dann bei der Übersiedlung, half ihm, sich neu einzurichten, mit weniger Sachen in einem größeren Raum, und da sagte er diesen Quatsch mit dem Schimmel an den Koffern und dem Schimmel im Kopf. Jeder Aufbruch rettet dich vor dem Sumpf, hatte er gesagt. Aber war es denn ein Aufbruch? Wollte er mich nur beruhigen und mit seinem gewohnten Spott irreführen? – Er reiste danach für eine Woche nach Berlin, und ich fuhr nach Aix und Marseille. Als er zurückkam, zeigte er sich begeistert, war aber grau im Gesicht, und ich merkte mit einiger Besorgnis, wie sehr er abgemagert war, er war nur noch Haut und Knochen.

Ich habe ihn vor einer Stunde unten auf dem Boulevard gesehen, inmitten hübscher junger Mädchen und Burschen, eine Gruppe deutscher Studenten, er hatte sie auf der Fahrt nach Paris kennengelernt und sich ihrer quasi als Fremdenführer angenommen. Warte auf mich im Hotel, hatte er lachend gerufen, ich komme in einer halben Stunde, ich habe eine Überraschung für dich!

Er wirkte zerstreut und gequält, trotz der Heiterkeit, und ich wußte bereits, was diese Überraschung war, er hatte es mir heute früh beim Frühstück gesagt, hatte er es denn vergessen? Sascha hat einen Wink bekommen, von Freunden hatte er eine Adresse bekommen, von einer Gruppe ehemaliger Mitglieder der Résistance; sie haben sich auf einer kleinen Insel bei La Rochelle zurückgezogen, unter ihnen vermutlich Katja!

Sein Gesicht war von Schmerz verzerrt, als er es mir sagte, er ließ auch sein Frühstück stehen, schluckte nur hastig eine Tasse Kaffee und rauchte gierig eine Zigarette. Seit dem vorigen Jahr war er sichtlich gealtert, das Gesicht wie Leder, die Lippen zusammengepreßt, der Rücken gebeugt. Er sagte, er habe in den letzten Nächten mehrere Anfälle furchtbarer Krämpfe durchgemacht. Als ob du ein Messer im Rücken stecken hast und jemand dreht daran!

Und dann lenkte er sofort ab, du solltest nicht lange überlegen und hinfahren und sehen, ob es wirklich Katja ist. Sie heißt jetzt Madame Kahane, nach ihrem Mann, ein jüdischer Maler, angeblich ihr dritter Mann. Ich würde mit dir fahren, wenn ich könnte, ich verfolge ihre Spuren seit Jahren …

Und ich würde an deiner Stelle zu einem Arzt gehen, sagte ich. Ich betrachtete ihn unauffällig, da war ein Zug stiller Verzweiflung um seinen Mund, der mich befremdete. Aber er klagte nicht. Er klagte nie, ich hatte ihn niemals jammern oder über sich selbst und seine Probleme reden gehört, niemand von seinen Freunden hatte Zugang zu seiner inneren Welt.

Ich war bereits entschlossen, nach La Rochelle zu fahren, es kam meinen Absichten entgegen. Ich hatte eine neue Arbeit begonnen und hatte seit langem vor, die Normandie und die Bretagne wiederzusehen, ich hatte dort vor dem Krieg schöne Tage verlebt. Und ich liebte diese Landschaft, ich träumte von den tiefen Wäldern und den mattgrünen Weiden der Normandie, von der gezackten Küste der Bretagne; die hübschen kleinen Fischerhäfen wollte ich besuchen, um mich zu entspannen, vielleicht auch um den Hintergrund für meine neue Erzählung zu entdeckten. Und wenn ich tatsächlich Katja wiederbegegnen sollte – ich glaubte es nicht, im Innern glaubte ich nicht daran –, wie würden wir uns erkennen, nach mehr als zwanzig Jahren? Ich versuchte mir ihr Gesicht vorzustellen, sie mußte beinahe fünfzig sein!

Ich würde zu einem guten Arzt gehen, sagte ich zu Sascha, der, anstatt sein Croissant zu essen, wie besessen eine Zigarette nach der andern rauchte und dabei mehrere deutsche Zeitungen durchwühlte. Mit solchen Schmerzen geht man am besten in eine Klinik und läßt sich gründlich untersuchen!

Er schien es nicht zu hören, er suchte in den Zeitungen,

er hatte mir von einem Prozeß gegen acht Österreicher erzählt, sie hatten Tausende Menschen in Gaswagen ermordet, das Urteil war in diesen Tagen zu erwarten. Ich hatte das seltsame Gefühl, wenn ich Sascha betrachtete, ich hatte das Gefühl – du siehst ihn heute zum letztenmal!

Jeder hat manchmal solch verschwommene Gefühle, aber sie können täuschen. Und ich täuschte mich, ich sah ihn wieder, drei Wochen später sollte ich ihn wiedersehen, im Krankenhaus von Vincennes. Und es war Lungenkrebs. Sein Körper war bereits voll von Metastasen, wie ich später erfuhr. Und es stand in seinem Gesicht geschrieben, der Tod stand in seinem Gesicht. Als er mich sah, lachte er und bat mich, ihm ein Päckchen Zigaretten zu besorgen.

Der Arzt hat gesagt, ich darf wieder rauchen, soviel ich will!

Aber zurück zu jenem Vormittag im Hôtel Marignane, es war September, Paris glühte von Leben, und wir waren beide außerordentlich erregt, genossen unsere gemeinsamen Spaziergänge die Seine entlang, erfreuten uns an dem silbernen Licht der Stadt, freuten uns an uns selbst. Er war besonders aufgekratzt, weil er gerade von Berlin kam. Sofort nach der Übersiedlung war er für einige Tage nach Berlin gefahren; und ich hatte in der gleichen Zeit eine Woche in der Provence zugebracht und war noch benommen von dem Duft der Pinienwälder am Meer, war voll von starken Bildern. Sascha fuhr jedes Jahr mehrmals nach Berlin, um Freunde zu besuchen, und er kam immer äußerst angeregt zurück.

Was für eine Jugend, schwärmte er, es sind heute ganz andere junge Männer, sie stehen nicht mehr stramm. Und was für schöne Mädchen. Die deutschen Frauen gehören zu den schönsten der Welt!

Und wenn ich ihn frage, warum bleibst du nicht dort? Hast du denn niemals daran gedacht, nach Berlin zurückzugehen? Dann schweigt er, und seine Augen bekommen einen Ausdruck von Abwesenheit, auch ein wenig Verachtung für mein Unvermögen, ihn zu verstehen.

Weißt du, sagt er dann, niemand hat diese Frage so gut und so gründlich beantwortet wie Joseph Roth: In Berlin falle ich auf. Es ist in Deutschland fast unmöglich, nicht aufzufallen. Aber hier in Paris erlebe ich die süße Freiheit, ich selbst zu sein, ohne daß es jemand bemerkt. In Deutschland sind wir gezwungen, irgend etwas zu repräsentieren. Wir sind gezwungen, Farbe zu bekennen, und nicht eine beliebige, sondern eine aus der offiziellen Farbskala! Es ist das Kennzeichen der engen Welt, daß sie das Undefinierbare verdächtigt. Es ist das Kennzeichen der weiten, daß sie mich gewähren läßt …

Du denkst, sie sind immer noch eingefleischte Antisemiten?

Ich denke das nicht, die Deutschen sind keineswegs schlechtere Menschen als die Franzosen oder die Engländer oder als irgendein anderes Volk in der Welt. Und Antisemiten gibt es überall. Aber ich weiß nicht, wie sie sich verhalten würden, wenn ich auf der Straße angegriffen werde. In Deutschland und Österreich, wenn einer ruft – der Jude muß raus! –, rührt niemand einen Finger, wir haben es oft erlebt. In Frankreich stehen alle auf und gehen hinaus.

29

Seltsamerweise hatte ich den Tod in seinem Gesicht gesehen, aber nicht daran geglaubt, an jenem Vormittag im Marignane. Wir lachten viel und erinnerten uns vergnügt an das Baalbek, und erst viel später, als ich an jene Stunden dachte, und es waren meine letzten Stunden mit Sascha, erst später erinnerte ich mich an die Zeichen der Vernichtung in seinen Zügen. Er war sichtlich krank, schwer krank, aber ich dachte, er würde leben. Er redete emphatisch von den alten Zeiten, erzählte chaotische Geschichten von den Baalbekmenschen im Widerstand, von unseren Freunden redete er, von denen nur noch wenige lebten. Er redete ein wenig irr, hatte ich den Eindruck, wiederholte sich ständig, vergaß, was er schon gesagt hatte, aber ich tröstete mich mit dem Gedanken, daß ich das ja kannte, wann hatte er nicht irr geredet? Immer wenn wir in einer kritischen Lage waren, kam der Prediger, der Schwarzseher aus ihm heraus, und er verspritzte Sarkasmus und Spott. Ich erinnere mich deutlich an das vage Gefühl – du siehst ihn heute zum letztenmal, aber im nächsten Augenblick verdrängte ich dieses Gefühl, er wird nicht sterben, dachte ich! Er war ein lederner Typ und unverwüstlich, er würde leben und gewiß sehr alt werden, ein Mensch mit soviel rätselhafter Energie, mit soviel Haß und versteckter Liebe ... Auf einmal sah ich ihn, wie er war, er war eine verdammte Mischung aus Sarkasmus und Zärtlichkeit!

Plötzlich waren wir wieder im Baalbek, alles war wie damals, ständig kam jemand herein, um sich ein Buch zu leihen oder um Rat zu fragen, um ein paar Früchte oder belegte Brote anzubieten, oder jemand brachte einen Zeitungsartikel, den man sofort lesen mußte. Sascha hatte bereits geistige Verbindungen mit den Nachbarzimmern angeknüpft, und selbstverständlich war das wiederum ein Hotel, in dem verschiedene schräge Typen wohnten. Und Sascha tröstete sie, ermunterte sie, spottete, rüttelte die Schläfer auf, entfachte wilde Diskussionen, die sich im Kreis bewegten, entwickelte grandiose Ideen, um die Welt zu retten, zeigte jedoch gleichzeitig finsteren Skeptizismus, er redete in Gleichnissen, in Rätseln, zitierte Sartre und Camus, er glänzte von Gescheitheit und Witz, und dann klopfte es wiederum, und der Zimmernachbar brachte die heutige Zeitung. Voilà, das Urteil über die Gaswagenmörder war da. Es waren acht ehemalige SS-Männer, Österreicher, die Tausende Menschen auf grausame Weise umgebracht hatten, in geschlossenen Lastwagen, während der Fahrt hatten sie die Abgase des Motors ins Innere des Wagens geleitet, das voll von Gefangenen war. Aber die österreichischen Geschworenen sprachen die Täter frei. Aus Mangel an Beweisen. Die Beweise waren die Toten, irgendwo in den Wäldern Osteuropas verscharrt. Und die Zeugen, einige wenige Überlebende der Konzentrationslager, die man von weither geholt hatte, wurden vor Gericht verspottet und verlacht, wurden nicht ernst genommen, weil sie weinten und vor Erschütterung stotterten und ihre Aussagen dem Gericht nicht glaubhaft erschienen. Es waren alte und gebrochene Leute, doch die SS-Männer waren in bester Verfassung, sie stotterten nicht, beteuerten ihre Unschuld, und ihnen wurde geglaubt!

Wir gingen dann hinunter, Sascha hatte sich mit den jungen Deutschen in einer Brasserie verabredet, auf der Ile Saint-Louis, eine Gaststätte, wo man deutsche Spezialitäten essen konnte und wo wir uns an Kaßler mit Sauerkraut und Knödeln delektieren wollten. Und als wir die Treppe hinunterstiegen, hatte ich wieder das Gefühl, im Baalbek zu sein, denn unten im Foyer erörterte Sascha mit dem Hotelbesitzer ausführlich die heikle Frage, welch verheerenden Einfluß wohl die Bilder von Francis Bacon auf die jungen Maler von Paris haben würden, es hing nämlich ein Gemälde von Bacon im Schaufenster einer benachbarten Galerie, und wir standen öfter davor und erkannten in der menschlichen Gestalt, die dort wie eine einzige Wunde abgebildet war, die fürchterliche Zerrissenheit der Welt.

Und dann auf dem Weg zur Brasserie, dem Seine-Ufer entlang und an der Kathedrale von Notre-Dame vorbei, sagte Sascha unvermittelt: Weißt du, wir haben geglaubt – nach dem Krieg haben wir geglaubt, es würde alles anders werden, die Toten von Auschwitz hätten alles verändern müssen. Nichts mehr hätte so sein dürfen wie vorher. Das Wissen über Auschwitz würde die Menschheit reinigen vom Gift des Hasses, haben wir geglaubt. Aber es war eine Illusion. Und das ist der Wahnsinn unserer heutigen Zeit, daß es nicht so ist. Auschwitz ist nicht Vergangenheit, es ist noch gegenwärtig, Auschwitz ist heute dort, wo die Menschen hungern, wo Hunderttausende im Elend und vor Hunger sterben, und die Satten sehen es nicht, wollen es nicht sehen, die Welt sieht es nicht, so wie sie Auschwitz nicht sehen wollte!

Wir haben dann mit den jungen Leuten aus Berlin zu Mittag gegessen und hatten danach ein gutes und langes Gespräch, in einer offenen und herzlichen Atmosphäre. Einige von ihnen empfinden Scham, so wie wir Scham empfinden, sie schweigen, wenn wir von jener Zeit erzählen, ihre Augen drücken Mitgefühl und echtes Interesse aus, aber wir erkennen zum hundertsten Mal, niemand, der es nicht gesehen hat, kann es verstehen!

Danach holte ich meinen Koffer aus dem Hotel und fuhr zur Gare Saint-Lazare. Gegen acht Uhr abends gelangte ich nach La Rochelle. Die Nacht verbrachte ich in einem kleinen Hotel nahe dem Bahnhof.

30

Am nächsten Morgen saß ich unten im Foyer des kleinen Hotels beim Frühstück, und ich hatte mir einen Tisch beim Fenster gewählt, mit Blick zum Marktplatz, und hier, nahe dem Bahnhof, wo die Straße dicht bevölkert ist, hatte ich plötzlich das Gefühl, wieder in Marseille zu sein. Ich hatte jenes schwer zu beschreibende Gefühl, wie ich es damals im Baalbek öfter hatte – du bist eigentlich tot und siehst das lebendige Leben wie aus kosmischer Ferne, das helle

Licht erfüllt dich mit Glück, nichts in der Welt kann so berauschend sein wie das Tageslicht, das der Nacht folgt, dem Ausgelöschtsein … Der Widerschein ziehender Wolken auf den Dächern, die scharfen Konturen der Bäume in den Gärten, die Umrisse der Häuser, die schiefen Wände, vom Wetter zerfetzte Plakate, die Menschengestalten, alles blendet dich, schreckt dich, entzückt dich, die Frauen und Männer, die vorübergehen, schweigend oder ihre Umwelt betrachtend, sie erscheinen dir geradezu gespenstisch fremdartig, Detail für Detail, mit der Genauigkeit einer Vision. Ihre seltsam gezeichneten Gesichter, manche mit leerem Blick und papierener Haut, andere von Blut durchpulst, ein schönes, junges Mädchen, das selbstbewußt und in straffer Haltung, geradezu heiter-herausfordernd über den Fahrdamm stelzt, ein paar alte Männer mit ihren Hunden an der Leine unter den Bäumen am Straßenrand, und die Hausfrauen vor den Fischerständen, sie wühlen mit den Händen in den Kisten, in denen sich die Meerestiere im Todeskampf winden und krümmen …

Wenn du nach deinem Tod die Welt noch sehen könntest, würden dir die Lebenden wie Phantome erscheinen, sie sind aus Fleisch und Blut, sie atmen, und wissen nichts von sich selbst. Wie schön, über die Straße zu gehen, vor dem Bäckerladen stehenzubleiben und den Duft von frisch gebackenem Brot einzuatmen, in der Ferne hörst du das geschäftige Brummen eines Frachters, der auf Einfahrt in den Hafen wartet, das blecherne Scheppern und Klopfen aus der nahen Werft, das Gekreisch der Kinder, die sich dort drüben am Brunnen mit Wasser bespritzen, neben ihnen zwei Hunde, die gierig trinken. Und Sascha, wenn er jetzt neben mir säße, würde sagen: Was redest du, was faselst du, siehst du nicht, wie krumm die Alten gehen, ganz verbogen sind sie von Neid und Ignoranz, haben nie gelernt, sich aufzurichten, sich ihres Rückgrats bewußt zu werden. Sie leiden an Arthritis, schlechter Laune und unreiner Haut, die Männer haben es mit der Prostata und husten sich vom vielen Rauchen jeden Morgen die Seele aus dem Leib. Und sieh dir diesen Typ an, der den Kopf nicht mehr wenden kann, so verkalkt ist er schon, die meisten Leute sind vertrocknet und innerlich völlig verspannt und bekommen davon Krebs!

Sascha wird wohl recht haben, indem wir die Welt betrachten und wahrnehmen, gestalten wir uns selbst. Nichts ist uns jemals ohne große Anstrengung und ohne Verluste zuteil geworden, es fällt nicht vom Himmel, und doch empfängst du die wahren Schätze, nämlich die ganz kleinen ewigen Dinge, wenn du manchmal halb zerstört und besiegt am Boden liegst. Wie sagte Thoreau: Ein Mensch ist um so reicher, je mehr Dinge zu entbehren er sich leisten kann!

Ich bestell mir einen Kognak, das rundet den Kaffeegenuß und belebt die Sinne, ich werde aufstehen, zum Hafen schlendern und mich nach einer Fähre umsehen, die mich zu den Inseln bringt. Werde ich Katja finden?

Ich war schon am frühen Nachmittag auf der Insel angelangt, es ist eine kleine Insel wie hundert andere rings um die europäischen Küsten, mit einem kleinen Fischerhafen, der Häuserzeile ringsherum, zwei oder drei Urlauberhotels und vielen Viehweiden voll von Schafen. Madame Kahane zu finden war nicht schwer; nachdem ich zwei Stunden lang vergnügt herumgeirrt war und mir alles angesehen hatte, fand ich das kleine Haus, in einem Garten, hinter Haselnußsträuchern versteckt.

Von den Inselbewohnern erfuhr ich bruchstückweise die Geschichte von Madame Kahane, sie war offenbar bekannt und hoch geachtet. Sie hatte im Krieg in der Résistance gekämpft, hatte englische Flieger, die abgesprungen waren, durch die Wälder der Normandie und Bretagne zu den Verstecken der Maquisards geführt, hatte, als Bäuerin verkleidet, von englischen Flugzeugen abgeworfene Waffen durch besetztes Gebiet geschmuggelt und hatte, mit falschen Papieren ausgestattet, auf einem Flugplatz der Deutschen gearbeitet und Sabotage organisiert, war gefangen worden, die Boches hatten sie zum Tod verurteilt, aber das Kriegsende, kurz darauf, hatte sie gerettet. Jetzt lebte sie innerhalb einer Gruppe ehemaliger Widerstandskämpfer seit fünfzehn Jahren auf der Insel. Ich sah sie vor ihrem Haus, einem kleinen steinernen Bauernhaus, ganz nahe dem Meer. Sie fütterte gerade ihre Hühner, sie redete mit den Hühnern, redete aber auch mit ihrem Mann, der nicht aus dem Haus kam, war er krank? Die Frau teilte ihm wortreich mit, wie sich die einzelnen Hühner verhielten, sie hatten Namen wie Menschen, über ihr Gezanke und den Futterneid machte sie Mitteilung und übersetzte dem Mann – Max, hörst du zu? –, übersetzte ihm das Gegacker, wenn ein junger Hahn einer alten Henne das Futter stahl. Ihre Berichterstattung klang äußerst heiter und selbstzufrieden, so daß man annehmen konnte, diese Leute fühlten sich in ihrer freiwilligen Eremitage recht wohl. Als sie mich erblickte, hörte sie mit dem Füttern nicht auf, da waren noch drei Kaninchen und zwei Ziegen zu versorgen. Sie beantwortete freundlich meinen Gruß, und als ich ihr sagte, ich sei gekommen, um sie über ihre Tätigkeit in der Résistance zu befragen, streifte sie mich mit einem kurzen, prüfenden Blick, den ich offenbar bestanden hatte, denn sie rief sofort ins Haus:

Max, willst du nicht herauskommen, hier ist jemand, der mit uns reden möchte!

Es war nicht Katja, und ich hatte es gewußt, daß ich sie nicht finden würde, aber es war eine von den vielen Unbekannten, die ihr Leben damals im Kampf gegen die Nazis jeden Tag ohne Zögern riskiert hatten. Sie lud mich nicht ein, ins Haus zu kommen, und Max kam nicht heraus. Es war ein schöner Septembertag und sehr angenehm, im Spazierengehen um das Haus herum und hinunter zu den Klippen und im Anblick des Meeres ein Gespräch zu führen. Madame Kahane war eine große, schlanke, etwas grobknochige Person, mit langem, mädchenhaft über die Schultern wallendem, aschgrauem Haar und großen, neugierig blikkenden, in manchen Momenten immer noch feurigen Augen. Sie lächelte während des langen Gesprächs, ein Lächeln aus Erfahrung und Leid.

Dann verabschiedete ich mich und hörte noch, wie sie Max etwas zurief. Obschon der Westwind die Pappeln zauste, war das Wetter gut, und man konnte draußen bleiben, ich setzte mich auf die Terrasse eines kleinen Restaurants und bestellte Essen und Trinken. Ich bekam eine wunderbare Fischsuppe und guten Wein. An den Tischen saßen nur vier oder fünf Männer, Inselbewohner, die mich neugierig musterten, ohne aufdringlich zu sein. Wie auf allen Inseln herrschte auch hier Neugier und Tratsch, ich hörte sie ausgiebig über andere, nicht anwesende Bürger herziehen und lachen. Dann, als ich einen der alten Männer fragte, was es denn mit Monsieur Kahane für eine Bewandtnis habe, die Frau habe ständig gerufen, er sei jedoch nicht herausgekommen, da verstummten die Leute und sahen mich an.

Sie wissen es nicht?

Was?

Monsieur Kahane lebt nicht mehr.

Er lebt nicht mehr, was heißt das?

Er ist vor fünf Jahren gestorben, an den Folgen seiner Kriegsverletzungen ist er gestorben.

Aber sie spricht doch mit ihm.

Ja, sie spricht mit ihm, sie lebt noch mit ihm …

31

Die Insel liegt nahe der Ile d'Oléron, Atlantikküste, gegenüber von La Rochelle. Hier nähren sich vielleicht fünfzig eingeschworene Inselbewohner von Kaninchenfleisch, Salatblättern und Weißbrot, von Rotwein und Fisch. Die Sommergäste sind schon abgefahren, wir schreiben September 1963. An dieser Seite der Insel, von den Leuten Cap Mexico genannt, sieht man nur elf Häuser, von denen sechs nicht mehr bewohnt sind, doch hausen dort verschiedene Völker von Ameisen, Eidechsen und Spinnen, auch ein paar streunende Katzen haben wir gesehen, und Fledermäuse, sie hängen tagsüber an den rauchgeschwärzten Balken der Ruinen, dort, wo der Wind ein paar sehenswerte Löcher in die Dächer geblasen hat. Ich bin nicht allein geblieben, unser Haus, das wir für ein paar Wochen gemietet haben, steht am Fuß des sanft ansteigenden Hügels, auf dem ein paar verrottete Pinien dem Nordwind trotzen, und ein paar Holzlatten kannst du aufsammeln, die aber zu Staub zerfallen werden, von jener Windmühle, die den Hügel vor langer Zeit schmückte.

Wenn das Wetter günstig ist, brüllt die See auf der Westseite der Insel weniger stark, und wir können im Osten das Festland sehen, wo ein paar Kinder am Strand spielen, auch zwei oder drei alte Männer können wir gerade noch erkennen zwischen den auf dem Strand liegenden Wracks von Fischkuttern, jeder mit seinem Hund.

Über unsere Insel wissen wir noch wenig, aber jede Insel ist ein Universum und fordert zu Entdeckungen heraus, auf einmal hast du mehrere neue Freunde, wie auch ein paar neidblasse Feinde, die dich mißtrauisch beobachten. Was suchen diese Typen hier, fragen ihre Augen. Aber eigentlich ist das überall so, an jedem Ort der Welt, denn wie die Regenwürmer den Waldboden durchpflügen und ihn damit am Leben erhalten, so zehren die menschlichen

Nager an deinem Schatten. Denn nicht nur das Leiden, wie Saul Bellow sagt, ist das einzig zuverlässige Sprengmittel für den Schlaf des Geistes, auch die uns begegnende Bosheit macht uns wach. Und falls du dich fragen solltest, was dem echten Burgunder Kirsch seine letzte ausgepichte Süße verleiht, es sind zehn Tropfen Bitteres pro Faß, von einer Sorte Giftkraut, das nur die Eingeweihten kennen! Drum beklage dich nicht über die Schlechtigkeit der Welt, du brauchst in diesem Leben nicht nur drei gute Freunde, um durchatmen zu können, sondern wenigstens auch einen verläßlichen Feind!

Du freust dich jeden Morgen über die vor Neugier roten Gesichter der Nachbarn, meist alte Leute, die dich aus dem Fenster grüßen, wenn du gerade zum Strand gehen willst, und wenn möglich eine kurze Plauderei anfangen möchten. Dann berührt dich plötzlich der Schatten von einem Gesicht, das sich hinter dem Vorhang verbirgt, was dich schaudern macht. Und das ist gut so, denn nie sollst du dich vom Zuckerwasser der Gutmütigen besänftigen lassen, bleib auf der Hut. Doch über jene anderen, die nur scheel nicken und einen raschen, aus der Schräge gezielten Blick abfeuern wie einen in Curare getauchten Pfeil, wirst du noch lange grübeln, um auf ihre Gründe zu kommen. Denn nicht selten haben diese Troglodyten beachtenswerte Argumente gegen dich im Köcher, weil du ein Fremder bist, ein Hunne, wie sie sagen, ein Ruhestörer und für sie nicht durchschaubar. Bist du es für dich selbst?

Die Insel ist auch ein Gefängnis, Leute sind einmal hierhergekommen, und plötzlich war die Falle zu. Und war's vielleicht nur eine winzige Erbschaft, eine Wiese, zwei Birnbäume und drei Ziegen, der kleinste Besitz hält stärker als eine Kette. Ich habe das auch in Paris gesehen, dort herrscht ebenso das Inselgesetz der kleinen Ladenbesitzer. Andere Figuren, die immer hier waren, gehen nicht weg, sie fürchten die Welt, fürchten die Leimruten fremder Vogelgefilde, hätscheln ihren Käfig, weil man hier jeden Sperber kennt, die Nistplätze der Falken wie die Löcher im Sandweg, in welche nur die Zugereisten fallen. Du hast nichts zu verlieren, allerdings auch nichts zu gewinnen, überall harren die verzauberten Seelen kleiner Leute hinter blindgeweinten Parterrefenstern wie hinter dem magischen Kreidekreis ihrer Nichtigkeit, die sie lieben.

Die Nachbarin, Madame Kahane, erscheint heute früh mit einem Korb voll roter Äpfel: Wollen Sie kosten, Monsieur, sie wachsen ganz hinten in meinem Garten versteckt, die Nachbarskinder werden sie ohnehin nicht stehlen, weil sie so klein sind und häßlich, aber süß. Ils veulent même pas les piquer!

Sie beißt selber in einen Apfel, taxiert mich durchs Fenster, ernst und prüfend, wie ich da an meinem Pult stehe und auf der Maschine tippe. Sie lächelt nicht etwa gewinnend, biedert sich nicht an. Ihr Mund ist fast zahnlos, und sie hat Mühe mit dem Apfel, doch ihre Augen zeigen den Silberglanz unbeirrbarer Heiterkeit. Ist auch das ein Gesetz der Insel? – Wir sollen den ganzen Korb voll Äpfel nehmen! Vergiß nicht, sagt mir eine innere Stimme, einfachen Leuten darf man niemals Geld anbieten für eine Gabe, die einzige Beleidigung, die wirklich trifft. Und ich bohre mich in den Apfel und bin behext von dem Aroma darin, aus Wind und Honig und wilden Kräutern, wie von einem seltenen Wein. Die Frau entfernt sich zufrieden, ein Lied trällernd und mit dem wiegenden Gang einer Kokotte. Ein paar Nachbarskinder, die gerade um die Ecke biegen, ahmen sie nach, stelzen trällernd hinter ihr her, sich die Hüften verrenkend. Die alte Frau wendet sich um, beobachtet eine Weile interessiert, wie sie es machen, droht mit der Faust, dann lacht sie und setzt ihren wiegenden Gang fort, kichernd über die Welt. Die Luft ist kristallklar, vom Leuchtturm der Nachbarinsel hörten wir ein dumpfes Tuten, das Nebelhorn des Phare des Baleines wird repariert, wie man uns gestern sagte, und ein Frachter, der eben durch die Meerenge tuckert, antwortet mit heiser bellenden Baßtönen, als reizte ihn der Turm zu eifrigem Gespött.

Warum eine Insel, frag ich mich, willst dich verkriechen, dich in esoterische Abgeschiedenheit flüchten? Das Gegenteil ist wahr. Eines aber muß ich gestehen, als Kind träumte ich schon von einer Insel und dem magischen Berg. Der Berg ist Wirklichkeit geworden, der Ettersberg bei Weimar, die richtige Insel suche ich noch. Buchenwald hat mir alle Romantik ausgetrieben, doch noch immer zieht es mich alljährlich hin, auf den Ettersberg, zu den Gräbern jugendlicher Gefährten. Ich hörte von dem Kult der Muana-Indianer, sie nehmen das Messer eines Toten, seinen Gurt oder ein Büschel Haare als Symbol an sich. Denn der Muana-Mann kann nirgends hingehen, um sich zu verstekken, seine Toten begleiten ihn, sitzen um ihn herum und sehen ihm zu, es stört ihn nicht mehr, er hat gelernt, mit den Toten zu leben. Mir geht es ähnlich, ich habe mein Leben angenommen. Also auch den Tod. Meine Toten sind zahlreich und gesprächig, sie lachen mit mir, staunen und sehen zu, wenn ich arbeite oder wenn ich danach gerösteten Buchweizen esse und den guten Fisch, das Glas Rotwein nicht zu vergessen, mit dem ich alles würze. Da ist nichts zu jammern, der Berg ist viel zu hoch. Drum laßt uns die reine Luft atmen auf der Insel und auf dem Berg und das Auge üben in Menschenfarben. Wie die Leute lachen und weinen, warum sie schweigen und wohin sie gehen.

Die Insel gleicht auch der Wüste, alles wird auf den kleinsten Nenner gebracht, Hunger, Durst, Sünde und Heuchelei, Verzweiflung und Hosianna, du hast nichts mehr zu verbergen, der Wind reißt dir alle Tünche weg, und eines Tages stehst du vor deinem Gott, den du leugnest, dem Gott der Sandwüste, nackt stehst du da, und nun bewähre dich, mit nichts in der Hand als einem trockenen Haselnußzweig, um dir damit den Rücken zu kratzen. Du wirst den Wind reden hören und die aus der Steppe vom Wind hergetragenen Grashüpfer, und das Meer wirst du vernehmen, wie es murmelt und brüllt. Und der Geschichtenerzähler legt seine Netze aus in den flachen Gewässern, und dann werden die Fischer am frühen Morgen kommen und prüfen, was sich darin verfangen hat.

Nachwort

Sicher wäre Fred Wander verwundert, vielleicht sogar böse, mit seinem einzigen Roman an einer Reportage – eigentlich der Reportage einer Reportage – gemessen zu werden, die er 1954 in einer Anthologie mit dem Titel »Der Kreis hat einen Anfang« veröffentlicht hat. Verstimmt oder verwundert nicht deshalb, weil er ungern an seine Zeit als Reporter erinnert werden wollte (»Ich war kein guter Journalist!«), sondern weil ihm die frühen Arbeiten nur als Beweisstücke des Ungenügens nennenswert waren, dafür, wie lange es dauert, das Handwerk des Schreibens zu erlernen. »Ich habe mit 31 meine erste Kurzgeschichte geschrieben und eigentlich nie daran geglaubt, ein Schriftsteller zu werden. Aber ich habe immer gewußt, daß es eine Frage von 10 bis 20 Jahren ist. Und meinen Brunnen hab ich mit 50 geschrieben! Und eben hab ich mein zweites Buch begonnen. Nachdem ich schon ungefähr 12 oder 13 verzapft habe. Als Übungsarbeit.« Das behauptete er im Juli 1987, in einem Brief, der mir als Trost fürs eigene Unvermögen zugedacht war, mit der Arbeit des Fünfzigjährigen war das Meisterwerk »Der siebente Brunnen« und mit dem gerade begonnenen zweiten Buch »Hôtel Baalbek« gemeint, was bedeutet, daß nicht einmal die etwas männerrauhe, unvermutet hoffnungsfrohe Erzählung »Ein Zimmer in Paris« (1975 erschienen, vier Jahre nach dem »Siebenten Brunnen«) Gnade vor seinen Augen fand, jedenfalls nicht damals, achteinhalb Jahre später sollte Fred sein strenges Urteil ein wenig revidieren, in einem weiteren Brief, in dem er »Das gute Leben«, das er im Manuskript gerade fertiggestellt hatte, als sein »viertes Buch« bezeichnete, das »von dem ganzen Wust übriggeblieben« sei. Nämlich, »man hat eine Menge Scheiße geschrieben«.

Aber es soll in der literarischen Beurteilung nicht so sehr

ums Gelingen gehen, eher darum, ob etwas in einem ist, das die Qual künstlerischer Anstrengung überhaupt lohnt – ein heißer Atem, ein brennendes Verlangen, eine lodernde Sehnsucht. Von ihr, vom ungemein starken Bedürfnis nach Leben und Lebensfülle sind Freds Schriften von Anfang an durchwirkt, die geglückten ebenso wie die verworfenen, die ich jederzeit vor ihrem Autor in Schutz nehmen würde, speziell die »Vierundzwanzig Stunden aus dem Leben eines Reporters« aus dem schon erwähnten Sammelband, weil darin nicht nur sein großes Thema anklingt, eben das in allen Nuancen, Stimmungen, Schattierungen, Verästelungen beobachtete und glückhaft empfundene Leben, sondern auch die Ohnmacht, diesem schreibend gerecht zu werden. »Aber immer ist alles viel feiner, vielfältiger, elementarer, grausamer, schöner als es Worte je auszudrücken vermögen.« Und noch etwas weist aus der Gegenwart der Reportage in die erinnerte Welt der Erzählung: das scheinbar verkehrte Gefühl, in Fremdheit und Anonymität den Menschen besonders nahe zu sein. Der jugendliche Reporter F.W. überwindet es am Ende seiner Recherchen – er will nicht länger zusehen, aufschreiben, registrieren, was andern geschieht: »Schreiben ist nicht genug«, sagt sein Gewissen und fordert ihn auf, einzutreten in die Gemeinschaft der Gefährdeten und Verlorenen, um im Kampf gegen Unrecht ihnen und damit sich selbst beizustehen. Für den Ich-Erzähler des »Hôtel Baalbek« hingegen schließen Abstand und Nähe einander nicht aus; wenn er lauscht oder jemanden beobachtet, dann nicht mit dem Ziel, sich einen Vorteil oder Befriedigung zu verschaffen. Sein heimlicher Blick ist nicht kalt wie einer aus Ödön von Horváths Zeitalter der Fische. Er ist bereit, sich hinzugeben, bereit zu lieben, aus Liebe bereit zum Widerstand. Er steht allerdings auch nicht ganz außerhalb der Schar von Gefährdeten, die in Marseille, im Sommer 1942, allesamt der Hilfe bedürften.

Ich glaube, Fred hat der herkömmlichen Praxis der »Vergangenheitsbewältigung« mißtraut, war skeptisch gegenüber der Idee, Überlebende des Naziterrors anzuhalten, kraft ihrer Autorität als sogenannte Zeitzeugen die Finsternis »finsterer Zeiten« zu beglaubigen. Sie werden zu *Tableaux vivants* der Medienindustrie drapiert, also nicht in ihrer Bewegung, Ganzheit wahrgenommen. Das Leid, das sie erlitten haben, schreibt sie fest, als Minusmenschen, denen Bedauern, Neugier und Sensationslust der andern wie Mühlräder um den Hals hängen. Oft soll ihre Geschichte als Beleg für die Miserabilität der Gegenwart herhalten. Dann wieder stören ihre Erfahrungen, wenn es was zu feiern oder aufzurechnen gibt. Das trifft genauso einen, der um literarische Wirkung bemüht ist. Die Briefe, die Fred während der Arbeit an »Hôtel Baalbek« an Lektorinnen und Freunde schrieb, erhellen seine Absicht, wenigstens ein paar Dutzend unter sechs Millionen Juden »ein Gesicht und eine Stimme zu geben«, der abstrakten Zahl von Ermordeten »ein Stück Leben einzuhauchen«. Aber 1991, als der Roman zuerst veröffentlicht wurde, in der ostseits frisch angeschwollenen Bundesrepublik Deutschland, waren die gewöhnlichen deutschen Literaturrezensenten in einer Mischung aus Argwohn, Euphorie und Rachsucht eifrig damit beschäftigt, die Literatur der DDR (samt ihren Verlagen) abzuwickeln. Wer brachte da schon Interesse auf, für eine mit Geduld und Herzblut geschriebene Geschichte aus dem geteilten Frankreich, die uns so nahe geht.

Die Gefahr, daß sein Buch nicht als Kunstwerk, nur als Zeitdokument erkannt würde, hatte Fred vorausgesehen. Im Gespräch mit Achim Roscher, kurz vor Erscheinen des Romans, wies er auf den Unterschied zwischen dem Erzähler und dem Autor hin, was diesen »jedoch nicht hindern kann, Erlebtes in die Handlung aufzunehmen«. Übrigens habe er nachträglich die Trennung von Erzähler und Autor durch einige Striche verstärkt. (Ich nehme an, Fred hat Passagen getilgt, in denen er, wie verstärkt in den Erinnerungen und späten Prosastücken, seine Meinung äußerte, zu einer Deutung ausholte oder Bilanz zog.) Fiktion also, erhärtet durch eigene Erfahrung, wobei die Lebensphasen in Frankreich, von Freds Flucht aus dem annektierten Österreich im Mai 1938 über seine Internierung als »feindlicher Ausländer« im Stade de Colombes Anfang September 1939 bis zur Deportation drei Jahre später, rasend schnell aufeinander folgten. Fred wußte oft nicht mehr, wann und wie lange er in einem bestimmten Lager gefangengehalten worden war oder als *prestataire* in Arbeitskompanien geschuftet hatte, sagt seine Frau Susanne, kein Wunder angesichts der sich überstürzenden Ereignisse vor allem nach dem blitzartigen Vorstoß der Wehrmacht und dem Waffenstillstand im Juni 1940, der den jüdischen und antifaschistischen Flüchtlingen aus Deutschland und aus den von Deutschland eroberten Ländern einen letzten Aufschub gewährte – sofern es ihnen gelungen war, in die vorerst unbesetzte Zone zu entkommen, und sie dort nicht festgenommen und an die Gestapo übergeben wurden. Fred besaß ein Affidavit seines Onkels in New York, aber es war zu »schwach« für ein Einreisevisum; zusätzlich sollte er nachweisen, über einen Betrag von tausend Dollar zu verfügen – und er kannte keinen, der ihm diese Summe wenigstens für ein paar Stunden, fürs Anstellen und Vorsprechen beim US-amerikanischen Konsulat, geliehen hätte.

Das kommt auch im »Hôtel Baalbek« zur Sprache. Wie der Erzähler brachte Fred die Monate Juli und August 1942 in Marseille zu, im Warten auf ein Visumwunder, auf der Flucht vor Razzien, im Gewirr der Bürokratie, auf Gängen und in Treppenhäusern von Dienststellen und Hilfsorganisationen. Es war ihm klar, daß die deutschen Truppen auch den Süden des Landes besetzen würden. Im September überschritt er bei Genf die Grenze zur Schweiz, wurde dort verhaftet und an die Polizei der Vichy-Regierung ausgeliefert, die ihn ins Sammellager Rivesaltes bei Perpignan steckte. Kurz darauf der Transport nach Drancy, in »den ersten Kreis der Hölle«, dann nach Auschwitz, Buchenwald, Ohrdruf. Bis dahin folgt der Romanheld den Fährten des Autors, wie dieser taucht er Anfang der sechziger Jahre wieder in Paris auf, Gefährten zu treffen von früher.

Wir sind reich an Berichten, Romanen, Gedichten, sogar Traumprotokollen über Flucht und Widerstand im bedrohten und besetzten Frankreich. »Hôtel Baalbek« gehört neben das bewegendste unter den vielen bewegenden Werken gestellt, »Transit« von Anna Seghers, und zwar nicht nur wegen der topografischen und thematischen Überschneidung, der atmosphärischen Dichte und der vielen zum Verwechseln ähnlichen Episoden. Dabei sind die Unterschiede augenfällig: Seghers hat den Roman noch in Marseille zu schreiben begonnen, fast zeitgleich mit den geschilderten Ereignissen, ohne Wissen um den Fortgang der Geschichte, während sich in »Hôtel Baalbek« zwischen erzählter und Erzählzeit ein Abgrund von etlichen Jahrzehnten auftut. In »Transit« erzählt der deutsche Flüchtling Seidler streng chronologisch, »einmal alles von Anfang an«, wie er sich gleich zu Beginn vornimmt; Fred hingegen reißt die Chronologie immer wieder auf, fängt übrigens auch mittendrin zu erzählen an (nach dem kargen Rat seines Wiener Lehrmeisters Ernst Epler: »Hineinspringen in das Thema und schwimmen, das ist alles!«), nötigt seinen Ich-Erzähler, den Faden zu verlieren, ihn unvermutet wieder aufzunehmen, abzuschweifen, nachzutragen, anzukündigen, an seinem Vermögen zu zweifeln, sich verständlich zu machen, neu anzusetzen, sich einzureden, was er gern erzählen möchte, und zu fragen, weshalb er davon letztlich Abstand nimmt. Auf diese Weise versetzt Fred die Leser in Spannung und kommt ihnen doch entgegen. »Hôtel Baalbek« ist also, wie schon »Der siebente Brunnen« und »Ein Zimmer in Paris«, ein Lehrstück über die Kunst des Erzählens. Auch Anna Seghers bleibt im Duktus der mündlichen Mitteilung: Seidler offenbart seine Geschichte in einem Café oder Bistro einem imaginären Gegenüber, das immer wieder direkt angesprochen wird, er hat es ja zu einem Glas Rosé oder einem Stück Pizza eingeladen, jetzt muß es sich die Einladung durch Zuhören verdienen.

Gemeinsamkeiten, Unterschiede. Kurt Batt hat zu Anna Seghers angemerkt: »Aufbrüche werden in ihrem Werk stets stärker akzentuiert als Abschiede.« Die Behauptung gilt auch für »Transit«, auf eine paradoxe Weise, möchte man sagen, denn Marseille war weder für einen antifaschistischen deutschen Arbeiter noch für eine kommunistische deutsche Schriftstellerin jüdischer Herkunft der ideale Ort, und 1940 nicht das ideale Jahr, um Aufbruchsstimmung zu tanken oder zu verbreiten. Und doch teilt diese sich mit, den Lesern, und die Niederlage trägt in sich den Keim für einen zukünftigen Sieg.

Ganz ähnlich steht es um »Hôtel Baalbek«. Dabei wäre zu erwarten, daß das spätere Schicksal der jüdischen Hotelgäste das Bild von den Menschen und Begebenheiten in Marseille verdüstert. Stattdessen durchzieht auch diesen Roman ein Hauch Zuversicht, Fröhlichkeit, sogar Dankbarkeit, Lebensfreude wie Liebessehnsucht. Fred sträubt sich, die Jahre der Verfolgung und Greuel als verlorene Zeit abzuschreiben. Im Roman findet sich kein Wort des Bedauerns darüber, daß die politischen Ereignisse die private Welt aus den Fugen gebracht haben. Der Kindheit, der Familie wird keine Träne nachgeweint. Da muß ich an die Schriftstellerin Elisabeth Freundlich denken, die wie Fred aus Wien stammte und in Frankreich Zuflucht suchte. Ihren fast zur gleichen Zeit wie »Hôtel Baalbek« erschienenen Erinnerungen (»Die fahrenden Jahre«, 1992) stehen Verse von Günther Anders voran, die Fred vermutlich aus dem Herzen gesprochen haben: »Wer uns in Fahrt bringt, macht uns erfahren,/ Wer uns ins Weite stößt, uns weit./ Nun danken wir alles den fahrenden Jahren,/ und nicht der Kinderzeit.«

Im schon erwähnten Gespräch mit Achim Roscher, für die »Neue Deutsche Literatur«, wollte er nur »wenig Ähnlichkeit« mit dem Roman von Anna Seghers erkennen, zumal er sich sogar bemüht habe, Ähnlichkeiten zu vermeiden. »Aber die Grundsituation – Flucht, Angst vor den Nazis, Leben in der Emigration – war eben die gleiche. Und, das stimmt, wir hatten eine ›verwandte Grundhaltung‹.« Eine Verwandtschaft anderer Art besteht zwischen Freds geselliger Prosa und den einsamen Erinnerungsschlingen des ehemaligen Widerstandskämpfers und Buchenwaldhäftlings Jorge Semprún. Dessen Buch »Was für ein schöner Sonntag!« habe sie beide tief beeindruckt, berichtet Susanne. Semprún läßt sich von Träumen, Bildern, Namen, Gedichten, Wetterverhältnissen oder Wortfetzen tragen, er verschmäht nicht die freie Assoziation, umkreist ein Erlebnis oder auch nur einen Sinneseindruck über viele Seiten. Obwohl er immer wieder den Leser anspricht, hält er ihn sich mit seiner retardierenden und detailsüchtigen Gedächtniserforschung vom Leib. Freds sinnlich-gestische Erzählweise ist auf Verständigung aus. Dem einen geht's darum, die eigenen Erinnerungen und Schlußfolgerungen zu überprüfen, der andere möchte wissen, »wie die Leute lachen und weinen, warum sie schweigen und wohin sie gehen«. Aber die Behauptungen des Ich-Erzählers im »Hôtel Baalbek«, daß »nur im zweifachen Erinnern, vorwärts und rückwärts gewandt«, die Ereignisse zu erkennen seien, daß er und die Leute um ihn nicht in der Gegenwart lebten, sondern »in einem Nebel aus geronnener Zeit, gefrorenem Blut«, darin Vergangenheit und Zukunft vermischt seien, könnte ebenso gut von Semprún stammen.

»Hôtel Baalbek« ist hauptsächlich in Wien entstanden, ab dem Jahr 1983, in dem Fred die DDR verlassen hatte.

Den Aufenthalt in seiner Geburtsstadt betrachtete er als Provisorium, er wollte weiter nach Südfrankreich, spielte auch mit dem Gedanken, sich in Italien oder Spanien niederzulassen, in seinen jäh wechselnden Vorhaben vermengten sich Abenteuerlust, Verklärung und Ratlosigkeit, Panikanfälle auch, im bürgerlichen Mief zu enden, außerdem traute er seinen Landsleuten nicht über den Weg. Allein schon Tonfall und Aussprache mißfielen ihm, dieses etwas verquollene, von den höheren Ständen genäselte Wienerisch, das in den Jahren seiner Abwesenheit außerdem verkitscht war, ferner das altbekannte Wechselbad aus devoter Unverbindlichkeit, lauernder Heimtücke und unglücklicher Verstocktheit. Vorstellbar, daß sich die Verhältnisse für Fred gar nicht so schlimm darstellten, wie sie hier bezeichnet werden, daß er sich mit Schlechtreden nur die Option offenhalten wollte (vor allem gegenüber Susanne, die sich in Wien bald heimisch fühlte), mit seinem sprichwörtlich gewordenen »leichten Gepäck« abzuhauen, dem Nimbus und Namen Wander treu zu bleiben. Natürlich verdrossen ihn auch der Sieg des mehrfach biegsamen Pflichterfüllers Kurt Waldheim bei der Präsidentenwahl 1986 und der fulminante Aufstieg des rechtsextremen Politikers Jörg Haider zum Liebkind der Medien – auch derer, die vorgaben, ihn zu bekämpfen. »Für mich«, schrieb er mir im Juli 1987, »ist das alles sehr schwierig geworden, weil ich Wien und die Österreicher und diese Sprache nicht mehr ertragen kann.« Und ertrug sie doch, je länger, desto besser, einmal, weil im Gefolge der Auseinandersetzung um Waldheim und Haider Umrisse eines anderen Österreich sichtbar wurden, zum zweiten, weil er auf Reisen durch Frankreich (wie Susanne erzählt) ein wenig enttäuscht war, das, was er wiedersehen wollte, nicht mehr vorzufinden, drittens, weil er mit zunehmendem Alter die vergleichsweise geordneten Lebensverhältnisse in Wien zu schätzen lernte, viertens (d.h. erstens), weil im sachten

Glück an Susannes Seite ein reiches Leben seine Erfüllung fand, und weil es dafür nicht der Unrast bedurfte. Im November 1994, als ich ihn für ein Aufenthaltsstipendium in seinem geliebten Frankreich empfehlen wollte, schrieb er: »... mach Dir keine Gedanken, ich bin seit langem nicht mehr scharf auf Ortsveränderungen, ich bleibe lieber zuhause. Ich bin faul und bequem geworden, und auch müde. Und ich genieße das. Es ist nicht so, daß es mich deprimiert, weg vom Fenster zu sein. Im Gegenteil. Ich bin genug herumgesprungen in meinem Leben.«

Vom spanischen Lyriker Antonio Machado, der im Februar 1939 im französischen Exil starb, stammt ein dreizeiliges Gedicht, in dem er behauptet, alles vergessen zu haben, nur nicht die Gemütsbewegung in diesem oder jenem Moment seines Lebens. *Sólo recuerdo la emoción de las cosas.* Nicht anders ergeht es mir, wenn ich an Fred denke. Ich sehe ihn vor mir, ich spüre seinen prüfenden Blick, ich höre seine feste, ruhige Stimme, ich höre ihn lachen, kurz und rauh, ich höre ihm zu. (Wir könnten ihm stundenlang zuhören, aber er bringt lieber die andern zum Reden.) Was ich von ihm erfahre, was er in mir weckt, möchte ich bewahren, Wort für Wort oder wenigstens dem Sinn nach – aber es läßt sich nicht halten. Da bleibt, wie in Machados Vers, nur die Erinnerung an die Emotion der Begegnung mit ihm. Zum Glück sind seine Bücher da, in ihnen die Welt und ihr Schrecken, und was es braucht, darin froh zu sein: »Fast nichts, eine Hose, zwei Hemden, drei Freunde.« Und tiefe Dankbarkeit, dem Menschen gegenüber, der sie geschrieben hat.

Erich Hackl

Angelika Schrobsdorff im dtv

»Die Schrobsdorff hat ihr Leben lang nur wahre Sätze geschrieben.«
Johannes Mario Simmel

Die Reise nach Sofia
ISBN 978-3-423-**10539**-2
Sofia und Paris – ein Bild zweier Welten: Beobachtungen über Konsum und Liebe, Freiheit und Glück in Ost und West.

Die Herren
Roman
ISBN 978-3-423-**10894**-2
Ein psychologisch-erotischer Roman, dessen Erstveröffentlichung 1961 als skandalös empfunden wurde.

Jerusalem war immer eine schwere Adresse
ISBN 978-3-423-**11442**-4
Ein Bericht über den Aufstand der Palästinenser, ein sehr persönliches, menschliches Zeugnis für Versöhnung und Toleranz.

Die kurze Stunde zwischen Tag und Nacht
Roman
ISBN 978-3-423-**11697**-8

»Du bist nicht so wie andre Mütter«
Die Geschichte einer leidenschaftlichen Frau
ISBN 978-3-423-**11916**-0

Spuren
Roman
ISBN 978-3-423-**11951**-1
Ein ereignisreicher Tag aus dem Leben einer jungen Frau: Vera, Schriftstellerin, geschieden, die mit ihrem achtjährigen Sohn in München lebt.

Jericho
Eine Liebesgeschichte
ISBN 978-3-423-**12317**-4

Grandhotel Bulgaria
Heimkehr in die Vergangenheit
ISBN 978-3-423-**12852**-0

Wenn ich dich je vergesse, oh Jerusalem …
ISBN 978-3-423-**13239**-8

Von der Erinnerung geweckt
dtv premium
ISBN 978-3-423-**24153**-3

Isaac B. Singer im dtv

»Ohne Leidenschaft gibt es keine Literatur.«
Isaac B. Singer

»Es wird nach Singer kaum einen ähnlich bedeutenden Dichter der jiddischen Sprache und Geisteswelt geben. Sein Werk ist ein unheimlicher und großartiger Abgesang der untergegangenen ostjüdischen Kulturwelt.«
Salcia Landmann in ›Die Welt‹

Feinde, die Geschichte einer Liebe
Roman
Übers. v. Wulf Teichmann
ISBN 978-3-423-**01216**-4

Das Landgut
Roman
Übers. v. A. u. H. Ritter
ISBN 978-3-423-**01642**-1

Das Erbe
Roman
Übers. v. Thomas Kolberger
ISBN 978-3-423-**10132**-5

Verloren in Amerika
Vom Schtetl in die Neue Welt
Übers. v. Ellen Otten
ISBN 978-3-423-**10395**-4

Die Familie Moschkat
Roman
Übers. v. Gertrud Baruch
ISBN 978-3-423-**10650**-4

Old Love
Geschichten von der Liebe
Übers. v. Ellen Otten
ISBN 978-3-423-**10851**-5

Das Visum
Roman
ISBN 978-3-423-**12738**-7

Eine Kindheit in Warschau
Übers. v. Karin Polz
ISBN 978-3-423-**12815**-5

Ein Tag des Glücks
und andere Geschichten von der Liebe
Übers. v. Ellen Otten
ISBN 978-3-423-**12820**-9

Schatten über dem Hudson
Roman
Übers. v. Christa Schuenke
ISBN 978-3-423-**13021**-9

Schoscha
Roman
Übers. v. Ellen Otten
ISBN 978-3-423-**13124**-7

Leidenschaften
Geschichten aus der neuen und der alten Welt
Übers. v. Ellen Otten
ISBN 978-3-423-**13192**-6

Isaac B. Singer im dtv

Der Büßer
Roman
Übers. v. Gertrud Baruch
ISBN 978-3-423-13220-6

Ein Bräutigam und zwei Bräute
Geschichten
Übers. v. Sylvia List
ISBN 978-3-423-13889-5

Die Gefilde des Himmels
Eine Geschichte vom Baalschern Tow
Übers. v. Hannelore Neves
dtv großdruck
ISBN 978-3-423-25220-1

Jentl
Erzählungen
Übers. v. W. von Einsiedel
dtv großdruck
ISBN 978-3-423-25203-4

Der Geschichtenerzähler
Erzählungen
Übers. v. Irene Rumler und Rolf Inhauser
Illustr. v. Julian Jusim
ISBN 978-3-423-62094-9

Erich Loest im dtv

»Lest Loest, und ihr wißt mehr über Leipzig
und wie alles gekommen ist.«
Armin Eichholz

Durch die Erde ein Riß
Ein Lebenslauf

ISBN 978-3-423-**11318**-2

Erich Loests Autobiographie – ein deutscher Lebenslauf von exemplarischem Rang.

Wälder, weit wie das Meer
Reisebilder

ISBN 978-3-423-**11507**-0

Reisen fernab jedes Pauschal-Tourismus.

Nikolaikirche
Roman

ISBN 978-3-423-**12448**-5

»Ein Epos, das Kraft und Mut all jener würdigt, deren aufrechter Gang die Wende ermöglicht hat.« (Freya Klier)

Völkerschlachtdenkmal
Roman

ISBN 978-3-423-**12533**-8

Glanz und Elend der Stadt Leipzig.

Gute Genossen
Erzählung, naturtrüb

ISBN 978-3-423-**12861**-2

»Man taucht in den Mief des Parteibonzen-Regimes ein – und versteht plötzlich, warum die Menschen diese seltsame Welt ertrugen.« (NZ)

Es geht seinen Gang
oder
Mühen in unserer Ebene
Roman

ISBN 978-3-423-**13014**-1

Ein Mann verweigert sich dem Leistungsdruck in Gesellschaft und Familie.

Reichsgericht
Roman

ISBN 978-3-423-**13232**-9

Innenleben und Geschichte eines Justizpalastes.

Jungen die übrigblieben
Roman

ISBN 978-3-423-**13427**-9

Der elfte Mann
Roman

ISBN 978-3-423-**13428**-6

Ein versteckt-spöttischer Blick auf den Sport- und Wissenschaftsbetrieb der ehemaligen DDR.

Sommergewitter
Roman

ISBN 978-3-423-**13879**-6

Ein mitreißender Roman über den Volksaufstand vom 17. Juni 1953 in der DDR.

Heinrich Böll im dtv

»Man kann eine Grenze nur erkennen, wenn man sie zu überschreiten versucht.«
Heinrich Böll

Irisches Tagebuch
ISBN 978-3-423-00001-7

Zum Tee bei Dr. Borsig
Hörspiele
ISBN 978-3-423-00200-4

Ansichten eines Clowns
Roman
ISBN 978-3-423-00400-8 und
ISBN 978-3-423-19116-6

Wanderer, kommst du nach Spa…
Erzählungen
ISBN 978-3-423-00437-4

Ende einer Dienstfahrt
Erzählung
ISBN 978-3-423-00566-1

Der Zug war pünktlich
Erzählung
ISBN 978-3-423-00818-1

Wo warst du, Adam?
Roman
ISBN 978-3-423-00856-3

Gruppenbild mit Dame
Roman
ISBN 978-3-423-00959-1

Billard um halb zehn
Roman
ISBN 978-3-423-00991-1

Die verlorene Ehre der Katharina Blum
Erzählung
ISBN 978-3-423-01150-1

Das Brot der frühen Jahre
Erzählung
ISBN 978-3-423-01374-1

Ein Tag wie sonst
Hörspiele
ISBN 978-3-423-01536-3

Haus ohne Hüter
Roman
ISBN 978-3-423-01631-5

Du fährst zu oft nach Heidelberg und andere Erzählungen
ISBN 978-3-423-01725-1

Fürsorgliche Belagerung
Roman
ISBN 978-3-423-10001-4

Was soll aus dem Jungen bloß werden? Oder: Irgendwas mit Büchern
ISBN 978-3-423-10169-1

Die Verwundung und andere frühe Erzählungen
ISBN 978-3-423-10472-2

Heinrich Böll im dtv

Schriften und Reden 1952–1985
in 9 Bänden (dtv 10601–10609)

Eine deutsche Erinnerung
Interview mit René Wintzen
ISBN 978-3-423-**11385**-4

Nicht nur zur Weihnachtszeit
Erzählungen
ISBN 978-3-423-**11591**-9

Unberechenbare Gäste
Erzählungen
ISBN 978-3-423-**11592**-6

Die Hoffnung ist wie ein wildes Tier
Briefwechsel mit Ernst-Adolf Kunz 1945–1953
ISBN 978-3-423-**12300**-6

Der blasse Hund
Erzählungen
ISBN 978-3-423-**12367**-9

Der Engel schwieg
Roman
ISBN 978-3-423-**12450**-8

Und sagte kein einziges Wort
Roman
ISBN 978-3-423-**12531**-4

Das Vermächtnis
Erzählung
ISBN 978-3-423-**13017**-2

Briefe aus dem Krieg 1939–1945
2 Bände
ISBN 978-3-423-**13126**-1

Rom auf den ersten Blick
Landschaften · Städte · Reisen
ISBN 978-3-423-**13204**-6

H. Böll/H. Vormweg
Weil die Stadt so fremd geworden ist …
ISBN 978-3-423-**10754**-9

Kreuz ohne Liebe
Roman
ISBN 978-3-423-**13497**-2

Barbara Honigmann im dtv

»Sinnlich, lebendig, lebensklug.«
Jürgen Verdofsky in ›Literaturen‹

Alles, alles Liebe!
Roman
ISBN 978-3-423-**13135**-3

Mitte der 70er Jahre. Anna, eine junge jüdische Frau in Ost-Berlin, verlässt zum ersten Mal ihre Stadt und geht als Regisseurin an ein Provinztheater. Zurück bleiben ihre Freunde, ihre Mutter, ihre ganze Existenz. Und nicht zuletzt Leon, ihr Geliebter.

Damals, dann und danach
ISBN 978-3-423-**13008**-0

Ein überaus persönliches Buch, das von vier Generationen erzählt und davon, wie eng Gestern und Heute verknüpft sind.

Ein Kapitel aus meinem Leben
ISBN 978-3-423-**13478**-1

Das unglaubliche Leben einer außergewöhnlichen Frau im Europa der Kriege und Diktaturen. Eine Tochter erzählt von ihrer Mutter: geboren 1910 in Wien, aufgewachsen im Grenzgebiet zwischen Ungarn und Kroatien, schließlich vor den Nazis über Wien, Paris und Spanien nach London geflohen.

Roman von einem Kinde
ISBN 978-3-423-**12893**-3

Sechs literarische Erzählungen, die einen direkten Eindruck vom Leben einer im Nachkriegsdeutschland geborenen Jüdin geben.

Eine Liebe aus nichts
ISBN 978-3-423-**13716**-4

Zwei ineinander verflochtene Geschichten, vom Vater, dem Journalisten Georg Honigmann, seiner Tochter und deren Auf- und Ausbruch aus Deutschland und ihrer gescheiterten Liebe.

Soharas Reise
Roman
ISBN 978-3-423-**13843**-7

Sohara, algerische Jüdin, nach Frankreich »repatriiert«, erzählt von Lebensreisen, Exil und Aufbruch – und mit der tragikomischen Geschichte von der Entführung und Rückentführung ihrer Kinder auch von einer bewegenden Emanzipation.

Irene Dische im dtv

»Irene Dische besitzt einen Humor, der nicht den Zeigefinger hebt, sondern angelsächsisch lustig ein Zwinkern vorzieht.«
Rolf Michaelis in der ›Zeit‹

Der Doktor braucht ein Heim
Übers. v. Reinhard Kaiser

ISBN 978-3-423-**13839**-0

Berühmt wurde der Doktor durch Irene Disches Bestseller ›Großmama packt aus‹. Seinen ersten Auftritt hatte er aber bereits 1990 in dieser brillanten Erzählung, in der ihn seine Tochter in ein Altenheim bringt und der betagte Nobelpreisträger sein turbulentes Leben Revue passieren lässt.

Ein Job
Kriminalroman
Übers. v. Reinhard Kaiser

ISBN 978-3-423-**13019**-6

Ein kurdischer Killer in New York – ein Kriminalroman voll grotesker Komik.

Fromme Lügen
Übers. v. Otto Bayer und Monika Elwenspoek

ISBN 978-3-423-**13751**-5

Irene Disches legendäres Debüt: Erzählungen von Außenseitern, von Emigranten und Gestrandeten, von Umsiedlern und Flüchtlingen und nicht zuletzt vom alltäglichen Exil des Greisenalters.

Großmama packt aus
Roman
Übers. v. Reinhard Kaiser

ISBN 978-3-423-**13521**-4
und dtv AutorenBibliothek
ISBN 978-3-423-**19134**-0
und dtv großdruck
ISBN 978-3-423-**25282**-0

»›Großmama packt aus‹ zeigt das Gesamtbild bürgerlicher Familienkatastrophen. Unbarmherzig, liebevoll, hinreißend.« (Michael Naumann in der ›Zeit‹)

Loves / Lieben
Übers. v. Reinhard Kaiser

ISBN 978-3-423-13665-5

Irene Disches Liebesgeschichten sind eigentlich moralische Erzählungen. Sie suchen nach Gerechtigkeit und finden sie nicht. Denn die Liebe ist zutiefst unfair.

Clarissas empfindsame Reise
Roman
Übers. v. Reinhard Kaiser

ISBN 978-3-423-13904-5

Um ihren Liebeskummer zu vergessen, will Clarissa in ihre Heimatstadt New York reisen. Stattdessen landet sie aber in Miami und mitten in einem erhitzten Wahlkampffrühling.